洛林传奇 ④

THE FALL OF FIVE

五号的陨落

〔美〕庇塔库斯·洛尔 著　　　郑扬眉 译

人民文学出版社
PEOPLE'S LITERATURE PUBLISHING HOUSE

著作权合同登记号：图字 01-2016-6936

图书在版编目（CIP）数据

五号的陨落/（美）庞塔库斯·洛尔著；郑扬眉译.
—北京：人民文学出版社，2016
（洛林传奇）
ISBN 978-7-02-011955-4

Ⅰ. ①五… Ⅱ. ①庞… ②郑… Ⅲ. ①长篇小说-美国-现代 Ⅳ. ①I712.45

中国版本图书馆 CIP 数据核字（2016）第 197347 号

责任编辑 **朱卫净 潘丽萍**
封面设计 **汪佳诗**

出版发行 **人民文学出版社**
社　　址 **北京市朝内大街 166 号**
邮政编码 **100705**
网　　址 **http://www.rw-cn.com**
印　　刷 **山东德州新华印务有限责任公司**
经　　销 **全国新华书店等**
字　　数 **215 千字**
开　　本 **890 毫米×1240 毫米 1/32**
印　　张 **9 插页 2**
版　　次 **2016 年 10 月北京第 1 版**
印　　次 **2016 年 10 月第 1 次印刷**
书　　号 **978-7-02-011955-4**
定　　价 **36.00 元**

如有印装质量问题，请与本社图书销售中心调换。电话：01065233595

书中所述系真实事件。

人名和地名作了改动，
以保护洛林勇士，
他们仍在藏匿。

其他文明的确存在，
有些企图消灭你们。

第一章

今晚逃亡幻象的主角是六号。一群莫加多尔人拦在她与我的牢房之间。其实现实中这种情形是不存在的，莫加多尔人一般不会派人看守我。不过这只是个梦，所以管它呢。莫加多尔士兵拔出他们的匕首，嚎叫着向前猛扑过来。六号甩了甩头发，突然就没了影踪。透过牢房的栅栏，我看着她穿梭于莫加多尔人中，忽现忽隐，夺下他们的武器对付他们。她在滚滚烟尘中不断游走，莫加多尔人很快就都被消灭了。

“太厉害了。”她冲到我的牢房门口时，我对她说。她淡然一笑。

“可以走了吗？”她问。

就在那时，我醒了，或者说从白日梦中清醒过来。有时真的难分是醒是梦，当你与世隔绝了好几个星期，每时每刻都是一样的昏昏然。我以为至少过了好几个星期，因为牢房没有窗户，很难判断时间。这些越狱的场面都不是真实的，是我的想象，这一点是我唯一有把握的事。有时就像今晚这样，六号跑来救我；有时是约翰，其他时候则是我发挥自己的超能力，一边痛击莫加多尔人，一边飞出牢房。

一切都是幻象，只是为了消磨时光，为了平复我焦躁的情绪。

散发着汗臭味的床垫弹簧断裂，戳着我的脊背。这就是真实的。我脊背痛，腿抽筋。这些也都是真实的。

我伸长了手去拿身旁地板上的那桶水。水和一块奶酪三明治都是一个卫兵带给我的，一天一次。这当然不能跟客房服务比，不过据我所知，这个监狱里只有我一个囚徒。除了一排排用钢铁舷梯连接的空牢房，这里就只有我了。

卫兵总是把水桶放在我牢里的不锈钢马桶旁，而我则把桶拖到床边。这动作算是我勉强能得到的锻炼。每次我都是三下五除二就把三明治吃掉。不饿的滋味，我都不记得了。

再制奶酪①加变质面包，没有座圈的马桶，完全的与世隔绝。这，就是我的生活。

刚到这儿的时候，我总是努力记下看守到来的次数，以便弄清我被关押的天数。但我觉得他们有时是把我忘了，或是故意不理睬我。我最害怕的是他们把我扔在这里自生自灭，我怕我会脱水而死，而且死到临头还毫不自知。在自由之中抗击莫加多尔人，即使牺牲我也愿意。

更好的是，自由且不死。

我喝了一大口满是锈味的温水。水难喝得很，但我得让嘴巴湿润起来。我把手伸过头顶，关节嘎嘎作响，像是在抗议，一阵疼痛袭向我的手腕。这一下拉伸扯动了手腕上依然新鲜的疤痕，我的思绪又开

---

① 添加乳化剂、稳定剂的奶酪，营养价值不及天然奶酪。

始游离起来，不过这次不是幻想，而是回忆。

我每天都会回想起西弗吉尼亚的那一战。此刻我又重温起它来。

我记得手握九号借给我的红色水晶、在隧道里飞奔的情形。红水晶来自外星的光芒在十几个囚室的门上闪过。我盼着能在这些囚室里找到我的爸爸，但每一次都让我失望。

接着莫加多尔人来了，他们将我与约翰和九号分隔开来。我记得脱离其他人的那种恐惧。他们也许能用超能力击退那么多的莫加多尔人和派肯兽。可倒霉的是，我手上仅有偷来的莫加多尔人的激光枪。

我倾尽全力，开始朝着每一个企图近身而来的莫加多尔人开枪，努力杀开一条血路，想回到约翰和九号身边。

虽然激战正酣，我还是能听到约翰在喊我的名字。他离得不远，要是我们中间没有隔着一群外星怪兽就好了。

一头怪兽的尾巴打中了我的双腿。我脚下一软，九号的水晶脱手飞出，我也倒在地上。因为是脸先着地，我的眉毛上方裂开了一道口子。血立刻流进了我的眼里。我双眼模糊地爬着，寻找可以隐蔽的地方。

自从我来到西弗吉尼亚之后就“好运”连连，所以这次正好爬到一个莫加多尔士兵的脚下也就不足为怪了。他拿起激光枪对着我，本可以将我一枪毙命，但在扣下扳机之前，他又重新考虑了一下，他没有一枪将我撂倒，而是用枪托猛击了我的太阳穴。

我的眼前顿时一片漆黑。

醒来时，我发现自己被粗粗的链条吊在天花板上。我依然在洞穴里，但不知怎的，我能看得出他们把我带到更深、更安全的地方。意识到这个洞穴完好无损，而自己又身陷囹圄，我不由得胃里一沉。这么一来，约翰和九号又怎么样了呢？他们逃出去了吗？

虽然四肢依然乏力，我还是试着去扯动铁链，可它纹丝不动。我陷入绝望与恐惧之中，差点要大叫起来，这时，一个身形高大的莫加多尔人大步流星地走进房间。我还从未见过个头这么大的人，他的脖子上有块丑陋的紫色疤痕，一只大手紧握着一把形状怪异的金色手杖。他面目可憎，就像个噩梦，但我却无法移开视线。不知道怎么回事，他那双空洞洞的黑眼睛攫住了我的目光。

“你好，萨缪尔①，”他阔步向我走来问，“你知道我是谁吗？”

我摇摇头，嘴里突然一阵发干。

“我是希特雷库斯·雷，莫加多尔帝国的最高指挥官，大扩张计划的决策人，也是备受爱戴的首领。”他咧开嘴露出牙齿，我才意识到那算是一个微笑。

星球灭绝计划的指挥官、即将爆发的地球入侵行动的策划者刚刚喊出了我的名字。我寻思着约翰在这种情况下会怎么做。大敌当前他从不退缩，可我却开始瑟瑟发抖，铐住手腕的铁链也叮当作响。

看得出希特雷库斯觉察到了我的惊恐。“这是件轻而易举的事，萨缪尔。你是站错了队，不过我一向宽厚仁慈，把你知道的告诉我，我就会放了你。”

“决不。”我结结巴巴地说。想到接下来可能发生的事，我颤抖得更厉害了。

此时，我听到头顶传来一阵嘶嘶声，抬头只见一些黏稠的黑色液体顺着链条往下淌。这是具有腐蚀性的化学品，就像燃烧着的塑料。

① 萨缪尔即萨姆的全称。

这些黏液朝我淌下来的时候，在铁链上蚀出斑斑锈迹。很快这些溶液裹住了我的手腕，我忍不住尖叫起来。那是一种钻心的痛楚，而溶液的黏稠加剧了这种疼痛，我的手腕像是被涂上了滚烫的树脂一般。

我疼得快要昏死过去，正在此时，希特雷库斯用他的手杖抵住我的脖子，又用它托起我的下巴。一阵冰冷的麻木感传遍我的全身，手腕的剧痛立刻减轻了。这种缓和感是那么反常，从希特雷库斯手杖上传来彻骨的冰寒，让我感到四肢的血液都流干了似的。

“只要你回答我的问题，”希特雷库斯厉声说，“这一切都会结束。”

他一开始的问题是有关约翰和九号的——他们会去哪里，下一步会怎么做。得知他们逃了出去，我松了一口气；对他们的藏身之处一无所知，让我更觉轻松。六号的会合指南在我这里，那就意味着约翰和九号得拟定一个新计划。即使遭到严刑拷打，我也不可能说出这个计划的。那张纸现在不见了踪影，我昏过去的时候，莫加多尔人肯定搜了我的身，地址一定是被他们拿走了。希望六号去那儿的时候能小心些。

“不管他们去了哪里，他们肯定会很快回来教训你的。”我对希特雷库斯说。那一刻我是那么英勇无畏。莫加多尔首领哼了一声，立刻移开他的手杖，手腕的疼痛感又回来了，莫加多尔人的那些溶液似乎正在啃噬我的骨头。

希特雷库斯又一次拿手杖抵着我，减轻了我的疼痛。我喘着粗气，叫出声来，起初的那一丁点儿斗志顿时消失殆尽。

“西班牙呢？”他问道，“你都知道些什么？”

“六号……”我喃喃地说，马上就后悔了。我必须紧闭嘴巴。

问题没完没了。问完了西班牙，接着又是印度。他还问到洛林宝石的下落，这些宝石我还是头一回听说。最后他问起十号的事，希特雷库斯对此事似乎尤为关注。我记得亨利在给约翰的信里提到过有个十号，还说起最后的这名加尔德没能离开洛林星球。我跟希特雷库斯说起这事，暗暗希望说出这消息不会伤害到其他加尔德，但他却怒不可遏。

“你在撒谎，萨缪尔。我知道她就在这里。告诉我，她在什么地方。”

“我不知道。”我反反复复就只说着这句话，声音颤抖得更厉害了。我一回答，确切说是一回答不出，希特雷库斯就移开手杖，让我再一次感受那种灼痛。

最后，希特雷库斯放弃了，他瞪着我，满脸厌烦。此刻我都已经神志不清了。那些黏液好像有自主意识似的，慢慢爬回链条顶端，消失在幽暗之中。

“你真是毫无用处，萨缪尔，”他轻蔑地说，“看来那些洛林人只是拿你当牺牲品，他们急着逃跑的时候，就撇下你来牵制我们。”

希特雷库斯大摇大摆地走出了房间。我在那里吊了好一阵子，时而昏迷，时而清醒。之后他的士兵进来放下了我。他们把我丢进一间黑漆漆的牢房，我很肯定他们是要我在那里等死。

过了些日子，莫加多尔人把我拖出牢房，将我交给两个男人。这两人剃着平头穿着黑西装，大衣底下还别着手枪。他们是地球人，看起来像是 FBI 或者 CIA① 什么的。我不知道怎么会有地球人愿意与莫

① 分别指美国联邦调查局和中央情报局。

加多尔人合作。这些特工是要出卖地球人啊，一想到这一点，我就血脉贲张。不过这些特工还是比莫加多尔人客气多了，其中一个用手铐铐住我烫伤的手腕时，还嘟囔着表示了歉意。之后他们给我戴上头罩，我就再也没见过他们。

我被绑在一辆货车的后车厢，连续坐了两天的车。再后来又被丢进了另一间牢房，这个牢房是我的新家，是某个大基地中的一整座楼房，里头只有我一个囚徒。

我一想到希特雷库斯·雷就毛骨悚然，每次看到手腕上残留的水泡和伤疤时，我更忍不住有这种感觉。我努力想忘掉那次恐怖的会面，我对自己说，他的话都不是真的。我知道约翰没有利用我掩护他逃走，我也知道我并不是百无一用。我可以帮助约翰和其他加尔德，就像我父亲失踪前所做的那样。我知道我会发挥某种作用，虽然我也不清楚到底会是什么。

我从这里出去之后，如果还能出去的话，我一定要证明希特雷库斯错了，那会是我全新的生活目标。

我沮丧至极，捶打了一下面前的床垫，天花板上掉下一层灰，地板上传来微弱的轰鸣声，似乎我这一下击打激起了一阵冲击波，传遍整个牢房。

我低头看着自己的双手，满心敬畏。也许那些发挥超能力的白日梦并非那么遥不可及。我努力回想在天堂镇约翰家后院的情景，回想起那时亨利教他如何专注于自己的能力。我用力半眯着眼睛，紧握拳头。

虽然感觉有点傻，还有点不好意思，但我又猛击了一下床垫，想看看会有什么结果。

什么也没发生，只觉胳膊酸痛，因为那部分的肌肉很多天没有动过了。我没有超能力。地球人是不可能有超能力的，我知道。但我只是走投无路，也许还有点疯癫。

“行了，萨姆，”我哑着嗓子对自己说，“振作点。”

我再一次躺下，独自无尽地胡思乱想，此时又有一阵震荡传过地面，比第一次强烈许多，我感觉连骨头都在颤抖。从天花板上掉下来更多石灰，弄得我满脸都是，嘴巴里也沾到了一些，有些粉笔味，苦苦的。过了一会儿，我听到沉闷而密集的枪声。

这根本不是梦。我远远听到基地深处传来战斗的声音。地板又颤动了，接着又是一阵炸裂声。我在这儿的这些日子里，他们从未进行过任何训练或操练。除了给我送食物来的卫兵的脚步声，我在这儿什么声音也没听到过。现在这突如其来的动静又是怎么回事？会有什么事情要发生？

这些天来，还是该说这些星期以来，我头一回允许自己萌生希望。是加尔德，一定是的！他们来救我了！

“一定是了，萨姆。”我自言自语，强迫自己动起来。

我站起身，摇摇晃晃地走向牢门，双腿软绵绵的。自从他们把我关进这里，我就没怎么用过腿，走到牢房门口这么点距离都足以让我头昏脑胀。我将额头抵在冰冷的金属栏杆上，等着这阵眩晕过去。我能感觉到下面的搏斗声从栅栏外传过来，声响越来越大，越来越激烈。

“约翰！”我声嘶力竭地喊着，“六号！来人啊！我在这里！我在这里！”

我隐约觉得这么大喊大叫很傻气，加尔德们在这么激烈的战斗中还能听见我的喊声就怪了。我还有些想放弃，想蜷缩在我的牢房里，等待着宿命降临。我心里多少明白，若是真的来救我，那些加尔德们可就真够蠢了。

其实希特雷库斯的话，我多少是有些相信的。但我不能向绝望屈服，我一定要证明他错了。

我得弄出些声响来。

“约翰！”我再次尖叫，“我在这儿，约翰！”

尽管感觉很虚弱，我还是用力捶击那些钢栅栏，回声传遍整座大楼，但在隔墙传来的枪声中，加尔德们不可能听见我的叫声。虽然在愈演愈烈的激战声中我听得不太真切，但我觉得我是听见了从连接牢房的钢铁舷梯上传来有力的脚步声。糟糕的是，牢房几英尺以外的地方我就看不清了。如果这里还有其他人，那我确实已经引起了他的注意，但愿这人不是一个莫加多尔士兵。

我一把抄起水桶，把余下的水倒掉。我的计划就是——那是我能想到的最佳计划了——拿着水桶猛敲牢房的栅栏。

我转过身，赫然发现有个人站在门外。

第二章

他高挑瘦削，也许比我大几岁，乱蓬蓬的黑发遮住脸颊。他好像刚刚打过一架，尘土汗渍弄脏了他苍白的脸庞。我睁大双眼瞪着他，这么久以来我都没有见到过另一个人。他看到我，似乎也是一样的诧异。

他好像有点古怪，有什么不对劲的地方。

过分苍白的皮肤，两个黑眼圈，他是他们中的一个。

我退到牢房更深处，把空水桶藏在身后。他若是进来的话，我要拼尽仅剩的力气给他来一下。

“你是谁?”我问道，尽量稳住自己的声音。

“我们是来帮忙的。”他回答道。他听上去有些局促不安，似乎不知该说什么好。

我还没来得及问他“我们”是指谁，有个人就把他推开了。那个人脸上皱纹很深，被乱蓬蓬、脏兮兮的胡子遮住了。我惊讶得张大了嘴巴，又后退了一大步，再次震惊不已，不过这次是出于不同的原因。我不知道为什么我之前会指望他长得还是我家房间墙上的那些照片里的样子，但此刻依然正是我之前一直想象的那样。尽管过去了这么多年，尽管这个人脸上沟壑纵横，我仍然认得他，特别是他冲着我微笑的时候。

“爸爸?”

“我来了，萨姆，我回来了。”

我的脸一阵发痛，过了一会儿我才知道为什么，那是因为我在微笑，确切地说是咧着嘴。几周以来这是我第一次用到这个部位的肌肉。

我们隔着栅栏互相拥抱，金属栏杆硌着我的肋骨，怪不舒服的，但我毫不在意。他来了，他真的来了。我之前幻想着加尔德会来救我。可从未想过救我逃出生天的那个人竟会是我爸爸。我想可能是之前我一直以为会是我去救他吧。

“我——一直在找您。”我告诉他。我举起前臂擦拭着眼睛，那个奇怪的莫加多尔人还在附近转悠，我不想让他看见我哭了。

爸爸透过栅栏捏了捏我。“你都长这么大了。”他说道，声音里夹杂着一丝伤感。

“两位，有人来了。”那个莫加多尔人打断了我们。

我可以听见他们来了。士兵们从下面拥入监狱，沿着金属舷梯朝我们跑过来，靴子踏着舷梯，砰砰作响。我的爸爸终于来了，就站在我面前，他就要带我离开这里了。

那个莫加多尔人将我爸爸从牢房门口拉开，他转身对着我，声音里透着命令的意味。

“站到牢房中央，把头蒙起来。”

我本能地不情愿听命于他。他是他们的人。可一个莫加多尔人为何会带我爸爸来这里呢？他为何要帮助我们？没有时间细想了，眼前还有其他莫加多尔人在逼近，他们肯定不是来帮忙的。

我照他的吩咐做了。

这个莫加多尔人将双手伸过我牢房的栅栏，对准我身后的那堵墙集中意念。不知怎的，我想起了以前在后院测试约翰的超能力的日子，也许是因为我之前刚好想起它们。这个莫加多尔人集中意念的方式有些奇怪，他发抖的双手与坚定的目光是那么不和谐，他看上去像是不知道自己在做什么。

我感觉有什么掠过我脚下的地板，像是一波能量。接着，我身后的墙一阵劈啪作响，突然塌下来。掉落了一块天花板，将我的马桶砸得粉碎。地板在我脚下移动起来，我被抛在地上。整个监狱就像发生了一次小型地震，所有的东西都东倒西歪。我的胃里翻江倒海，不完全是因为地板在颤动，还因为恐惧。那个莫加多尔人刚刚设法借助意念弄塌了一堵墙，好像是使用了超能力似的。

但那是不可能的，对吧？

在我的牢房外头，爸爸和那个莫加多尔人已经被震得连连后退，撞上了舷梯的扶手。我牢房的门也被震歪了，金属板扭曲变形，露出足够的空隙让他们挤进来。

那个莫加多尔人将我爸爸推到牢房门口，一边还指着我身后墙上的缺口。

“走啊！”他喊道，“快跑！”

我犹豫了片刻，看着爸爸。他已经从栅栏里钻过来了，我放下心来，他会跟在我后面的。

塌墙扬起的粉尘进入我的肺里，让我不由得咳嗽起来。透过墙上的缺口，我可以看到基地内部，各种管子和通风管道，一团团的电线，一块块的隔热板。

我用腿钩住一根粗一点的管子，开始往下爬。发软的双腿一阵阵刺痛，有一会儿我都担心没法钩紧管子而突然打滑。但接着我突然又充满了力量，把管子紧紧钩住。逃生的机会近在咫尺，我必须振作起来。

我看到头顶的豁口边上有爸爸的身影，他在犹豫。

“你在干吗，亚当?”爸爸冲着那个莫加多尔人喊。

我听见那个叫亚当的莫加多尔人断然回答：“跟着你儿子走吧。快!”

爸爸开始跟在我身后向下爬，但我停了下来。我想到被留在这么个地方会是什么情形。不管这个亚当是不是莫加多尔人，他刚刚把我救出牢笼，使我们父子团聚。不该让他独自面对这些士兵。

我抬头对爸爸说：“我们就这么撇下他吗?”

“亚当知道自己在做什么，”爸爸回答，但他的声音有些犹疑，“继续走，萨姆!”

又一波震荡发生了，差点把我从管子上震下来。我抬头看看爸爸的情况，另一波震荡将他后裤兜里的枪震了出来。我紧紧抱住管子，没法接住枪，它直接坠入了下面的黑暗之中。

“真见鬼。”他嘟哝着。

那些莫加多尔人一定是逼近了亚当，他正奋力回击。震荡波过后不久就传来金属碎裂的声音，一定是舷梯散架了。我想象得到那个场景，它从牢房外侧断裂开来，整个牢房都跟着一起坍塌。几块松动的砖块从上面掉下来，我和爸爸都捂住脑袋，直到安全了为止。

至少亚当在反击。但趁他还没把头顶上那块地方整个弄塌，我们得赶紧走。

我不停往下爬。墙之间的空隙非常小，螺丝钉和松动的电线钩扯着我的衣服，这地方对于患有幽闭恐惧症的人来说简直是个噩梦。

“萨姆，上来。帮我弄一下这个。”

爸爸在一个之前我未曾注意到的通风口前停了下来。我往回爬的时候打滑了一下，但他伸手稳住了我。我们一起用手指钩住金属隔栅，拼命拉扯它，把它扯松了。

“我们可以从这里出去。”

我们刚刚匍匐着爬过通风管道，一声巨响就让我们都晃动起来。金属管咯吱作响，渐渐开裂，我们都停了下来，以为管道会整个崩塌，但它还是撑住了。

我们能够听到基地围墙那边传来尖叫声和警报声。我之前听到的战斗更激烈了。

“听起来外头爆发了战争。”爸爸边往前爬边说。

“加尔德是您带来的吗？”我满怀希望地问他。

“没有，萨姆，只有亚当和我。”

“那可真巧，爸爸。你跟加尔德正好同时出现？”

“咱这一家也该走运了吧，”爸爸回答，“我们该庆幸有人来牵制火力，然后赶紧逃出去。”

“外头是他们在战斗，我知道。只有他们才胆敢袭击莫加多尔人的基地。”我暂时忘却了烦恼，想到爸爸刚刚打进了莫加多尔人的基地，我的脸上不禁露出欣喜的微笑。“爸爸，”我说道，“真高兴看见您，还有这一切，但您还有好多事情要解释呢。”

第三章

呛人的黑烟从基地涌出来，噼里啪啦的火焰上方传来报警器的嗡鸣声。我可以听到附近人行道上的脚步声，地球人和莫加多尔人叫喊着紧急指令。现场一片混乱。从远处的爆炸声来看，这次混乱不只出现在基地中我们这一端的区域。这里面出大事了——那团黑烟的出现只说明了这一件事。

真是太好了，他们现在无暇搜捕我们了。

“我们到底是在哪儿？”我悄声问。

“道西基地，”爸爸回答说，“位于新墨西哥州的绝密基地，政府与莫加多尔人一起掌控管理的。”

“你是怎么找到我的？”

“说来话长，萨姆。等出去了再跟你说吧。”

我们贴着后墙慢慢前进，想远离这场骚乱。我们一直躲在阴影之中，生怕里面正在混战的卫兵会往外看过来。爸爸带着路，手里还攥着扭曲变形的钢铁栅栏，那是我们从刚刚爬过的通风管道口上扯下来的。这个东西没有武器那么好用，但好歹还能防防身。不过最好还是能避免搏斗。经历这一场辛苦，我不知道自己还剩下多少力气。

爸爸指了指外面的一片漆黑，又向更远处瞭望塔废墟外的沙漠指去。

“我们的车就停在外面。”他说。

“谁把瞭望塔轰塌的？”

“是我们，”爸爸说，“确切说是亚当干的。”

“这——怎么可能？他们应该没有这样的威力的。”

“我不知道这是怎么回事，萨姆。不过我确实知道他跟其他人不一样，”爸爸伸出手，捏着我的胳膊，“他帮我找到了你。还有……等我们出去了我再告诉你吧。”

我揉了揉自己的脸，一是因为烟雾把我的眼睛熏疼了，二来是因为我觉得发生的这一切令人难以置信。爸爸和我在一个政府基地中蹑手蹑脚地走着，躲避来自外星的敌人。奇怪的是，这有点像是梦想成真了。我们踟蹰前行，折进一片阴影里，去到那里我们就可以朝围墙疾跑过去，进入沙漠。

“我不明白你跟加尔德怎么会同时到这里来。”

“我们还不能肯定这些是加尔德干的。”

“不是吧，爸爸，”我说道，一边缩着拇指，以免被基地中腾起的火焰灼伤，“你说这地方是莫加多尔人的，还说政府是莫加多尔人的同谋，所以来者肯定不是军队的人。那还有谁会干这种事情呢？”

爸爸盯着我，好像有点诧异。“你认识他们，真不敢相信你竟然认识他们。”他喃喃地说，愧疚地摇着头。“我从来都不想把你卷进这场混乱之中。”

“你没有啊，爸爸。我最好的朋友是个外星人，这又不是你的错。不管怎么说，我现在也卷进来了，我们得帮助他们。”

在黑暗与烟雾中很难说，但爸爸似乎头一回好好看清了我。我们在基地里匆匆重聚时，他看到的也许是失踪当年所看到的那个小孩。但我不再是个小孩子了。从他脸上交织的伤感与自豪来看，我想他也意识到这一点了。

“你长成一个勇敢的小伙子了，”他说，“但你知道不能重回基地里去，对吧？即使有加尔德在里面，我也不能冒这个险，我不能让你以身犯险。”

说完他又开始行进了。我跟在他后面，背贴着墙，走近基地外墙的一个角落。我慢慢挪着两只脚，不过不是因为疲惫，其实我打心底里觉得我们不该一走了之，所以我的身体也跟着不愿动弹。基地里的骚乱让我想起了西弗吉尼亚的那个洞穴，以及其后发生的一切——锁链、酷刑——如果我们撇下亚当，那些事情也有可能发生在他身上，那些加尔德也一样，如果他们在里面搏杀的话。我希望能做点什么而不是逃之夭夭。

“我们可以帮助他们的，”我脱口而出，“我们必须这么做！”

爸爸点点头。“我们会去帮忙的，但我们不能盲目冲进一个着了火的有重兵把守的军事基地，以让自己送命的方式来帮助别人。”

这番话十分耳熟。过了一会儿我才意识到，以前约翰冲动起来要去做英勇而愚蠢的事情时，我给他的也是这样的忠告。

我绞尽脑汁要为重回基地找一个合适的理由，爸爸从墙角探出头去又马上缩了回来。很快我听到有两个人的脚步声正在靠近。

“莫加多尔人，”他压着嗓子说，一边蹲了下来，“有两个，也许是打算包抄我们。”

第一个莫加多尔士兵冲过墙角，爸爸低挥那根钢栅栏，一把插进了他的小腿，他摔倒了，一张丑脸扑在地上。

第二个士兵企图拔出武器，但爸爸已经扑到他身上。他们开始扭打起来，抢夺激光枪。爸爸胜在出其不意与求胜心强。不过那个莫加多尔人更壮实，一下把爸爸推到墙上，武器还是夹在他们的身子中间。我听到爸爸急促的喘息声。

不等第一个士兵缓过气来，我就冲到他跟前，狠狠踢打他脑袋的侧面。我下脚那么重，能感觉脚趾头在破烂的运动鞋里立刻肿胀起来。我抓起他的激光枪，转身射击。

这一枪打在爸爸脑袋旁边的墙上，我重新瞄准又开了一枪。

那个莫加多尔人在爸爸面前爆裂开来，爸爸吐出一口黑灰。生怕有什么闪失，我又对着躺在我脚下的莫加多尔人开了一枪。他的尸体“扑哧”一声灰飞烟灭，烟尘散落到对面的人行道上。让人心满意足的景象。

我抬起头，发现爸爸正看着我，眼里充满惊叹与骄傲。

“好枪法！”他说道。他捡起第二个莫加多尔人的激光枪，又从墙角探头看了一下。“危险暂时解除，但肯定会有更多的敌人到来，我们得赶紧走。”

我回头看了看基地，想着朋友们是否在里头拼命厮杀。感觉到我的犹豫，爸爸轻轻地搂住我的肩膀。

“萨姆，我知道现在说这些没多大用处，但我向你保证，我们会尽全力帮助加尔德，挽救他们，保护地球……这是我毕生的事业。”

“也是我的。”我回答道，心里明白这些都是真心话。

他又往墙角外看了一下，对我做了个手势。我们迅速跑向开阔地，朝着倒塌的瞭望塔跑去。爸爸说那里有一条能越过道西基地围墙的道路。我多少有些期盼身后随时有激光枪冲着我们射击，可一直没有。我扭头看着基地上腾腾上升的烟雾，希望加尔德和亚当都能活着逃出来。

爸爸那辆老旧的雪佛兰漫步者就停在他之前所说的地方。我们开车往东穿越沙漠进入了德克萨斯州，一路上没有遇到什么路障，也没被任何政府的秘密巡逻车追踪。所有的道路都是漆黑一片空旷无人，直到我们接近敖德萨①。

“说说吧，”爸爸漫不经心地打开话匣子，好像在问我上学当天学校里的情况，“你是怎么成为一个加尔德的挚友的？”

“他叫约翰，”我回答道，“他的赛邦当时去天堂镇为了找您。我们是在学校里认识的，我们有一些共同的朋友。”

我看着窗外，德州风景在眼前掠过。我有好一阵子没想起高中生活、马克·詹姆斯、储物柜里的牛粪，还有那次疯狂的圣灵干草车之行。真难想象我曾经把马克和他那伙人当作世上最危险的一群人。我轻轻笑出声来，爸爸转过头看着我。

“把一切都说来听听吧，萨姆。我觉得好像错过了很多东西。”

我觉得也是。我从在学校里遇到约翰开始说起，讲到足球场上的斗殴，最后讲到我们逃亡的时光和我被抓的事情。我有好多好多问题想问爸爸，但其实说说话就已经很好了，倒不是因为我在那牢里被单独关押了很多个星期，而是我一直怀念向爸爸倾诉的感觉。

---

① 德克萨斯州西部城市。

我们到达市郊的一家汽车旅馆时，已经是深夜了。爸爸和我都是一身污垢，我们看起来就像刚挖地道越狱出来的一样，其实也差不多算是如此，可是旅馆前台那个疲惫不堪的老人并没有问我们任何问题。

我们的房间在二楼，可以看到废弃的旅馆泳池，里面是深褐色的水，还有枯叶和快餐包装纸。上楼之前，我们走到车后去拿些装备。爸爸从后车厢拿出一个背包，递给了我。

“这是亚当的东西，”他尴尬地说，“里头应该有些干净的衣服。”

“谢谢。”我回答道，一边打量着爸爸。他脸上露出担忧的神色。“我会替他好好保管的。”

爸爸点点头，但我看得出他想到的是最糟的后果。他为这个莫加多尔人忧心忡忡，我突然想知道在离开的这么些年里，他是否也这么担心过我。

我嘟哝了一声，把亚当的包挎在肩上，朝旅馆房间走去。爸爸和亚当之间显然有着某种我无法真正理解的关系，我多少有点嫉妒。但我们一起走着的时候，爸爸把他的手搭在我肩上，我又想起我找了他这么久，他是如何救出了我，还把亚当留下断后。他撇下了这个莫名其妙动用了超能力来救我的莫加多尔人。我把我的小心眼放在一边，试着去理性地思考这一切背后的意味。

“您是怎么认识亚当的？”他打开门的时候我问。

“他救了我。那些莫加多尔人把我囚禁了，还拿我做实验。”

旅馆房间小小的，跟我想象中的一样邋遢。我们开了灯，一只蟑螂从床底下窜了出来。这地方一股霉味。里面有个小浴室，虽然浴缸上满是星星点点的霉斑，我还是盼着能淋个浴。与拿一个铁桶里的冰水洗澡相比，这地方简直就是个天堂。

“什么样的实验?”

爸爸坐到了床脚边，我则坐在他身旁，一起看着脏兮兮的旅馆镜子里我们的影像。我们真是太相似了——最近这段被囚的岁月让我们肮脏又憔悴。好一对父子。

“他们企图进入我的大脑，把我所知的有关加尔德的有用信息都掏出来。”

“因为您是加尔德来到地球时见到他们的人之一，对吧?我们在后院发现了您的井中密室，我就把一些情况联系了起来。”

“是接待他们的人，”爸爸难过地说，“洛林人降落的时候，我们去迎接他们，帮他们安置妥当并开始逃亡。那九个孩子全都惊恐万分。然而那飞船的降落是我目睹到的最不可思议的场面。”

我笑了，想起第一次看见约翰使用超能力的情景，就像是掀开一面窗帘看到了无限的可能一般。我看了那么多傻兮兮的有关外星人的书籍，我多么希望它们都是确有其事的啊，结果一切都成真了。

“我想我们比加尔德更容易被发现。我们有家有房子，我们的生活不可能就那么被连根拔起。莫加多尔人于是找到了我们。”

“其他人怎么样了呢?”

爸爸的手微微颤抖起来。他叹了一口气说：“他们全被杀死了，萨姆，只剩下我了。”

我看着镜子里他惊恐不安的脸庞，他被莫加多尔人关押了这么些年，要他去回忆那些可怕的事情，我真于心不忍。

“对不起，”我说，“这些事也不是非谈不可的。”

“不!”他断然说道，“你有权知道我为什么不——我为什么不能陪伴着你，不能尽我的义务。”

爸爸蹙着脸，好像要使劲回忆什么事情。我由他慢慢想，弯下腰去解鞋带。自打踢了那个莫加多尔人的脸，我的脚趾头就一直肿胀不已。我开始轻轻地揉搓脚趾，查看是否踢断了骨头。

“他们试图从我们的记忆中夺取一些信息，能帮助他们找到加尔德的任何信息。”他一只手捋着头发，摩挲着头皮。“他们对我做的实验，让我的记忆留下了一些空白。有些事情我不记得了。有些重要的事情，我觉得我应该记住的，但却没有。”

我拍着他的背：“我们会找到加尔德的，我也说不准，但他们也许有办法恢复你被莫加多尔人夺走的记忆。”

“蛮乐观的嘛，”爸爸笑着对我说，“我好久没有这种感觉了。”

爸爸起身拿起他的背包，从里面拿出一个在加油站柜台就能买到的低档塑料手机，伤感地看着屏幕。

“亚当有这个号码，”爸爸说，“他这个时候应该打过来报平安了。”

“那里一片混乱，他把手机丢了也说不定呢。”

爸爸已经开始拨号了，他把电话举到耳边听着。几秒钟的沉默之后，他挂了电话。

“没人接，”他一边坐下来一边说，“我想我今晚连累那小伙子送命了，萨姆。”

第四章

我在那邋遢的汽车旅馆的盥洗室里洗了平生最惬意的一次澡。即使黑色的霉斑从排水管一直延伸到橡胶浴垫卷曲的边缘，也没能破坏这种快意。热水酣畅淋漓，洗去了被莫加多尔人囚禁数周的郁闷。

抹去盥洗室镜子上的水雾之后，我好好审视了镜子中的自己。肋骨凸显，腹部肌肉松松垮垮的，一个饿坏了的人的六块腹肌就是这样子啊；眼睛底下深深的黑眼圈，头发也从没这么长过。

看来，一个人类自由斗士就是这种模样。

我穿上我在亚当背包里找到的 T 恤衫和牛仔裤。皮带都系到了最后一个扣眼，才没让牛仔裤掉下来，可裤子还是松松垮垮地耷拉在髋部上。肚子饿得咕咕叫，我寻思着这么烂的一个汽车旅馆能提供什么样的客房服务。我打赌前台的那个老人会很乐意将一块烤奶酪烟头三明治送过来。

房间里，爸爸把他的一些设备都安装好了。笔记本电脑敞开放在床上，一个扫描新闻标题的程序正在运行，而他已经开始策划下一步的行动了。夜色深沉，已过了午夜时分，我还没睡着。虽然我很想找到那个加尔德，但我还是希望下一步行动是去最近的餐馆吃上一袋煎饼。

“有什么发现吗？”我瞥了一眼电脑问。

爸爸对那程序毫不留意。他靠墙坐着，手里攥着那部廉价手机，一副犹豫不决的样子。他懒洋洋地瞄了一眼电脑说：“还没。”

“他也许要等脱险了才会打电话过来。”我说道。我俯身想拿走他手里的手机，但他把手挪开了。

“我不是在想这个事，”他说，“我们还得打个电话，你洗澡的时候我一直在想该怎么说，但现在还是没想好。”

他的拇指在手机键盘上摩挲着一串熟悉的号码，好像真打算拨打电话似的。我一门心思想着找到那个加尔德一起抗击莫加多尔人，所以一开始我并不确定他说的是谁。等到回过神来，我一把瘫坐在床上，跟爸爸一样无言以对。

“我们得打给你妈妈，萨姆。”

我点头表示同意，但却拿不准该跟妈妈怎么说。她最后一次见到我，是我在天堂镇与莫加多尔人激战之后与约翰和六号连夜脱逃时。我想我当时回头冲她大喊“我爱你”，但那次分离其实不是最伤感的一次，因为我当时满以为自己很快就会回去，却从未料到会沦为一群外星敌人的阶下囚。

“她会很生气的吧？”

“她气的是我，”爸爸说，“不是你。听到你的声音，知道你安然无恙，她会很开心的。”

“等等，你——见过她了？”

“我们去新墨西哥州之前在天堂镇逗留了一阵，所以我才知道你失踪了。”

“那她还好吗？莫加多尔人没盯上她吧？”

“看来是没有，但不等于没事。你离家远走让她很难过，所以她怪罪于我。其实她也没有错。她不让我进屋，我能理解，于是我们就睡进了井中密室里。”

“跟那副骷髅一起？”

“是的，那又是一件我完全失忆的事。我不知道那副骨头的身份，”爸爸眯眯眼盯着我说，“别转移话题。”

我既担心妈妈在电话里会责骂我，又担心听到她的声音会让我萌发彻底忘掉这场战争立刻飞奔回家的冲动，我费劲地咽了口唾沫。

“现在都半夜了，不如等明天？”

爸爸摇了摇头。“不，这事不能再耽搁了。谁知道明天我们又会出什么事呢？”

说完这话，爸爸突然坚定起来，拨通了家里的电话。他紧张地把耳朵凑近电话，等待着。我回忆起爸爸失踪前和妈妈在一起的情景，他们那时很幸福。我不知道当爸爸无可奈何地告诉妈妈我们现在还不回去时会是什么心情，也许跟我一样内疚吧。

“是答录机，”隔了一会儿爸爸说，他简直是有些如释重负，用手捂住手机问我，“我该……”

他越说越小声，而答录机的哔哔声还在他耳边响着。他无声地动了动嘴巴，努力想着怎么措辞。

“贝丝，我是——”他结结巴巴地说，一边用手捋着头发，“我是马尔科姆。我不知该从何说起——对着答录机留言真不太合适——不过，我还活着。我没死。我很抱歉。我非常想你。”

爸爸抬头看着我，双眼湿润。“我们的儿子跟我在一起。他——我一定确保他的安全。终有一天，只要你同意，我会把一切都解释给你听的。我爱你。”

他颤抖着手把手机递给我，我接了过来。

“妈妈？”我开口说，竭力不去字斟句酌，而是自然地把它说出来，“我——我终于找到爸爸了，确切地说是他找到了我。我们正干着一件很了不起的事——维护世界和平，而且没有危险哦，我向你保证。我爱您，我们很快就回家了。”

我挂了电话，低头盯着它看了一会儿，才对着爸爸抬起了头。他伸出手拍了拍我的膝盖，眼中依然有泪光闪烁。

“说得不错。”他说。

“我希望我说的都是真话。”我回应道。

“我也是。”

第五章

新一天的曙光透过楼宇间的罅隙，驱散了夜晚的凉意，将芝加哥的天际先是晕染成一片紫色，而后又是粉红。我站在约翰·汉考克大厦的天台上，看着太阳从密歇根湖面冉冉升起。

这是我接连第三晚因为辗转难眠而到这上面来了。

我们几天前回到了芝加哥，前半程开的是一辆偷来的政府公务车，后半程则搭乘了一列货运火车。同伴中有一个能隐身，还有一个则能意念传动，这样一来，偷越边境就易如反掌了。

在芝加哥生机渐露的时分，我走过天台探身向外望。大街小巷车流滚滚，人行道上行人纷纷、步履匆匆，这座城市很快就会拥堵起来。我低头看着他们，摇了摇头。

“他们对即将发生的事情一无所知。”

伯尼·科萨变成一只毕尔格猎犬①向我缓步走来。它伸了个懒

① 一种小型猎犬，亦称猎兔犬，短腿、耳朵下垂。

腰，打了个呵欠，又用鼻子蹭了蹭我的手。

我真该庆幸能活下来。我们在新墨西哥州跟希特雷库斯·雷打了一仗，无人阵亡。除了行踪依旧不明的五号外，幸存的加尔德都在楼下，安然无恙，基本上旧伤已愈。萨拉也在下面，是我救了她。

我低头看着双手，在新墨西哥州时，它们沾满了鲜血——埃拉的血，也有萨拉的血。

“世界末日即将降临，他们却浑然不觉。”

伯尼·科萨变成一只麻雀，在约翰·汉考克大厦与临近那幢大楼的间隙间飞翔，最后落在我肩上。

我看着楼下的行人，心里却在想着加尔德。

自从我们来到九号的顶楼豪华公寓之后，大伙儿都很放松。稍事休整绝对是可以的，我只是希望他们没有忘了我们在新墨西哥州曾经一败涂地，因为我一心只想着这一点。

如果不是埃拉莫名其妙地伤了希特雷库斯，如果不是基地另一端的爆炸把余下的莫加多尔人也赶跑了，都不知道我们能否活着逃出来。如果我没有发挥出疗伤的超能力，萨拉和埃拉早已命丧黄泉。她们被火烧伤的脸庞总在我脑海中浮现，挥之不去。

我们不会再有那样的运气了。如果下次遭遇希特雷库斯时我们毫无准备，那我们未必都能活下来。

我从天台上下来时，其他人都醒了。

玛丽娜在厨房里，利用她的意念移物搅动着一碗鸡蛋和牛奶，一边还擦拭着备餐台上的污渍。那个贴着瓷砖的备餐台曾经可是纤尘不染的呢。自打我们七个，还有伯尼，搬进来之后，就没真正打理过九号的豪宅。

玛丽娜看见我，冲我挥了挥手："早上好。吃鸡蛋吗？"

"早上好。昨晚不是你做饭吗？该轮到其他人了呀。"

"我倒是无所谓啦，"玛丽娜说着，开心地从碗柜里拿下一个搅拌器，"真不敢相信会有这么个地方。我都有点嫉妒九号了，他竟在这里住了这么久。这跟我以前住的地方太不一样了，我什么东西都想试用一番，是不是很离谱？"

"压根不会啦。"我帮她擦完了备餐台。"我们住在这里，至少该轮流做饭搞卫生吧。"

"是的，"玛丽娜点点头，斜着瞥了我一眼，"我们是该安排好。"

"你这么看我是什么意思？"

"没什么，分工做家务是个好主意。"玛丽娜说，慌乱地把视线移开了。她心里绝对有事。

"说吧，玛丽娜。到底什么事？"

"我只是——"她拿起一条洗碗布，边说话边绞着，"很久以来，我活得毫无方向，不知道当一个加尔德该是什么样子。后来六号在西班牙找到了我，给我指明了方向。后来我们又见到了你和九号，接着是你们带领我们抗击最邪恶的莫加多尔人。当时我就感到'哇，这三个人知道自己该做什么，他们能把握好自己'。"

"呃，谢谢！"

"但现在我们都回来好些天了，我又开始有了那种感觉，觉得我们不知道自己该做什么。所以我在想，咱们除了做这些家务琐事，是否还有什么打算呢？"

"正在计划中。"我含含糊糊地说。

我不想告诉玛丽娜说我们的下一步，确切说是没有下一步，让我夜不成寐。我们不知道经过新墨西哥一役，希特雷库斯·雷会藏匿在什么地方。就算我们知道，我也觉得我们暂时还不能与之抗衡。我们可以去找五号，我们在马尔科姆·古德的井中密室里找到的定位板也显示了，佛罗里达海岸的一个发光点很可能就是他。还有萨姆。萨拉发誓在新墨西哥州见过他，但我们在道西基地没遇到他。希特雷库斯·雷显然能变幻成他人的模样，我开始觉得她见到的萨姆其实正是他变的。我相信萨姆被关押在某个地方，当然前提是他还得活着。

有这么多决定等着做，更别提我们本该进行的训练了。然而最近几天我裹足不前，还在为新墨西哥州的那次溃败而失落，无法专心制定一个计划。也许是因为九号这个豪华公寓带来的舒适惬意吧。多年逃亡加死里逃生之后，这群人似乎很需要稍作喘息。就算真有人为未能制定一个合适的计划而自责，也全都没有表现出来。

对了，还有另一件事让我分心。我想这感觉有点像玛丽娜热衷于使用九号豪华厨房里的所有器具——我想跟萨拉共度一些时光。不知道亨利若在会怎么想。他应该会对我的散漫颇为失望吧。我知道，但我情难自已。

好像心有灵犀似的，萨拉站到了我身后，将双臂环绕在我腰间，用脸轻轻摩挲着我的后颈。我沉浸在自己的思绪中，连她缓步走入厨房都没有听到。

“早上好，帅哥。”萨拉说。我转过身，给了她一个悠长又甜蜜的吻。

虽然心中有千斤重担，但这样的清晨我多少还是习惯了——早上起床亲吻萨拉，再陪她一起度过平凡的一天，接着上床安寝，心里知道醒来时她还会在我身边。

萨拉把脸贴近我的脸，悄声说："你又起早了。"

我做了个鬼脸；还以为早上悄悄溜下床到天台去想事儿没弄出什么动静呢。

"一切还好吧？"萨拉问。

"当然了。"我说道，又吻了她一下，想让她宽心。"你就在我跟前，我能不好吗？"

玛丽娜干咳了一声，也许是担心我们会在厨房里亲热起来。萨拉冲我眨了眨眼，转身扯下玛丽娜悬浮在空中的那个搅拌器，接过了搅蛋的任务。

"对了，"萨拉回头对我说，"九号在找你。"

"好的，"我答道，"找我什么事？"

萨拉耸耸肩："我没问。也许他想跟你分享时尚心得吧。"她若有所思地将一个手指放在唇上，观察着我。"其实那样也不是很糟。"

"什么意思？"

萨拉向我挤了挤眼。"他又没穿衬衫。"

我呻吟了一声，走出厨房去找九号。我知道这处豪宅是他家，他有权让自己舒适自在，但一直以来，他只要逮到机会就光着膀子在家里四处招摇，我不知道他这么做是希望姑娘们能突然对他投怀送抱呢，还是只想在我面前显摆惹我心烦。也许兼而有之吧。

我发现六号坐在公寓宽敞的客厅里。她在一张高级白色沙发上盘腿而坐，手捧一杯咖啡。从新墨西哥州回来之后，我们没怎么交谈过。六号和萨拉都在我身边，这让我有些不自在。我想六号的心情大概也是如此，因为我能清楚地感觉到她老是躲着我。我进去的时候，六号抬头看了看，半睁着眼，一副惺忪的样子。她似乎跟我一样感觉疲惫。

“嗨，”我说道，“她昨晚如何？”

六号摇摇头：“她整晚没睡，这会儿刚睡下。”

埃拉的噩梦是我们需要处理的众多问题之一。我们离开新墨西哥州之后每晚如是，以至于六号和玛丽娜得在她房间轮流守夜，确保她不会受惊过度。

我放低了声音：“她告诉你她看到什么了吗？”

“零零碎碎地说了些，”六号说，“她不是个健谈的人，你知道的。”

“去新墨西哥州前，我跟九号也看到过很多噩梦般的幻象。”我说道，努力想弄个明白。

“八号也说起过类似的事情。”

“起初我以为是希特雷库斯·雷想嘲弄我们，但那些景象又像是一种警示。至少我是这么想的。也许我们该弄清埃拉的噩梦的含义。”

“是的，我想那些梦可能蕴含着什么信息，”六号硬邦邦地说，“但你是否想过也许有个简单的解释呢？”

“比如什么？”

六号的眼睛滴溜溜地转。“比如说她根本就是一个孩子，约翰。她的赛邦刚过世，她几天前又差点丧命。谁知道接下来又会遇上什么事。该死的，我们没有每晚全都做噩梦，那才真是奇哉怪哉。”

“你这么一说，倒让人心里舒坦了。”

“可此刻却不是令人舒坦的时候。”

我还没来得及答话，八号就出现在六号边上。六号猛地跳起来，差点把咖啡洒了。她恶狠狠地瞪了八号一眼，八号举起双手护着自己。

“哇，抱歉，”他说，“别杀我。”

“你不能再这么干了。”六号放下咖啡答道。

八号穿着健身服，一条吸汗头带松松垮垮地压着他那一头鬈发。他冲我点点头，又对着六号展开他最为春风化雨的微笑。

“行了啦，”他说，“你可以去训练室里拿我出气嘛。”

六号对这个提议颇为满意，她站起身说：“我要好好揍你一顿。”

“你们搞什么名堂？”我问。

“交交手啊，”八号回答，“我想既然在新墨西哥州时六号差点就杀了我——”

“最后再说一次，那不是我。”六号打断了他的话，一脸懊恼。

“她至少可以把一些新招数使给我看看，这样下次她再袭击我，我还能自卫。”

六号奋力想往八号的胳膊来上一拳，但他很快用瞬移溜到沙发后面去了。

“瞧见了？”八号咧嘴一笑，“我已经快得连你都打不着了。”

六号跟着他跳过沙发，八号拔腿就向训练室跑去。起身追赶前，六号转身看着我。

“也许你该找埃拉谈谈。”六号说。

“我？”

“是的，”她回答，“也许你可以判断出她的梦境是否有什么意味，还是说她只是心理受到了创伤。”

六号刚一离开房间，我身后的地板就传来一声轰然巨响。我转身发现九号冲我咧着嘴笑。他上身赤裸，就像萨拉之前说的，肉墩墩的手里拿着一本素描簿。我抬头瞄了瞄天花板。

“你在那上头站了多久了？”

九号耸耸肩。“我倒挂的时候思路最清晰，兄弟。”

“我都不知道你还懂思考呢。”

“好了，你确实替我们大伙儿考虑了不少。”他把素描簿扔给我。“但你得看看这个。”

我接过素描簿，开始翻看起来。上面都是些楼层的平面图，是九号亲手画出来的。像是某个军事基地的建筑图纸，但看起来却眼熟得令人奇怪。

“这是——？”

“西弗吉尼亚，”九号自豪地大声说，“每一个我能记起的细节都画下来了。等我们去攻打这个地方，这个就能派上用场了。胖子希特雷库斯肯定就在那里藏着呢。”

我坐到沙发上，把素描簿放在身边的靠垫上翻看着。“我当时想攻打他的这个巢穴，你可是压根不赞成啊。”

“那时你像个傻瓜似的想冲上战场，”他回答，“我说过我们需要更多人手，现在有了。”

“说起这个，今天早上你看了定位板没有？”

九号点点头，“五号暂时没挪过地方。”我们回到芝加哥之后就一直盯着我们的定位板。五号，这个我们尚未联系上的加尔德，最近几天一直在佛罗里达的一个岛屿上。在我们前往新墨西哥州之前，他一直在牙买加。他的迁徙是标准的洛林人逃亡方式。就算有定位板帮我指出正确方向，找到他也非易事。

“既然现在我们有机会休养，我觉得这件事应该成为当务之急。

我们是人越多越好，对吧？”

“而且也许在我们寻找五号的同时，希特雷库斯·雷正在发动对地球的全面入侵呢。”九号拍着素描簿的封面强调。“他正在逃跑，我们现在必须作个了断。”

“逃跑？”我瞪着九号问，“就我记得的可不是这样。”

“怎么了？他当时确实是撤退了，对吧？”

我摇了摇头。“你觉得自己做好再战一回的准备了吗？”

“你说呢？”九号将一只胳膊弯曲到后背，另一只则盘到头顶，摆出一副健美运动员的姿势。我忍不住一阵大笑。

“我敢肯定你的柔韧性会让他不战自降的。”

“那总比坐着不动更有威胁吧。”九号挨着我一屁股坐到沙发上说。

“你真觉得我们该攻打西弗吉尼亚吗？我们刚刚在道西大败一场呢。”

九号低头看着他的拳头，握紧又松开，也许是记起了自己差点死在希特雷库斯的手里，记起我们都曾命悬一线。

“我不知道，”他停顿了一会儿说，“我只想把图纸给你，好让你知道有这么个选择。你也许觉得我不了解自己的局限性什么的，但在新墨西哥州那会儿，我想要独自与希特雷库斯抗衡，也许是有些犯浑了。六号当时也是非常冲动。八号受了重创，其他人都身中枪伤。是你将我们团结了起来。这一点大家都很清楚。我才不信你是什么庇塔库斯转世的无稽之谈，但你确实有领袖风范。所以以后你来发话，我来打杀，这是我们各自的强项。”

“强项？那可说不准——六号也挺能打杀的。”

九号哼了一声。“她在女的当中也算是顶尖高手。不过关键不在这儿，小翰。关键是我需要你告诉我往哪儿下手。你得快点告诉我，不然我在这儿待着快疯掉了。”

我又看了一眼九号的素描簿。这样看来，应该是我们一从新墨西哥州回来他就开始着手画图纸了。他这么吵吵嚷嚷，说明他至少尽力想办法去对抗莫加多尔人，而我却还身陷情海，夜不能寐，在天台上独自徒劳地绞尽脑汁。

“真希望亨利在这儿，”我说道，“或是桑德尔。哪一位赛邦都行。真的。有个能告诉我下一步怎么走的人就好了。”

“是，可他们都死了。”九号直愣愣地说，“现在该由我们做决定了，而且你一直都是足智多谋的那个。真该死，上回我不愿按你的计划行事，差点得把你从天台扔下才拦得住你。”

“我不是个赛邦。”

“没错，但你就是个百事通。”九号使劲拍了拍我的后背。我明白那是他真情流露的举动。“别再婆婆妈妈地穷抱怨了，也别再跟你那个地球人女朋友卿卿我我，好好想出一个万全之策来。”

九号说我婆妈还讽刺我跟萨拉的事，换作是一周前，我一定火冒三丈。但现在我知道他是在为我打气。这是他独具一格的鼓气之辞，虽然让人颇为尴尬，我还是蛮需要听一听的。

“我要是想不出什么计策怎么办？”我平心静气地问他。

“那样嘛，小翰，是不可以的。”

第六章

我又回到约翰·汉考克大厦的天台。这次我不是一个人上来。

"如果你没做好开口的准备，那我们也可以不谈。"我轻声说，一边看着我身边那个蜷缩成一团，像印度人一般盘腿打坐的身影。

虽然天台根本不冷，埃拉肩上还是披着一条毯子。不知怎的，她看上去比平时还显小，不知道是不是压力让她开始还童。毯子下她穿的是九号的一件旧的法兰绒衬衣，长及膝盖。最近她能安然入睡的时段就只有下午，如果不是玛丽娜和气地劝她上来跟我谈，也许她会连床都不下。

"我试试，"她说道，声音轻得几乎被风声湮没，"玛丽娜说你也许能帮我。"

谢谢，玛丽娜！我暗自思忖道。自从我们在新墨西哥州初次相遇之后，我都没怎么跟埃拉单独谈过话。我想这是一个进一步了解她的机会，虽然我希望能在更好的状况下进行。我非常想帮她，只是不知道该怎么做——解读梦境非我所长，如果她需要的是精神科医生的话，我也不是啊。这场谈话其实应该由一个赛邦来参加，但正如九号先前提醒我的，我们的赛邦都不在了。

我努力让语气显得更自信些。“玛丽娜说得没错，我以前也做过那样的梦。”

“有关他的梦?”埃拉问。她压低嗓门的样子，一听就知道所指何人。

“是的，”我回答，“那个变态丑八怪在我脑海里盘桓了那么久，我真该向他收取租金才是。”

埃拉微微一笑，站起身来，将一颗松动了的碎石子踢过天台。我犹疑片刻，将手搭在她肩上，她叹息了一声，似乎如释重负。

“每个梦开始都是一样的，”埃拉开口说，“我们又回到了那基地，抗击着希特雷库斯和他的走狗们。你知道，我们当时就快败下阵来。”

我点点头。“是，我还记得当时的情形。”

“我从地上拾起一块金属片，其实我不知道那究竟是什么，也许是一截断剑。我一碰到它，它就开始在我手里闪闪发光。”

“等等，”我说道，想把这个情形弄个明白，“这是当时的情形呢，还是你梦到的场景?”

“就是当时的情形，”她说，“我当时很害怕，就随手抓起能抓到的第一件东西。我一心只想拿东西扔他，直到他不再打九号。”

“从我当时所站的位置看去，那像是一枚飞镖什么的。”我说道，回忆起那场激战，烟尘滚滚，一片混乱。“一枚发光的飞镖。我还以为是从你的洛林箱里找来的。”

“我从来就没有过什么洛林箱，”埃拉闷闷不乐地说，“我想他们是忘了帮我配备一个了。”

“埃拉，知道我是怎么想的吗？”我努力让语气更宽慰些，可却难掩兴奋之情，“我想你当时是发挥了一项新的超能力，而我们都太慌乱了，没能意识到这一点。”

埃拉低头看着双手。“我不明白。”

我从天台上拾起一把松动的砾石，伸手递给她。“我想你对那截断剑施加了某种能力。你用它击中希特雷库斯，伤到了他。”

“哦。”她回答道，声音里没有丝毫激动。

“你觉得自己还能再做一次吗？”我把石子递给她。

“我不想做，”她很不客气地说，“不知怎的，就是觉得不对劲。”

“你当时是害怕了——”我开口说，一心想鼓励她，可她退缩了一步。我意识到自己犯了个错误。她还在为那场激战、那些梦，还有她的超能力而恍惚。我随手把石子扔在地上。“当时我们都很害怕。没事的，这个以后再操心吧。先把你的梦说完。”

她沉吟片刻，我以为她完全不想谈了。但过了一会儿，她又开口了。

“我把那金属片朝他扔过去，”她说，“它插入了他的身体，就像在基地时的情景。只是在我梦里，希特雷库斯没有逃走，而是转身面对着我。其他人——你们所有人——都消失了。在那烟雾缭绕的房间里就只有我和他。”

埃拉环抱双臂，颤抖着。“他一把将飞镖拔了出来，笑眯眯地看着我，露出那些可怕的牙齿。我像个傻子似的呆站着。他走上前来，摸了摸我的脸。应该说是用手背蹭了蹭我的脸。他的手冰凉冰凉的。接着他开始跟我说话。”

其实我也有点想要发抖了，真的。一想到希特雷库斯朝埃拉走过去，把他那恶心的手放到她脸上，我的胃里就一阵翻江倒海。

“他说什么了？”我问。

“嗯，”她顿了顿，放低了声音，“他说‘你来了’，然后又说‘我一直在找你呢’。”

“接着呢？”

“他——他跪了下去。”她声音低沉，成了一阵令人不寒而栗的耳语。“他双手握着我的一只手，问我是否看了那封信。”

“什么信？你知道他的话是什么意思吗？”

埃拉没有看我，把肩上的毯子裹得更紧了。“不知道。”

从她答话的样子，我能看得出来埃拉没有完全说实话。那封信里肯定有什么东西，不管是什么，都跟有关希特雷库斯的梦境一样让她恐惧。从她的描述中我无法弄清那些梦是否跟我曾经做过的一样——希特雷库斯让我看着萨姆受尽酷刑的场景，想诱使我与他相搏。还是真像六号说的那样，这些梦只是埃拉最近经受的种种可怕事情的反映。她的眼泪都快掉下来了，我也就不想再逼问她。

“我真希望能对你说我可以让这些梦消失。”我说道，发现自己正竭力模仿亨利的语气。“但我不能，我不知道你怎么会做这些梦，我只知道它们有多让人痛苦。”

埃拉点点头，满脸失望。“好吧。”

“如果你再在梦里见到他，只要记住一点，那就是他伤不了你。他要是再想握住你的手，你就冲他那张丑脸来上一拳。”

埃拉露出一丝微笑。“我会试一试的。”

* * *

我不知道我说的话是否真能帮到埃拉，但我们的谈话有一点让我无法忘怀。不管她用什么打中了希特雷库斯·雷，那一定是她发挥了超能力的结果。她让那枚飞镖亮了起来，而且不知怎的还伤了他，或者至少是转移了他的注意力，使我们得以恢复自己的超能力。现在我只需要说服她尝试再做一次，就很有希望能弄清这项新的超能力的威力。如果它曾经奏效，那也许就能再次成功。如果我想制定最终能消灭希特雷库斯·雷的计划，那就需要动用手上一切的武器。

我下楼朝训练室走去，希望能在我的洛林箱里或是九号的枪械库中找到某样东西，来激发埃拉的超能力。我记得亨利当时对我使用发热晶体，帮我第一次控制住我的掌中流明。我不知道是否有类似的东西能帮到埃拉。

我正陷入思索，突然听到了一阵沉闷的枪声。

我不由自主地倒退一步，往下走的时候，我的掌中流明自动开启，我的手渐渐变热。这是一种本能。我能分辨出莫加多尔人的激光枪和其他人用来练习的九号的藏枪。我也知道我们在这里是安全的，至少暂时安全。如果莫加多尔人知道我们的位置，那他们发动攻击的动静一定比一把枪的响声大多了。可就算是这么想着，我的心还是怦怦直跳，做好了打仗的准备。经过新墨西哥州一役，埃拉不是唯一的惊弓之鸟。

* * *

我推开训练室沉重的双层门，双手隐隐发亮，因为我心里还是有些烦躁。我以为会见到九号打着纸靶消磨时间，然后以西部亡命徒的做派转着枪再把它插入皮套。

可是我看到的却是萨拉拿一把小手枪打着最后一发子弹。子弹打穿了挂在房间另一头的纸板莫加多尔人的肩膀。

“不错。”六号摘下隔噪耳机说。她站在萨拉身旁，回头观察着。六号运用意念移物将那个莫加多尔人纸靶拉到跟前。萨拉打出的子弹多数是擦过纸靶边缘或是打中莫加多尔人的胳膊和腿，但有一颗打穿了他的眉心。萨拉用手指戳了戳那个洞。

“我还能做得更好。”她说。

“这可不像当拉拉队员那么容易吧？”六号和气地问。

萨拉卸下打过的弹匣，装了一个新的。“那你显然是没试过直体空翻。”

“我都不懂那是什么。”

看着这一幕，我突然莫名的紧张。我得承认，挥舞着一把枪让萨拉呈现出一种我从未想象过的让人不安的性感。但那也让我十分内疚，是我害得她在这儿练习打靶，而没法回到天堂镇过上正常人的生活。再说我还没把亲吻六号的事告诉萨拉，连跟六号谈谈这事都没有。而现在她们俩还在这儿一起练枪。我知道得向萨拉坦白，也许得等到她没有拿着一把子弹上膛的枪再说吧。

我清了清嗓子，想显得自然些。“嗨，你们在干吗？”

两位姑娘转过身看着我。萨拉笑得很灿烂，挥了挥不持枪的那只手。

“嗨，亲爱的，”她说道，“六号在教我射击呢。”

“是嘛，真不赖。没想到你会想做这样的事情。”

六号怪怪地看了我一眼，像是质问我“难道还会有人不想学射击吗”。这一刻让人尴尬，我对她有些生气，气她未经我允许就给萨拉上这么一课。倒不是说萨拉做什么事还得征求我的同意，而是整个情况让我不安。我的不满一定是写在脸上了，因为六号从萨拉手里拿过了那把枪，拉上保险栓将它放入了枪套。

“暂时先到这儿吧，”六号说，“明天再练。”

“哦，”萨拉回答，语气挺失望的，“好吧。”

六号拍了拍萨拉的胳膊。“好枪法！”接着她冲我意味深长地微微一笑，“回见，二位。”说完施施然从我身旁走过，出了门。

萨拉和我默默地站了一会儿，训练室里的灯在头顶嗞嗞作响。

“那个……”我笨嘴拙舌地说。

“你怎么怪里怪气的。”她歪着头盯着我说。

我捡起那个莫加多尔人纸靶，审视着萨拉的枪法，一边想着怎么措辞。“我知道，抱歉。我从没想过你会是能拿枪的狠角色。”

萨拉对着我皱眉。“如果我想跟你在一起，就不能当一个要人搭救的落难少女。”

“你不是啊。”

“得了吧，”她哼了一声，“如果你不出现，谁知道我会在新墨西哥州被关上多久。约翰，其实你是让我起死回生了。”

我抱住萨拉，不去想她倒在我脚下奄奄一息的那一幕。“我永远不会让你有事的。”

她甩开我。“那可不一定，你也不是无所不能的，约翰。”

“是的，”我说道，“我开始意识到这一点了。”

萨拉仰头看着我。“你知道，我想过今天给我爸妈打电话，都好几个星期了，我想告诉他们我没事。”

“这主意可不太好。莫加多尔人或政府都可能监听了你家的电话，他们可能正在找我们呢。”

这些话听起来很无情，我几乎立刻就后悔了，我竟然这么快就进入了多疑又冷静的领袖角色。但萨拉倒是不以为意，其实她似乎就盼着我这么说。

“我知道，”她点点头说，“我也是这么想的，所以我没真去打电话。我不想回家，我想待在这儿跟你们并肩作战。但我没有洛林人的超能力，我只是个累赘，我想练好枪法，免得拖累你们。”

我握住萨拉的手：“你不是累赘。我需要你在我身边。只有你能让我坚强。”

“我知道，”她说，“你要拯救这个世界，我会帮助你。不是说每个伟大的男人背后都有一个伟大的女人吗？我可以成为你背后的女人。我只想成为一个有远大目标的伟大女人。”

我忍不住笑了，我们之间的紧张感一扫而空。我举起萨拉的手吻了吻。她把胳膊环绕在我腰间，我们相拥而立。我不知道自己之前为何这么纠结；有萨拉在身边，一切似乎轻松多了。制定一个作战计划消灭莫加多尔人？没问题。至于与六号的那一吻，似乎也不是什么要紧事了。

随着一阵轻烟，八号瞬移进房间里。他双目圆睁，一脸兴奋之色，但看到我们立刻又局促起来。

“哇，”八号说，“抱歉，我不知道会看到亲热场面。”

萨拉低笑一声，我瞪着八号打趣说：“你要是没带来好消息，有你好看的。”

“你得自己上工作间去看看，我去叫其他人。”

说完这个语焉不详的消息，八号又动用瞬移离开了。萨拉和我交换了一个眼色，冲出训练室，走进了桑德尔老旧的工作间。

九号已经在那里了，他交叉双臂看着墙上的一排电视屏幕。它们都被调到同一个画面——南卡罗来纳州一家本地电视台的新闻报道。我们进去的时候，九号暂停了新闻画面，定格在一个头发灰白的主持人身上。

“前几天我开启了桑德尔的某些旧程序，”九号解释道，“对新闻画面进行检索，寻找与洛林有关的异常事件。”

“是的，亨利也安装过一样的装置。”

“嗯，典型乏味的赛邦手法，对吧？不过今晚倒是检索到了这个。”

九号重启了报道的画面，主持人又开始照着提词器读稿。

“警方尚未能解释昨天清晨本地一家农户的庄稼所遭到的蓄意破坏。人们普遍认为这是一起高中生的恶作剧，但另一些人认为……”

画面中出现了航拍的镜头，玉米地里烧出来一个个曲曲折折的迷宫一样的标志。对于记者来说，那也许像是少年人的恶作剧，但我们马上就认出来了。这片庄稼地里焚烧出来的细密的锯齿状图案正是五号的洛林标志。

第七章

“如果是五号想找到我们，那这是最笨的办法了。”九号说。

“她可能是一个人吓坏了吧，”玛丽娜温和地说，“独自逃亡。”

“心智正常的赛邦是不会烧庄稼的，所以他们一定是落单了。可是……”九号皱着眉头慢悠悠地说，“等等——你说‘她’是什么意思？五号是个小妞儿？”

听到“小妞儿”这个词，玛丽娜翻了翻白眼，摇了摇头。“我不知道。我是猜的。”

“在田地里放火倒像是爷们儿干的事。”六号插了句嘴。

“我记得亨利看过一个报道，说阿根廷有个姑娘举起了压在人身上的一辆汽车，”我说道，“我们一直觉得那是五号。”

“我听着倒像是八卦新闻。”六号说。

“男的女的都没关系，”九号冲那些屏幕挥着手说，“吓坏了不等于就可以犯傻。”

我打心底里同意九号的看法。假设这信息确实是五号发出的，而不是莫加多尔人精心设置的陷阱，那这样吸引我们的注意也是一个很糟糕的法子。因为如果我们注意到了，那莫加多尔人绝对也会注意到的。

我们全挤进了桑德尔的工作间。九号将新闻画面停在洛林标志的航拍镜头上，我们一起合计着下一步该怎么办。我打开我的洛林箱里的微型地球，那个全息洛林太阳系静静漂浮在桌子上方。

“他应该没有打开他的洛林箱，”我说，“如果有的话，这个会变成地球的样子。”

八号站在我身边，攥着一颗从他洛林箱里取出的红色通讯水晶，就是我们在九号家找到的那一颗。六号在印度的时候，我们还用它发送过信息给她。

“你听到了吗，五号？”八号对着水晶说，“如果听得到，请你别再放火烧东西了。”

“只有他的洛林箱开启了，他才能听到你说话，”我解释说，“那样的话，他会出现在微型地球上面。”

“啊，”八号放下水晶说，“他们难道就不能给我们配手机吗？”

九号把我的定位板接入桑德尔的电脑。新闻画面哔的一声没了，取而代之的是一幅世界地图。在芝加哥的位置上有一串蓝色的脉冲信号点——那就是我们。往南去还有另一个点，以极快的速度从卡罗来纳向中部进发。九号看了我一眼。

“我今天早上查看了他的位置后，他又行进了许多里路。他还是第一次离开那些岛屿到大陆来。”

六号指着屏幕，画着线回溯到火烧庄稼的地方。“这倒是能说得通。不管他们是谁，这些人都是在逃亡。”

“不过他们的速度的确很快，”萨拉插话说，“他们是不是坐着飞机往某处去呢？”

屏幕上的点突然折向北面，穿过了田纳西州。

“我觉得飞机不是这样行进的。”六号皱着眉头说。

“超速度？”八号问。

我们看着蓝点穿过纳什维尔，一直没有减速，也没有变向。

“他们不可能以那种速度直线穿越一座城市。”六号说。

“这混蛋，”九号嚷嚷道，“我想那蠢货会飞。”

“我们得等他们停止前进再说，”我说道，“也许到那时他们会打开洛林箱，我们就能发送信息。我们轮流盯着，必须抢在莫加多尔人前头找到五号。”

* * *

玛丽娜自告奋勇值第一班。其他人离开后，我继续留在工作间。虽然发现了五号让人兴奋，我依然没有忘记我们其他的问题，尤其是埃拉和她的噩梦。

“我今天跟埃拉谈了，”我打开话匣子，“在她的噩梦中，希特雷库斯·雷问她是否打开了某一封信。你知道是什么意思吗？”

玛丽娜将目光从五号穿越奥克拉荷马州的脉冲信号串上移开来。“也许是克雷顿的信吧？”

“她的赛邦？”

“克雷顿在印度临终之前给了她一封信，”玛丽娜皱着眉头说，“发生了这么多事，我都差点忘了。”

“她还没看过信？”我有点恼火地问，“我们现在正要打仗呢，那封信也许事关重大。”

“我觉得看信对她来说不是件容易的事，约翰，”玛丽娜平静地说，“那些是克雷顿的遗言。读信就意味着承认他真的走了，再也回不来了。”

“但他就是走了啊。”我脱口而出。话说得太快了。我顿了顿，回想起亨利被害的时候。他对我来说一直就像是父亲，比父亲还亲。他是我变幻不定的逃亡生活中唯一不变的因素。对我而言，想起亨利就像是想到了家。哪里有他，哪里就是安全的。失去他，我的整个世界仿佛轰然崩塌。出事的时候，我的年纪比此时的埃拉还大呢。我不该指望她能将这件事彻底忘怀。

我坐到玛丽娜身旁，叹了一口气。“我的赛邦亨利也给我留了一封信。他临终时把信给了我。我们行进了好几天之后，我才鼓起勇气看了信。”

“我就说嘛，确实不容易。再说了，要是希特雷库斯·雷在我梦里出现，要我做件什么事，那我也准得反其道而行之。”

我点点头。“明白了。真的。她需要时间缅怀他。我不是故意说些听着没心没肺的话。当这一切都结束了，等我们赢了，我们会有时间缅怀逝者的。但在此之前，我们得搜集一切能搜集的信息，找到任何对我们有利的情况，”我指着屏幕上五号的位置说，“我们不能坐等着祸从天降，必须马上行动。”

玛丽娜盯着全息微型地球，思索着我的话。我们一直开着它，以防五号会打开他/她的洛林箱。她今早问我是否有了计划时，也许就是希望我说这些话。那时我心里还没谱，其实现在也没有，但第一步绝对是必须弄清我们眼前的情况，而埃拉则是这一切的关键。

“我回去找埃拉谈谈，”她说，“但我不会强迫她做任何事。”

我举起双手。“我不是要你去强迫她。你们比较亲近，也许你可以催促她一下?”

“我会试试的。”她终于答应了。

八号出现在工作间门口，手里端着两杯茶。玛丽娜一看到他就满脸放光。虽然她马上移开了视线，装作对微型地球饶有兴趣的样子，我还是注意到她双颊飞红。

“嗨，”八号放下茶杯说，“抱歉，我只泡了两杯茶。”

“没事，”我说道，看到八号对我投来意味深长的目光，霎时间让我觉得自己成了一只大灯泡，“我这就走。”

我站起身来，八号接替我坐到了微型地球面前。我还没走出门，就听到八号对玛丽娜说了一个什么笑话，逗得她咯咯直笑。我太过专注于萨拉和作战计划了，对玛丽娜和八号最近经常在一起这件事根本没有多心。这事其实挺好的。考虑到我们即将面对的一切，我们都该稍微快乐一下。

* * *

临近傍晚，八号到我们房间来叫醒我和萨拉。其他人都已经到工作间集合了。六号坐在那些计算机前，旁边是玛丽娜。

“我们那位失踪的同志又来了一招要命的举动。”九号说了一句，当是打招呼。他运用他的反重力超能力站在墙面上。埃拉盘腿端坐在他背上，身上裹着一条毯子。我冲她扬了扬眉毛。

“你睡着过吗?”

“不想睡。”埃拉说。

“她一直在帮我做力量训练呢。”九号说。他拱起两边的肩膀，推了一下埃拉。埃拉差点从他背上掉了下来，但她笑了一声，很少见的一笑，又撑住了。她生气地拍了一下他的背。“我可没那么想。”

六号没理会其他人，转身对我说：“五号大约一小时前停止行进，然后又出发了。”

我看了一下定位板的屏幕。我上次查看之后，五号的信号一直沿着西岸行进，现在到了阿肯色州的东部边界了。

“这位天才停了好长一阵才又给我们一个信息哦。”九号满腹牢骚。

玛丽娜半眯着眼盯着九号看。“我们非得对五号的举动吹毛求疵不可吗？他/她也许就是独自一人，心怀恐惧呢？”

“亲爱的，我因为犯傻被莫加多尔人关了好几个月。我有权添油加醋地评说一番吧？嗷！”

埃拉又拍了一下九号的背，让他闭上了嘴。我专心看着六号和计算机屏幕。

“告诉我发生了什么事。”

“一小时前，有关庄稼被焚的新闻报道跟帖区出现了这个帖子。”六号说，幸好她没有一惊一乍的。她点开一个界面，把它拖动到大屏幕上，好让我们都看到。

匿名网友：五号寻找五位。你们在吗？必须见上一面。阿肯色州怪兽处，来见我。

“什么意思？”萨拉问，“像打哑谜似的。”

六号点击了一个网页浏览器，打开一个叫“沼泽地怪兽①”的蹩

① 阿肯色州的乡村传说，相传当地自五十年代起有大脚怪出没。1972年曾被拍成电影《沼泽地传奇》。

脚网站。“我们在谷歌上搜索到这个网站。这是阿肯色州一处鲜为人知的小景点，叫怪兽商店①。”

“你觉得五号是要往那儿去？”

“得等他不再行进了，我们才能确定，”六号指着屏幕上那个小蓝点回答，“但我敢打赌一定是的。”

“难道他还以为莫加多尔人没有谷歌可用？”九号愤愤然地说。

“以我的经验看，”六号说，“莫加多尔人一直像老鹰似的盯着互联网呢。如果我们看到了这个，那他们也一定看到了，而且肯定正想办法查个清楚。他们可能很快会先追踪他的 IP 地址，浪费些时间确定他的位置。这倒是挺好的，因为我们从这里可以看到他已经离开了发送信息的地点，继续前行。不过即便如此，他们最终还是会弄清楚的。”

“那我们最好赶快行动。”我说。

“好啊。”九号说道。他猛地从墙上跳下，一把抓住背上正要跌跤的埃拉。他把她放下来，又把指关节扭得咯咯作响。“终于要行动了。”

我脑子里灵光一闪，这些天对我们的情况做了这么多思考，此刻我突然有了一个计划。“我们的优势就在于知道五号的位置。希望这能使我们比莫加多尔人抢先一步。我们得迅速行动，而且要神不知鬼不觉。六号和我去一趟阿肯色州。她能隐身，我们不用惊动莫加多尔人就能把五号偷偷带出来。我们还得带上伯尼·科萨。”

“哦？那条狗也去吗？”九号直截了当地问。

“它的变形能力能让我们轻而易举地提前侦察一番，”我说道，

---

① 网上确有此地，位于特克萨卡纳东南15英里处71号公路附近。

“而且如果出了什么岔子，它也能回来告诉你们。如果我们被抓了，八号，我希望你能在二十四小时内用瞬移将我们这位狂暴的九号朋友送到我的牢房来。如果发生了不测——”

“不会的，”六号打断我，“我们能搞定。”

我环顾四周。“大伙儿都同意吧？”

八号和玛丽娜点了点头，他们脸色阴沉，但都充满信心。埃拉站在玛丽娜身旁，给了我一个浅笑。九号因为没能参加行动，显得不太高兴，但他也嘟哝着表示了支持。萨拉一句话没说，把目光移开了。

“很好，”我说，“我们最迟两天后回来。六号，准备好你需要的一切，然后我们就出发。”

虽然费了好几天工夫，但这次我第一回觉得自己像个领袖。

* * *

当然这种当领袖的感觉没能持续多久。我回到房间打点行装，往背包里塞进了几件换洗衣服和我的洛林箱里的几样东西：我的匕首、手镯和一块治疗石。萨拉走进来，带着一把从九号枪械库里拿来的裹着枪套的手枪，默默地把它放进她的背包，又往上边放了几件换洗衣衫。

“你要干吗？”我问。

“我要跟你一起去。”她挑衅似的看了我一眼说，似乎做好了争吵的准备。我难以置信地摇了摇头。

“这不在计划之列。”

萨拉背起背包，双手叉腰看着我。“是啊，我爱上了一个外星人，这也不在计划之列。但有时候计划是会变的。”

“这事可能很危险，”我对她说，“我们要赶在莫加多尔人之前到五号所在的地点，但我们也没有很大把握。我们打算暗中行动，而六号一次只能让两个人隐身。”

她耸耸肩说：“六号说我们可以带上那块叫什么通灵的石头，她可以用它来复制她的超能力。”

我扬起了眉毛。这是个好主意。但我对她话里的另一件事更感兴趣。“你已经跟六号谈过了？”

“是，她没意见，”萨拉回答，“她理解我。这种生活注定充满危险。我男朋友在打一场星际战争，我现在习惯了。但我不能置身事外，作壁上观，指望着一切顺利。”

“作壁上观安全啊。”我心知我要输掉这场争执了，但还是期期艾艾说了一句。

“跟你在一起我感觉更安全。发生这一切之后，我不想再跟你分开了，约翰。不管你会面临什么样的危险，我都要跟你并肩作战。”

“我也不想分开，但——”我还没来得及继续提出反对意见，萨拉就走上前来，匆匆用香吻堵住了我的嘴。吵架的时候她还可以这么做，真是不公平。

“别说了，”她笑眯眯地对我说，“绅士范儿的事你都做了，行了哦。很可爱，我很喜欢。但这还是不能让我回心转意。”

我叹了口气。好领袖必须具备的一点就是知道何时应该接受失败。我想我该把黄色通灵石从我的洛林箱里拿出来了。

* * *

九号陪我们一起坐电梯下到停车场。我看得出他还是气鼓鼓的，而且现在更生气了，因为他知道了萨拉要一起参加任务。

“我们留下了定位板，万一出了岔子，你可以用它追踪我们，”我告诉九号，“希望五号能暂时在那里待上一阵。我们一旦到了阿肯色州却没找到他，就会联系你们汇报最新进展。”

“行啊行啊，”九号回答，睥睨眼睛看了萨拉一眼，“这感觉不太像是要去执行任务，倒更像是你陪着两个小妞儿去休闲旅游啊。”九号抱怨道。

萨拉翻了个白眼。我瞪着九号说：“不是这么回事。你知道这儿需要你，以防有事发生。”

“是，我是后援，”他哼了一声。“小翰，我是不是该跟你谈个恋爱，才能参加行动呢？”

萨拉冲他眨巴眼睛。“也许真是可以呢。”

九号打量了我一下：“呃，那可不划算。”

六号和伯尼·科萨已经在楼下等着我们了。九号带着我们走到桑德尔收藏的那一排汽车跟前，最终选中了一辆银色的本田思域。那是桑德尔藏车中不算太拉风的一辆了，我们不想上路之后引来一些不必要的关注。BK① 立马跳上后座，满心兴奋地等着出发。

“这车很快，”九号解释说，“桑德尔买下这些车是以备有一天匆忙转移之需。”

“这车有氮气加速吗？”萨拉问。

“你懂什么叫氮气加速啊，宝贝？”九号回答。

萨拉耸耸肩。“我看过《速度与激情》啊。说说这车怎么开。我一直想开一辆速度超群的车。”

“不错嘛，”九号冲我咧嘴一笑，“也许你这女朋友还能派点用场，

---

① 伯尼·科萨的简称。

小翰。”

九号向萨拉讲解车里的控制系统，我则跟六号去后车厢放下装备。萨拉要跟我们一起走，我觉得像是个突然袭击，而这都要怪六号。

“你在生我的气。”我还没开口，她就说道。

“下回你邀请我的女朋友参与危险任务之前，要是能先知会我，我将不胜感激。”

六号嘟哝了一声，关上后车厢，转身对着我。“拜托，约翰。是她自己想去的。她能自己拿主意。”

“我知道她可以，”我悄声回答，不希望让萨拉听见，“九号也想一起去呢。我们得考虑怎样才对这个团队最有利。”

“你不希望她觉得自己拖累了大家，对吧？这就是个能让她知道自己不是累赘的好办法。”

“等等，你说什么累赘？”我回想起训练室里跟萨拉的谈话。她当时用的就是这个词。“难道你偷听了我们的谈话？”

被我戳穿了，六号露出内疚的神色，但她显得更生我的气了。她两眼冒火地对我说：“那又如何？当时我以为你会壮起胆子，说出我们接吻的事。”

“我干吗要说？”我没好气地说，尽量放低声音。

“因为你越是拖着不说，事情就越显得尴尬，而我烦透了！因为她应该——”

六号还没说完，车子就发动了，萨拉启动了引擎。九号从驾驶座车窗往后退了一步，看上去对萨拉启动车子的方式相当满意。萨拉从车窗探身出来，扭头看着我和六号。

“你们到底上不上车？”

第八章

约翰、六号和萨拉一走，这间顶楼公寓显得更空阔了。我对这地方的规模还是有些不适应，它大得几乎装得下整个桑塔·圣德肋撒修道院①。我知道自己有点傻气，我发现自己在这里走路都是踮着脚尖的，像是生怕惊扰了九号和他的赛邦所积聚的财富。

九号浴室的瓷砖是加热的——你自淋浴间出来，它们就能暖和并烘干你的双脚。我回想起以前我走过桑塔·圣德肋撒崎岖的木地板，之后坐在床垫上，把木刺从脚底拔出来的情景。我不知道换做是赫克托耳，他会怎么看待这个地方，这想法让我莞尔一笑。我又想到如果我的赛邦不是阿德莉娜，而是桑德尔——一个耍酷爱炫但却不改初衷的监护人，花钱如流水，但却不放弃他的职责，若是有这样一个赛邦，不知我又会变成什么样子。瞎想这些毫无意义，但我就是忍不住这么想。

① 玛丽娜之前一直居住的修道院，也是一座孤儿院，位于西班牙北部。

但若非在桑塔·圣德肋撒修道院这么久，我也不会碰到埃拉，不会跟六号一起进山，再邂逅八号。

到头来，一切的艰辛都是值得的。

我用手背掩住嘴巴打了个呵欠。昨晚大伙儿都没怎么睡，找到五号让我们兴奋异常。昨晚本该是我在埃拉房里陪睡，她要是噩梦做得太厉害了，我就把她摇醒。但其实会议之后埃拉根本没怎么睡，就跟着九号一起值班监控五号的信号了。显然对她来说，跟九号待在一起好过休息一阵子。真希望我知道怎么帮她，但在梦境中我的疗伤超能力是无法发挥的。

我发现埃拉蜷缩在公寓客厅的一张椅子上。九号则在她身旁的沙发上睡着，鼾声大作。他的双手环抱着那块能变成短杖的压缩金属块，我可是见过短杖在他的手上发挥出致命的威力。他之前一定以为约翰可能会带他去执行那个任务，所以才把它从洛林箱里拿了出来。九号像抱着泰迪熊一样抱着这件武器，也许还梦见自己杀死了很多莫加多尔人吧。

“你也该去睡一下啊。”我悄声说。

埃拉把视线转向九号。“他说他要先眯一下，然后让我瞧瞧他一些致命的本事。”

我笑出声来。埃拉学着九号的语气说话，真叫人忍俊不禁。

“睡吧，回头有的是时间训练。”

九号在睡梦中嘟囔了几声又翻了个身，趴着把脸埋在沙发坐垫中。埃拉慢慢站起身来，我们蹑手蹑脚地走出了房间。

“我喜欢九号，”我们走过走廊时，她说道，“他这人没心没肺的。”

我眉头一皱。“什么意思？”

“他从不问我近况如何，似乎不怎么关心我。他只是开一些得罪人的玩笑，还把我驮在他肩上，在天花板上倒立行走。”

我笑了，但感觉有些内伤。我们大家一直都这么担心埃拉，总想让她开口谈谈克雷顿的事。我还得照着约翰的吩咐弄清信的内容呢。还有九号，他这么吵吵嚷嚷，就是为了让她散散心，别再忧虑。

“我们只是担心你。”我说。

“我知道，”埃拉回答，“只是有时不去想它反而感觉更自在些。”

也许是时候像约翰说的那样，和气地催促一下埃拉了。“我的赛邦阿德莉娜很长时间一直不去考虑她的宿命，还有我们的命运。但最终她还是别无选择，不得不面对它。”

埃拉什么也没说，但从她皱巴着脸的样子，我看得出她在思索我的话。

我发现自己绕开了卧室，回头走向了桑德尔的工作间。我站在插好的定位板面前，盯着四号和六号两个小点慢慢地朝着阿肯色州五号所在的位置行进。

“你担心他们吗？”埃拉问。

“有点儿。”我回答。虽然我知道他们不会有事。即使在见到九号之后，我依然觉得六号是我见过的最坚强勇敢的人。而四号就像六号说的那样，是个好人，一个大伙儿都需要的领袖人物，即使我看得出有时他也会焦头烂额、茫然无措。

“我希望五号是个小伙子，”埃拉说，“我们这里男的不够数。”

我张口结舌了好一阵，然后开始哈哈大笑。“你这是要给我们拉郎配吗，埃拉？”

她点点头，一脸狡黠地看着我。“约翰和萨拉自然算一对儿啦，然后是你和八号。”

“等等，”我说，“我跟八号之间没什么。”

“嘘，”埃拉拦住我的话头，继续说着，“如果我长大后嫁给九号，那还剩下谁来配六号呢？”

“现在是谁要结婚啊？”

八号站在我们身后的门口，那迷人的笑容让他满脸放光。他在那儿站了多久呢？埃拉和我交换了一个惊奇的眼色，笑了起来。

“好吧，”八号说，转身看着定位板，“我不想知道。”

他走近的时候，我们的肩膀挨到了一起，我没有闪开。我还在想着我们在新墨西哥州那绝望的一吻，那也许是我一生中最大胆的举动了。虽然我心里很是期待，但从那过后我们一直没有接过吻。我们聊了不少，分享了彼此这些年来的逃亡经历，比对着各自对洛林星球残存的记忆。这种时候，我感觉不适合再有进一步的发展。

“他们倒是挺悠哉游哉的嘛。”八号看到四号和六号往南行进时说。

“很长的车程哎。”我回答。

“很好，”他咧嘴一笑，“那我们就有些时间了。”

八号穿着一件红黑相间的 T 恤，好像是什么芝加哥公牛队的队服，还有一条蓝色牛仔裤。他退后一步，指着自己的一身打扮，像是要我跟埃拉夸他一番。

“我这么穿，够像美国人的吧？”

*　　*　　*

“你确定我们该这么做吗？”

电梯从公寓下行前往大堂时，我心里直打鼓。八号站在我身边，兴奋得蹦个不停。

“我们都来了好几天了，也没好好看过这个城市，”他说道，“我想多看看美国的其他地方，而不是只有军事基地和公寓楼。”

“但我们不在的时候要是出事怎么办？”

“我们会赶在他们到达阿肯色州之前回来。这一路开车不会出什么事的，就算有，埃拉也可以用她的心灵感应把我们召唤回来。”

我想起了九号，我跟八号从他跟前经过时，他还在沙发上酣睡。埃拉看着我们离开，冲我狡黠地笑着，又蜷缩在九号旁边的椅子里。

“要是九号醒来发现我们不在，他会不会生气啊？”

“他算老几？我们的保姆吗？”八号伸出双手轻轻晃着我的肩膀开心地说，“别紧张。咱们这就去当几个小时的游客。”

从九号豪华公寓的窗口俯瞰芝加哥的街道从未让我真正了解它们有多么繁忙。我们走在正午的太阳底下，扑面而来的是各种声浪——人们的谈话声，还有汽车喇叭声。这让我想起了西班牙的集市，只不过声响要大上一千倍。八号和我不约而同地伸长了脖子，想看清耸立在我们上方的高楼大厦。我们走得很慢，不得已从我们身边挤过的行人总对我们投来厌烦的目光。

我来到外面有点紧张。这样的人流，这样的噪声，让我很不习惯。我伸手挽住八号的臂弯，确保我们不会在人群中失散。他冲我微微一笑。

“上哪儿去？”他问。

“那边。”我随便指着一个方向说。

结果我们走到了湖边。这里宁静多了。在密歇根湖边闲逛的人都跟我们一样，不急着上任何地方去。有些人坐在长凳上吃着午餐，另一些则在我们身旁骑车或慢跑着锻炼身体。我突然为这些人感到一阵悲哀——此刻危机四伏，他们却浑然不知。

八号轻轻拍了一下我的胳膊。“你干吗蹙着眉？”

“抱歉，”我挤出一个笑容回答道，“在想事。”

“别想太多了，”他假装正色道，“我们只是出来散散步，没什么大不了的。”

我努力把心里的忧郁放在一旁，学着八号说的那样，显出游客的样子。湖水美丽澄澈，湖面上缓缓荡过几叶扁舟。我们四周是各种雕塑，室外咖啡馆林立。八号对每样东西都兴趣盎然，全神贯注地欣赏着当地文化，还兴高采烈地想勾起我的兴致。

我们站在一个银色的雕塑面前，它看着像是个碟状卫星天线，又像是个削掉一半的土豆。“我觉得这件地球人的作品风格不经意间其实是受到了洛林艺术家雨果·凡·洛尔的影响。”八号托着腮帮若有所思地说。

“都是你瞎编的吧？”

八号耸耸肩。“我只是想当个更出色的导游。”

他那随性的热情倒是很有感染力。很快我也跟着他乐此不疲地玩起了游戏——对经过的各种塑像胡诌些评论。等我发现我们已经在湖边待了一个多钟头的时候，我心里刹时内疚起来。

“也许我们该回去了。”我对八号说。虽然我也知道除了等待，我们无事可做，但我还是觉得我们这是在逃避职责。

“等等，”他指着前面说，“看看那个。”

八号说得这么突然，我还以为我们被一个莫加多尔人盯上了呢。我随着他的目光望去，却看到一个胖乎乎的老人站在一辆餐车后面，卖着号称什么“芝加哥风味热狗”的东西。他把一个热狗递给一位顾客；其实那不过是一个小圆面包，上面覆盖着腌黄瓜、番茄片和洋葱末。

“这是我所见过的最恶心的东西了。”八号说。

我咯咯地笑，但肚子却突然咕咕直叫，我赶紧用哈哈大笑加以掩饰。“我觉得它挺好吃的。”我敷衍地说。

“我有说过我是个素食主义者吗？”八号装作一脸嫌恶地看着我问，“但要是你想吃这个可怕恶心的芝加哥风味热狗，那就吃呗。我还没好好谢谢你呢。”

八号朝那摊子走过去，但我一把拉住他的胳膊，将他扯了回来。他冲我嘻嘻一笑。

“改主意了？”

“你说的话是什么意思？什么还没好好谢谢我？”我问道，“谢我什么？”

“谢谢你在新墨西哥州救了我一命啊。你打破了预言，玛丽娜。希特雷库斯·雷用剑刺穿了我，而你，是你把我救活了。”

我的脸不由得一阵绯红，我只好低头看着自己的脚。“那算不得什么。”

“对我来说却非常重要。”

我抬起头，努力模仿八号摆出一个戏谑的笑容。“那样的话，随便用个热狗打发我可是不行的哦。”

八号双手交叉在胸前，像是被我的话伤害到了似的。“你说得对。我要是以为我的命用一个热狗就能换，那就真是大傻瓜了。”他握住我的一只手，单膝跪地，把额头抵在我的手背上。“我的救命恩人，我该如何报答你呢？”

我很不好意思，但还是忍不住笑了起来。我向周围的人投以抱歉的目光，他们多数带着好奇的笑容看着八号的这一举动。在他们眼里，我们一定就像两个普通的年轻人，四处溜达，打情骂俏。

我拉着八号站起身来，又牵着他的手继续在湖边漫步。阳光在湖面上闪动。这不是我名字里的那片海[①]，但依然有大海一般的美丽。

“你可以承诺多陪我过些这样的日子。”我对八号说。

他紧握着我的手说：“那是一定的。”

*　　　*　　　*

八号和我最终回到公寓的时候，满肚子都是油腻的芝加哥比萨。四号和六号还要几小时后才能到达阿肯色州，而埃拉也一直没用心灵感应发来什么警报。一切和我们离开时没什么两样。

不过九号倒是醒了，还站在离电梯门那么近的地方，我们一出电梯差点撞上他。

我们进去的时候，他双手交叉在胸前一动不动地瞪着我们问：“你们去哪儿了？”

“老天，”八号说，一边从九号的身边挤过去。“你在这儿站了多久啊？你的脚不累吗？”

“我们出去了一下。”我解释说。对着九号，我觉得挺难为情的，这让我想起以前宵禁之后偷溜进孤儿院却被人逮住的情形。我想象着九号就要拿起戒尺打我的指节了。“一切还好吧？”

“一切都好，”九号厉声说，他更多是对着九号说的，“你们不能不跟我说一声就跑到市里闲逛。”

---

① 玛丽娜在英文中有大海的意思。

“为什么不行？”八号问。

“因为这么做就是胡来。”九号抱怨说。看得出他在绞尽脑汁，像是有别的话要说。“这既不负责任又很鲁莽。这是在干傻事。”

“只是两个小时罢了，”八号翻着白眼没好气地说，“别像个赛邦似的对我说教。”

看见九号对我们出格的行为这么光火还是很好笑的。特别是想到四号跟我说过的他们一起逃亡时发生的那些事。奇怪的是，他这个样子我觉得还蛮可爱的。他老是装出一副铁石心肠的模样，但醒来见不到我们，却担心得不得了。

我碰了碰九号的胳膊，想缓和一下气氛。“对不起，让你担心了。”

“随便你们了，我反正不担心。”九号抽开胳膊咆哮着说，又再次对着八号发飙。“你以为我是在说教吗？也许我该让你听听我还是个自大的小傻瓜时听到的那些说教。”

八号伸出手指对着九号晃了晃，这让他更为恼火。一般来说，八号的逗乐是挺可爱的，但此刻我真盼着他别再这么做了。九号走近八号，如果八号再高几英寸，那他们几乎就是鼻子顶着鼻子了。八号没有退缩，还是一副笑眯眯的样子，像是把这当玩笑。

“来吧，”九号压低了嗓门说，“我见过你在训练室跟六号玩徒手相搏，你还没跟我一起练呢。”

八号装作手上有个手表似的低头看了一眼，说：“行啊，兄弟，我倒是有些时间可以打发打发。”

九号笑了，他扭头看着我。“你也来，玛丽娜护士。你的男朋友会需要你的。”

第九章

“我要对你们进行严格训练，”九号说，“这样下回有任务的时候，我们就不会被人留下干坐着。”

我和八号肩并肩站在训练室里，看着九号在我们身边绕着圈，像个军队教官那样上下打量着我们。我真想翻白眼了，看得出八号拼命想憋住笑。不过对于跟八号偷偷溜出去这件事，我还是觉得有点内疚，来点训练肯定也没啥坏处。再说了，未能参加四号的行动，九号一定还是满怀怨恨，他对训练这件事似乎还挺当真的。我决定逗逗他。

“除非你们真想当替补队员？我们余下的人去杀希特雷库斯·雷的时候，你们俩难道想去外头闲逛吃比萨吗？”九号在我们面前停下，居高临下地瞪着我们厉声说。

“不，长官。”我说道，努力做出一本正经的样子。八号实在憋不住了，大笑不止。

九号暂时不去理会八号，而是把注意力转向我。“会疗伤，还有夜间视物的超能力。是吧?”

“我能在水下呼吸。”我帮忙补充道。

“好的,”九号说,思考着我的超能力,“也许有一天你会发挥出一项厉害的攻击型超能力。也有可能不会。不过我想要是没有你,我们当时就都死了。我知道小翰现在也有疗伤超能力了,但我想他只懂得给女朋友疗伤,所以我们其他人都需要你。无论如何,我们需要练练你的速度和敏捷度,这样的话,若是我们有人受了伤,你就可以及时来到我们跟前。如果我们练习充分,也许你的疗伤能力还能更上一层楼,发展成别的能力呢。”

出乎我的意料,九号说的话大多都很有道理。只是有一件事让我困惑。“怎样才能锻炼到我的疗伤能力呢?”

九号露出一个瘆人的微笑,要是在战场上,我见了肯定很害怕。“噢,你会明白的。至于你,”他转向八号接着说,“我们初次相遇时,我还觉得你挺厉害,后来你逮住机会就被一剑刺穿胸膛。干得好。”

八号想起了那次跟希特雷库斯·雷的对峙,表情一下子阴沉起来。“那是他给我下了套。”

“是吗?”九号说,“我倒是记得你被刺中的时候,正一门心思对着假六号上下其手,哦,应该说是拥抱。你在激战之中还忙着各种拥抱啊,兄弟?拜托动动脑子吧。”

“你现在似乎就可以来个拥抱。”八号恶作剧地笑着说。

九号还不明就里呢,八号就幻化成四只胳膊的毗湿奴形象,向前一跃将九号紧裹住。我看到九号在八号的挤压之下,脖子和肩膀的肌肉都紧绷起来。

“放开我。”九号咬牙切齿地警告说。

"听你的。"

八号运用瞬移将九号一起带走。接着他出现在离天花板仅几寸的地方，放开了九号。九号晕头转向，根本来不及集中意念，四脚朝天摔倒在地板上。九号还没着地，八号已经瞬移到我身旁。

"啧啧。"他说着，恢复了原形。

"你这样会让他生气的。"我悄声说。八号却只是耸了耸肩。

九号一个鲤鱼打挺站起身来，脑袋左右转动，弄得脖子咯咯作响。他点点头，看样子还蛮佩服的。

"好身手。"他说。

"也许该由我来训练你。"八号挖苦道。

"你再试试。"

八号耸耸肩，再一次变形。他用同样的方式裹住了九号，这一次他小心翼翼地接近他，像是怕九号会突然来个反击。我也是这么想的，我以为九号会狠揍八号的脸，不由得往后一退。奇怪的是，九号根本没有还手。

八号又用瞬移把他们俩带上了天花板，但这一次一挣脱八号的控制，九号就迅速伸出手去触碰天花板。我见状心知不妙；九号摆脱了重力，所以他没有跌到地板上，而是倒立在天花板上。这一切只在顷刻之间便完成了。

八号则使用瞬移又回到了我身旁，这一举动正在九号的意料之中。他从天花板上下来，八号一现形，九号就朝他猛坠下来。八号刚发觉九号不像他想的那样躺在地板上，九号的脚就已踹到他胸口，八号被他踢得飞起又落在地面上。

八号用手肘撑着坐起身来，气喘吁吁，透不过气来。 九号站在他跟前，双手叉腰。

“意料之中的事，”九号说，“你干吗要穿梭回同一个地方？”

八号抚着胸口咳嗽了几声，算是回应。九号伸出手，把他拉起来。

“你行动的关键就是要出其不意，兄弟，”九号解释道，“你得让他们捉摸不透。”

八号撩起衬衣。他的肋骨上已经浮现出一片脚丫状的淤青。“该死的。就像被一把长柄大锤击中一样。”

“谢谢，”九号说完，又看了看我，“轮到你来练习了。”

我轻轻地把双手放在八号胸口。我的超能力让指尖一阵冰凉，这种冰凉感从我身上传到了八号身上。只不过是块淤青，小事一桩；我甚至都不用聚精会神。这倒是好事，因为捂着八号的胸膛还要不分心，对我来说绝非易事。如果训练就是这些内容，我倒是可以习惯。

“谢谢。”我往后退的时候八号说。

房间的另一头，九号已经拿起一个训练用的莫加多尔人布偶，把它掼在地上。他跨立在它跟前，看着我们。

“行了，咱们该这么做。我们就当这个布偶是——我不知道——就当是四号吧。他老是受伤，对吧？现在他受伤了，玛丽娜，你得去到他跟前，发挥你的超能力。八号，你则需要帮助她。”

“那你干什么呢？”我问道。

“我就充当阻挡你们去路的莫加多尔帅哥。”

八号跟我交换了一个眼色。“二对一？”他说，“听起来挺容易的。”

“好嘛，”九号说，将他的短杖变长，恶狠狠地在头顶上挥舞着，

“咱就看看你们的本事吧。”

八号用一只胳膊揽住我，迅速跟我商量着。“他这是盼着我们直接攻击他。”他悄声说。

我点点头，马上明白了他的计划。“你该用瞬移把假人带来给我。”

八号举起手，很快跟我击了一下掌，然后就转身对着九号。“准备好了吗?”

“来吧。”

八号往前走去，九号也迎着他昂首阔步地走到房间中央。八号将九号引至离假人几码远的地方，马上就消失了，然后出现在假人的上方。九号不是没注意到八号的举动，可他毫不在乎。他向前跳跃了几步，直接奔着我来。我毫无防备，九号这么向我扑过来让我非常紧张，于是我直往后退。九号的身手对我来说实在太敏捷了。

当八号带着假人再次出现时，九号正站在那里用手杖顶端抵着我的脖子的一侧。

“干得好，”他对八号说，“现在你有一个受伤的朋友，还有一个死翘翘的疗伤师。”

我以前从未受过这样的训练，九号朝我冲过来让我十分害怕。我得克服这种感觉。我知道换做是六号，她一定不会任由九号把手杖抵住她的喉咙的。我需要向这些小伙子证明即使我没有像他们一样的攻击型超能力，我一样可以反击。

八号分散了九号的注意力，我一把将他的短杖拨开。

“还没死呢。”我说着，往前一扑，往他嘴上就是一拳。我的手掌和手腕突然一阵剧痛。

九号踉跄着后退了一步，八号又惊又喜地欢呼起来。九号扭过头来看着我，张嘴一笑，牙齿上满是血。

“好极了！”他开心大喊，“你掌握要领了！”

“我想我的大拇指骨折了，”我低头看着肿胀的指节回答。

“下一次出手的时候，要把大拇指放在其他手指的上面。”八号边说边示范握拳。

我点点头，犯这样一个低级错误，真让我有些无语，但我多少又有些兴奋，因为我刚刚打中了九号的脸。他似乎也很欣赏这一举动，一边擦着脸，一边带着一种新生的敬意看着我。我摸摸自己的手，再一次感受到我的超能力带来的寒意，这一次超能力在我自己手上传递着，寒意更浓了。

九号把假人捡了起来，把它扔回到房间的另一头。“做好再战一回的准备了吗？”

我跟八号又凑在一起。“也许这次该让他见识我们的老朋友那罗辛哈？”

“哪一位？”

“很多胳膊、很多爪子的那个。”

“听起来很不错，”我说道，“让他手忙脚乱，我则从侧面攻击他。”

我们分开来，八号立刻变幻成体型最大的化身之一。他英俊的脸庞不见了，取而代之的是一张长着金色鬃毛的咆哮着的狮子脸。他长到大约十二英尺高，身体两侧长出了十只胳膊，每一只的末端都有着剃刀般的利爪。九号吹了声口哨。

“不错嘛，”九号说，“你的爹妈肯定有一方是变形兽。也许是你妈妈。”

“真好笑。”八号回答说，他化身成这个样子后就成了低沉的咆哮。

八号冲九号奔过去的时候，我躲在他身后，想伺机抓住那个假人。八号一下猛扑过去，用他所有的手臂鞭打九号，逼得他闪躲逃窜，挥舞他的手杖挡开八号的重击。九号用他的手杖向八号戳去，尽力压制他的攻击，寻找着自己的进攻机会。

趁着九号转动手杖全神贯注地还击八号，我逮住了下手的机会。我使出意念移物，把九号的手杖从他手里震飞。我出手的力道震得他失去平衡，他始料未及，正好落在八号觊觎已久的爪子底下。九号被打中胸膛，衬衫也裂成条状，衣服下面皮开肉绽，割开的口子很宽，需要缝线。我和八号看到这些伤口都犹豫了。

“我没想过要把你伤得这么重——”八号说。这话从他那狮头发出来是低沉的咆哮，听起来没有多少同情的意味。

可九号的眼睛却闪闪发亮。“没什么！”他嚷嚷道，“再来啊！”

我从没见过有人看见自己鲜血淋漓还这么兴奋的。

话音刚落，九号就拔腿狂奔。八号追上前去，但他现在的样子笨手笨脚的，九号动用了超速度的超能力却是异常飞快。九号冲上了最近的墙面，从向前猛扑的八号头顶一跃而过。他准确地落在八号背上，用一只手臂钩住了他的脖子。八号的体型这么庞大，不可能伸手抓到九号，这正中九号下怀。他用另一只手臂猛击八号一簇簇的鬃毛中伸出来的尖耳朵。

八号痛苦地咆哮着，恢复了原形，倒在九号脚下。

我趁九号分神之际，跑过去想得到假人。

“小心点，玛丽娜！”八号喊道。

我听见从我后方和上方传来九号“咚咚咚”的脚步声。九号从天花板上一跃而下，想用他对付八号出其不意的那一招拿下我，我赶紧滚到一旁。九号没抓住我，于是打了个滚，横在我和假人的中间。

九号的手杖离我几尺之遥。就在他向我扑过来的时候，我用意念夺下他的手杖，朝他的脑袋甩过去。

这一下击中了九号的后脑勺，让他踉跄了几步，我也趁机从他身旁疾跑而过。不过他迅速稳住了自己，又跟了上来。

我从眼角的余光中看到八号趔趔趄趄地站了起来。

“滑过去！”他喊道。

我不假思索，照着八号说的做了。我像个棒球运动员那样贴地滑倒。我看见八号打出一记空拳，但在出手的过程中他开始使用瞬移，接着又出现在我面前。我从他的双腿之间滑过，他这一拳从我头顶呼啸而过，正中九号的下巴。全速奔跑的九号被一记右勾拳生生拦住，整个飞了起来，头朝下跌倒在地。

我急忙站起来，拿住假人。我把手放在一处假想的伤口上喊道：“伤口痊愈！”

有那么一刻整个房间陷入沉寂，只有我们三个沉重的呼吸声。八号重重地坐下来，轻轻地摩挲着一边脸颊。我注意到他的一只耳朵肿得把耳孔都堵住了，他的脖子被九号的拳头打中的地方也是又青又肿，这样看来，他变形后所受的伤也会在他的真身上出现。

九号仰面躺在地上呻吟着。他的胸膛被八号的长臂抽中的地方皮开肉绽，一边眼圈也黑了，我还看到他身上被我用手杖打中的地方渗出一缕血痕。突然，他的呻吟声变成了一阵大笑。

“太棒了！”九号大声叫道。

虽然他对暴力的嗜好似乎挺变态的，但我发现自己竟微笑着对九号表示赞同。这一场练习确实不赖。在无关生死的情况下，我能这么发挥自己的能力，真是太棒了。

“好嘛，”九号从地上站起来说，“我没办法躲过最后那一击。干得好，伙计。”

八号将他淤青的脸转向九号。“是啊。这一拳是我欠你的。应该说欠你十拳呢。”

我跪在八号身边，开始为他疗伤。那种冰冷的感觉不再让我仓惶了；实际上还感觉越来越自然。

“你为啥要变回原形？”九号指着自己胸口的伤口问，“你那个狮头化身可是把我揍得够呛。”

“我必须非常专注才能保持化身，”八号解释说，“脑袋挨揍了，我哪里还能专注。”

“好吧，”九号仔细想了想说，“桑德尔在某个地方还收藏着些不致命的武器。你应该让我冲你开上几枪，我们就可以帮你练练保持专注力。”

“好嘛，”八号冷冰冰地说，“听起来很带劲。”

八号脸上的青肿渐消，我开始为九号疗伤。“说真的，”我对他说，“你确实很在行。”

“打斗吗？嗯，是啊，我知道。”

“不只是打斗。我想应该说是思考如何打斗吧。”

“是打斗的策略，”八号插嘴说，“她说得对。要不是你逼着我，我肯定也想不出瞬移中出拳的那一招。虽然挨枪子听起来很糟糕，但我真的觉得训练是个好主意。”

九号比平时显得更洋洋得意了。

“别得意忘形了。”我说道，看着他胸口上最后一个伤口在我的指尖下慢慢愈合。

我抬头看了一眼九号，发现他的视线越过我的头顶，看着训练室的门口。“嗨，埃拉，”他说，“我们把你吵醒了吗？”

我转身看见埃拉站在门口。她穿着外出的服装，这是我几天来第一次看见她没有穿着睡衣或是九号肥大的法兰绒衬衣。我觉得她能穿戴整齐就是一种进步，只是她的双眼哭得通红。埃拉没有看着我们当中的任何一个，而是盯住地板。

“怎么了，埃拉？”我朝着她走近几步问道。

“我——我只想来道个别，”埃拉回答，“我要走了。”

“说什么啊，”九号说，“今天不可以再有人外出了。”

埃拉摇摇头，头发甩在脸上。“不。我非走不可。而且我不会再回来了。”

“你这是怎么了？”我问道。正在此时我注意到了一件事。埃拉的手里紧紧地攥着一张纸，已经被她弄得皱巴巴的了。是克雷顿的那封信。

“我不是你们当中的一员。”埃拉轻声说道，眼泪从她的脸庞滚落了下来。

第十章

我最亲爱的埃拉：

如果你看到了这封信，那恐怕最糟糕的事情已经发生了。请你一定要明白我像爱着自己的女儿那样爱你。我从来没想过要当你的赛邦。在我们的星球沦陷的那个夜晚，我被赋予了这个角色，对此我毫无准备，也未曾受过训练。但不管拿洛林星球或是地球上的任何东西与我交换，我都不愿放弃这些年与你相处的时光。我希望我为你做的足够多了。我知道你注定会有伟大的成就。

我希望有一天你能理解我所做的一切，理解我对你说过的谎话，并且能打心底里原谅我。

在你小的时候，我对你撒了一个谎。很快这个谎话就演变成许许多多的谎言，而那些谎言则成了我们的生活本身。对不起，埃拉。我是个懦夫。

你是第十个，因为在洛林星球上只有十个加尔德在袭击中幸存，但你却不是十号。你不是长老们保住洛林族群计划的一部分，所以你没有跟其他人一起被送到地球上来。所以你没有像玛丽娜和六号那样在身上留下疤痕。你也不受洛林符咒的保护。

长老们并没有选择你。选择你的是你的父亲。

你来自洛林王国最古老、最德高望重的家族。你的曾祖父是统治洛林星球的十大长老之一。当时我们的星球还没有发展到巅峰，我们的人民也没有发掘出洛林星球的威力，没有在与星球的和谐共存中被赋予各种超能力。我们年轻的星球当时正处于十字路口，进退维谷，既想让星球得到快速发展，又需要保护星球上天然的能维持生机的一切。

那是个死亡的年代，一个即使对我们最伟大的历史学家来说都是谜一般费解的年代。在那个黑暗时代中，星球上爆发了内战。许多人死于非命，但最终和平的力量占据了上风。一个新的时代降临在洛林星球上——那就是你生在其中的黄金时代，一个被莫加多尔人无情终结的时代。

你的曾祖父曾是最后一场洛林战争的受害者之一。

当时你的父亲雷兰还很年轻，他深受这场战争的困扰。你知道，战后幸存的长老们再次聚首，他们将长老的数目限定在九位，而不是原先的十位。你的父亲认为空缺的那个长老席位应当属于你们的家族。我们的长老并非由祖先选拔，亦非世袭，但是你父亲依然觉得你们的家族没有受到历史公平的对待。

这些心魔把他变成了一个满心愤懑与猜疑的人，雷兰因而成了一位隐士。他在深山里安了家——应该说那里更像一个堡垒，而不是一个家。他还养了一群变形兽做伴。

我当时受雇帮你父亲看管他的兽群。他什么都不在意，除了他那神秘的过去和他的动物们。

直到他邂逅了你的母亲。

艾莉娜是加尔德、是长老们派来监视你父亲的。有些人觉得他对我们的人来说是一种威胁。艾莉娜看到了他内心的另一面，一个能自我救赎的男人。

你的母亲非常美丽。你一天天长大，出落得越来越像她了。她有两项超能力——飞行和控电，就是能操控电流。所以她可以在你父亲的房子上空飞翔，创造出各种壮观景象，像用闪电制造烟花什么的。

你父亲不信任艾莉娜，公开质疑她上山来的原因。然而，夜复一夜，他却会跑到庭院里看着你母亲和变形兽一起飞翔。

你父亲拥有一项超能力，可以控制光波。看似无用——像你的埃特努斯——但它却有很多用处。他可以将敌人笼罩在黑暗中，让他视物不清。又或者，在向你母亲求爱时，他能转换她的闪电光芒的颜色。鲜艳的粉红闪电和橙色闪电划过夜空。那些年来第一次，你的父亲享受到了开心的时光。

他们坠入爱河，很快就结了婚。然后就有了你。

艾莉娜与加尔德们共事的时候，交了许多朋友，他们常来探望你们，受到你父母的欢迎。现在他们都死了。

接着莫加多尔人来了。我们的星球在痛苦中煎熬。

你父亲在隐居的日子里搜集到了曾经属于你们家族的大量的遗物。他甚至还耗巨资买下了一艘燃料驱动的飞船，他认为你的曾祖父曾在洛林星球的最后一战中使用过这艘飞船。艾莉娜嫁过来的时候，她说服了你父亲，将这些物品中的大部分捐给了一座博物馆，飞船也在其列。莫加多尔人来到时，先是摧毁了我们的港口，切断了我们所有常规的退路。你父亲立刻就想到了在博物馆里存放着的飞船。

我们星球上的其他人倾力抵御外敌的时候，你父亲却想到了逃跑。不知怎的，他知道我们的人注定会被打败。

你母亲却不愿逃走，她坚持要两个人一起加入战斗。他们吵了起来，那是他们这辈子最激烈的一次争吵。

你是他们互相妥协的关键。雷兰承诺只要允许你逃走，他就留下来。我还记得你母亲跟你吻别时那满脸的泪痕。你父亲把你放在我怀里，命令我跑到博物馆去。雷兰的那群变形兽也跟着我们，当我们的保镖，当中许多只都死在了路上。

我就是这样成为了你的赛邦。

飞船起航时，我透过舷窗看着我们的星球被毁灭。我觉得自己像个懦夫。唯一能让我打消羞愧感的，就是看着你的时刻，埃拉，看着我的怯懦所拯救下来的孩子。

做过的事情无可挽回。你原本不在长老们的计划之列，但那并不代表你就不够格当一个洛林人，或是一个加尔德。数字并不重要。你会有所作为的，埃拉。你是一名幸存者。我知道，终有一天，你会让我们洛林人为你而骄傲。

我爱你。

你永远忠实的仆人

克雷顿

我大声读完，颤巍巍地放下了克雷顿的信，眼里满是泪水。可以想象，发现自己不再具有这样的身份是什么感受。大伙儿都一言不发，连九号也不例外。埃拉小声地抽噎一声，双臂紧紧抱住自己。

“你就是我们当中的一员，”我轻声对她说，“你就是洛林人。”

埃拉开始啜泣起来，哽咽着脱口说出了一些话：“我——我是个冒牌货。我跟你们不一样。我只是个富家千金，之所以降落在这个星球，是因为自己的爸爸是个混蛋。”

“不是这样的。”八号揽住埃拉说。

“我没有被选中，”埃拉哭喊道，“我没有——一切都是骗人的。”

九号从我手里拿走了信，匆匆看了一遍。“那又如何？”他轻蔑地说。

埃拉瞪大眼睛看着他问：“那又如何？”

“符咒被打破了，”九号继续说，“数字根本算不得什么。你可以是十号，也可以是五十四号，这个毫无意义。有谁会在乎呢？”

九号的语气十分冷酷，对埃拉来说是那么沉重的一击，在他嘴里却是那么轻描淡写。她看上去呆若木鸡。我不知道她到底有没有在听九号说话。

“九号这些粗鲁直率的话的意思是，”八号插话，“你怎样来到这里并不重要。我们搭乘不同的飞船到这里来，不等于我们就有什么不同。”

“该死的，”九号抱怨说，“我真希望有更多像你老爹那样自私的家伙。那样我们就能组建一支军队了。”

我瞪了九号一眼，他举起双手，往嘴上做了一个拉拉链的手势。虽然九号的行为这么莽撞，但在我们三个看来，我们似乎已经让埃拉冷静下来了。她的哭声渐缓，过了一会儿，她把匆忙收拾的包裹扔在了地上。

“失去克雷顿，我是那么茫然无措，”她用沙哑的嗓子轻声对我说，“他临死还觉得自己是个懦夫，因为他一直没把真相对我和盘托出。其实他不是懦夫。他是个好人。我真希望能亲口告诉他。”

她的声音渐渐小了下去，洒下的泪水打湿了我的脖颈。原来如此，埃拉难过不是因为她了解了自己的身世，虽然我知道那确实令她震惊，但明白了克雷顿的想法更让她难过。我抚摸着她的秀发，任凭她哭泣。

“我每天都盼着能再跟我的赛邦谈上一次。”八号静静地说。

“我也是。”九号附和说。

“这种事是让人难过，”八号接着说，“但我们必须往前走，达到他们的期望。克雷顿说得对，埃拉。终有一天，你会让洛林人为你而骄傲的。”

埃拉拥抱着我和八号。我们默默站立了一会儿，直到九号走上前来，笨手笨脚地拍了一下埃拉的后背。她抬头看着他。

“你就只会这么做吗？”

九号夸张地叹了口气。“好吧。”

他用双臂揽住着我们三个，用力抱紧，把我们拉离了地面。八号抱怨了一声，埃拉则发出一阵混杂着笑声和喘息的声音。我也快被挤扁了，但还是忍不住微笑。我看着埃拉，看得出来，那一刻，她不会再想去其他任何地方了。

第十一章

晌午时分，我们正穿越密苏里州，离阿肯色州只有几个小时的车程。离开芝加哥所费的时间比我们想象的多，九号的豪车并没有能避开交通拥堵的超级监控装置。起初我有点担心萨拉开车的技术，她在车道中穿梭，一有机会就紧跟着前车，后来我才意识到其他司机全都这么做。我想这是大城市里开车的常态吧。

离开芝加哥，高速公路开阔起来。除了两边的庄稼地，我们眼前坦途一片，什么也没有。双轮拖车隆隆驶过的时候，我们疾速超车，开起了快车，也不需要什么氮气加速了。我们现在最不希望车被警察截停。我肯定还在政府数据库的通缉名单上，倒不是因为我们都没有驾照，会被高速公路巡警盯上，驾照本身确实也是一个问题。等我们回到芝加哥，我要看看桑德尔是否留下了什么可以用于伪造的材料。我们都需要些新的假身份证件。

“你试过让整辆车隐身吗？”萨拉问六号。六号出发之后就没怎么说过话，她把伯尼·科萨抱在腿上，懒洋洋地倚着后座。“我是说，你跟它算是有接触的。”

“哦，”六号坐起身回应道，“我没试过。”

“不要，”我说，也许语气有点太生硬。“其他人会撞上我们的。”

“谢了，约翰。如果你不说，我也许真会在光天化日之下在七十英里的时速中将我们都隐身起来呢。幸好有你在这里，既能管住我，也能不让萨拉开快车。”

我张嘴打算反驳几句，想说六号有点爱我行我素，而我无法预计她的下一步——比如邀请我的女朋友一起参加一项危险的任务——但我注意到萨拉正看着我，就打消了这个念头。她扬起了眉毛，似乎对六号的语气有些迷惑不解。离开芝加哥以来我跟六号之间气氛有些紧张，她也许已经注意到了。我绝对不想对此做出解释，所以我只是耸耸肩，把整件事抛在脑后。

我一直过分在意我们的时速，六号没有说错。萨拉的脚只要一猛踩油门，我就轻拍她的腿。每次她都会减速，再冲我抱歉地笑笑，好像这不是她的错，而是这辆车求着她开快一点。也许我不该这么谨慎，而是该让她在高速公路上飞驰，不管什么后果。换做六号和九号，也许都会这么做。

每时每刻我都在担心有一块新的疤痕出现在我腿上。若是因为我不让萨拉把油门踩到底，而让莫加多尔人抢在我们前头找到五号怎么办?

类似的想法最近几个晚上频频让我失眠——不全是因为五号，还有领导我们大伙儿的事。无论我多么用心去思考，都不可能对每一种可能都作出应对的计划的。要是我的心态像九号那样就容易多了，我可以跑到外头去，对着什么东西猛揍一通。

更糟的是，现在还突然多了跟六号的这出戏。就因为一个愚蠢的吻。

从根本上来说，我现在生活的方方面面都让我力不从心。

我们在密苏里州的一个加油站停了车。六号忙着给车加油。伯尼·科萨在停车场里溜达，嗅嗅人行道，伸伸腿。我和萨拉则到商店里去买几瓶水，付油费。在停车场里走到一半，她突然停了下来。

“我说，”她说道，“也许你该跟六号谈谈。”

我吓了一跳，愕然地看着她。我回头瞥了一眼六号。如果有人能生气地加油，那她正是如此。她把油管塞进油箱的样子，活像在猛戳一个莫加多尔兵。“为什么？”

“你们俩明显是因为什么而在生对方的气，”萨拉说，“解决一下吧。”

我不知道该说什么，所以傻乎乎地站在原地。我不能告诉萨拉我跟六号争执的原因，首先，其实我也不太清楚是什么原因，其次，这关系到我跟萨拉的关系。我真不想现在就谈这些事，尤其是现在我们还有更重要的事情要操心。

对我无声的反对，萨拉不为所动。她浅浅一笑推着我朝六号走去。“去啊，你们必须并肩作战。”

当然，她说得对。不能让我跟六号之间的尴尬妨碍了我们的任务。

六号觑着眼看我走近她。她出奇用力地把油管放回原位。我们站在汽车两侧看着对方。

“我们得谈谈。”我说。

“萨拉让你来的，对吧？”

“听着，我知道你不怎么喜欢她——”

“是这样的，约翰，”她打断我的话，“我很喜欢萨拉。而她爱着你。”

我瞪着六号，竭力想弄清楚情况。“好吧，我知道你生我的气，因为自从去了芝加哥，我们一直没好好谈过。有萨拉在身旁，感觉……很怪。”

“约翰，我生你的气不是因为我们曾经有过一吻，而你现在又回到女朋友的身边。我当时以为我喜欢你，约翰。你知道，比朋友间的喜欢更深一些。但我跟萨拉被丢进那个牢房里之后，我看到她说起你的样子。现在我每天又看见你们俩在一起的情形。逃亡时我们之间产生的那种感情，跟萨拉和你的感情是不一样的。看着你们俩在一起，我都快相信亨利说的什么洛林人一生只爱一次的废话了。”

我点点头，同意六号的说法。她的话都是对的，但我该怎么回答呢？是，你说得对。我真心爱着萨拉，远深于你？我还是不开口为妙。

“我想，”六号继续说着，“我是觉得自己卑鄙吧，你应该跟萨拉一起的，我却吻了你。”

“我们要自辩一句，”我说，“我们当时真以为是她向政府出卖了我们。”

“那也是我们第一次遇到自己以外的加尔德。那种兴奋感一消失，你就一心想着回到萨拉身边去，对吧？”

“不是那样的，六号。当时我根本没想远，没想过进一步发展什么的。”我的思绪飘回到跟六号一起在月光下散步、牵着彼此的手好让自己隐身的情景。“我觉得跟其他人在一起时从未有过跟你在一起时这么自在的感觉。我可以只做我自己。”

有那么一会儿，六号硬邦邦的语气也变得充满怀念。“是的，我也是。”

“但跟萨拉在一起不同，”我温和地说，“我爱她。这一点我现在比以前更确定了。”

六号拍拍双手，仿佛事情已经解决了。“很好，那我们就把这事忘了吧。你和我只是朋友，你跟萨拉是幸福的一对儿。我没意见。这些什么恋爱三角关系真让我作呕。”

“六号……”我张开口，却不知道说什么好。感觉就像是她帮我解决了麻烦，或是竭力在甩掉我。

“不，听着，”六号打断我说，“抱歉我在你和萨拉之间插足。你想不想把我们接吻的事情告诉她，那是你的事，我无所谓。我只是……”她朝加油站望过去，萨拉终于出来了。“我跟她被关在牢里的时候，她说起你的那样子——她放弃了那么多，只为跟你在一起，约翰。她把整个人生都托付给你了。也许我太爱管闲事了，这也不是我的地盘，但我希望你能对得起她。”

“我正努力着呢。”我对六号说，转身看着萨拉走上前来。六号的话说到我心坎里了。我知道萨拉是放弃了正常的生活，到这里来跟我在一起面对危险。我爱她，但在保证她的安全和让她参与我混乱的生活之间，我还没想好怎么保持合理的平衡。我也许永远都想不出一个法子。现在有她在我身边就够了。

六号喊上伯尼·科萨，她们一起回到车上。萨拉在我面前停下脚步，扬起了眉毛。

“一切都还好吧？”

我心里突然涌起一股想拥抱她的冲动，于是我抱住了她。她惊讶地轻轻叫了一声，我吻了吻她的脸颊。她也抱了我一下作为回应。

“一切都好。”我说。

我们离开加油站时，我接手了驾驶工作。BK爬到萨拉腿上，把爪子搭在窗户上，她干脆把窗户摇下来。凉爽的春风吹进车里。BK把头伸到窗外，懒洋洋地伸着舌头。我想不管是变形兽还是小狗，行驶在高速路上清风拂面的感觉都是一样的惬意。

清新的空气也让我觉得相当畅快。我不知道我跟六号之间的事情能否妥善解决，但谈话之后，我感觉好多了。至少我知道自己现在的立场了。车里的气氛有了变化；我们三个之间的关系不再那么紧张。我稍微松了口气，往后靠在座椅上，看着里程标志牌从身边飞过。

萨拉轻轻拍了拍我的腿。“太快了。”

我不好意思地笑笑，慢了下来。萨拉把手伸出窗外，迎风张开手。她的金发飘散在脸上，她看上去好美。有那么一会儿，我装作车里只有我们俩，我们正开车前往某个有趣而正常的地方。我仍然相信我们总有一天能做到。如果不这么想，那我们就没有继续战斗下去的理由了。

萨拉和我四目相对，她肯定读懂了我的想法。她将手放在我腿上。

“我知道我们是要执行一项严肃的任务，”萨拉说，“但如果我们只是普通的开车旅行呢，像普通人那样？你想去哪儿？”

“嗯。”我回应了一声，认真思索起来。在我的想象中，我跟萨拉其实是没有目的地的。能跟她在同一辆车上就已经足够了。“有那么多的选择……”

我还没做出决定，六号就从后座探过身来。“因为忙于逃亡和战斗，我当时没觉得西班牙有多好，但我觉得那儿是个挺有意思的地方。”

萨拉莞尔一笑。“我一直想去欧洲。我的父母大学毕业后在那里当过背包客。他们就是那样遇到对方的。”

“那你也想去欧洲了？”我问萨拉。

“是的，”她回答，“美国也有些地方我是想去看看的。不过被政府关了这些日子，都快把我的兴致给关没了。”

“那确实是个缺点。”我轻声一笑说。

萨拉从座位上扭头看着六号。“我们该一起去欧洲。呃，如果你不用忙着复兴你们的星球的话。”

面对萨拉如此的热忱，六号只好报以一笑。“那肯定很有意思。”

“那正是我想去的地方。”我把手放在萨拉的双手上对她说。

“欧洲吗？”

“洛林星球。”

“哦。”萨拉回答，她声音里的一丝忧郁让我有些意外。我只好努力向她解释。

“我想让你看看我在梦中看到的洛林星球，就是亨利常对我说起的那些风光。”

从后视镜中，我看到六号在冲我翻白眼。“不能这样的哦，”她说道，“你得选一个不用造飞船就能去到的地方。”

我想了一会儿。“不知道。迪斯尼乐园如何？”

六号和萨拉相视大笑起来。

“迪斯尼乐园？”六号大声说，“你也太没劲了，约翰。”

“不是啊，挺可爱的，”萨拉拍拍我的手说，“那是地球上最神奇的地方。”

“你们知道吗？我连过山车都从没坐过呢。游乐园什么的亨利都不能去。我过去看过迪斯尼的广告，一直都很想去来着。”

“太惨了！”萨拉喊道，“我们一定要带你去迪斯尼乐园。要不然至少也要坐一回过山车。那可是超好玩的。”

六号打了个响指。“那个过山车叫什么来着？那个像火箭飞船的？”

“飞越太空山。”萨拉回答。

“是的，”六号说着，一副犹犹豫豫的样子，好像担心暴露太多隐私似的，“我还记得小时候上网查过这个呢。我坚持对卡塔莉娜说，那个一定跟我们有关系。”

小六号调查迪斯尼乐园，这画面可是有趣得很。我们三个又是一阵大笑。

“外星人，”萨拉戏谑地嘀咕说，“你们得多出去走走。”

第十二章

我们穿越阿肯色州边界时，暮色已经降临。幸运的是，我们知道自己行进的方向。大概在二十英里之前就有很多广告牌冒出来了，上面是沼泽地怪兽毛茸茸的大脸，邀请我们去看看福克镇[1]独一无二的怪兽商店。我们就快到了，路边绿树成行的高速路上空荡荡的，于是我破了自己的规矩，开始开飞车。

萨拉往窗外望去，伸长了脖子看着一块渐渐远去的怪兽商店标志牌。

“还有两英里就到了。”她静静地说。

“你准备好了吗？”我问，感觉到她声音里夹杂着一些担忧。

“希望是吧。”她说。

我在去往福克镇的高速路出口前停下了车。这可不是什么引人入胜的旅游目的地，倒更像是一个小城的蹩脚景点，供出来旅行的闷坏

① 阿肯色州地名，以福克怪兽著称。

了的一家人歇歇脚，照照相，上个洗手间什么的。

“也许从这儿开始步行过去更好，”我看了一眼六号说，“我们可能用得上隐身术。”

六号点点头。“我没意见。”

我们下了车，进入镇子与高速路之间黑漆漆的灌木林。伯尼·科萨稍微伸了一下腿，然后变成了一只麻雀。它停在我的肩上，等着我的指令。

“到前面侦察去，BK，”我说，“看看前方是什么情况。”

BK振翅冲入夜色之中，我们三个也都各自做好准备。我将手镯扣在手腕上；我当然不喜欢每次戴上它时的那一阵刺痛，但戴着它让我感觉踏实些。我将匕首插入长裤后腰处。萨拉看着我这么做，也把她的手枪从背包里拿出来，插到牛仔裤的皮带里。几小时前旅程上的那些幻想荡然无存。现在是行动的时候了。我们走入树林，大约一英里外的福克镇昏暗的灯光穿过树丛照射过来。萨拉挽住了我的胳膊。

“你觉得我们会见到沼泽地怪兽吗?”她睁大眼睛假装惊骇地问道。“从那些照片看，它很像大脚怪。也许我们可以交交朋友。”

六号警惕地查看着我们周围的树林。“我担心的才不是撞见乡野传说中的怪兽呢。”

“再说了，”我补充说，为了萨拉好，我要让气氛更轻松点，“有九号在芝加哥等着我们，谁还需要什么大脚野人啊。”

跟六号一样，我也对树林进行了仔细观察，看看是否有莫加多尔兵在埋伏。四周静得让人心惊，我们脚下踩到枯枝，发出噼噼啪啪的响声。我希望能抢在莫加多尔人前头去到五号所在的地点，希望他们不会像我们一样快速地解出那个谜题。我的足踝上没有出现新的疤痕，前面的小镇也没有刚被战火蔓延过的迹象，这些都是好兆头。但我们依然得保持警惕。谁也不知道前方等待着我们的会是什么。

我们离镇子渐渐近了，六号把手伸给我们。萨拉不得不放开我的胳膊，握住六号的手。我真心希望能有时间最后拥抱她一下，迅速安抚她。我们俩一人握住六号的一只手，她将我们都隐身起来。我们继续前行。

我们走到树林深处，将高速公路远远抛在身后，这时我注意到BK 在树林中盘旋着。

下来，我对着它喊。

我放开六号的手，好让 BK 看见我们。它振翅飞了下来，一着地就马上变成了一只松鼠。

“BK 说前面有一个人，”我告诉她们，“暂时没发现有什么问题。”

“很好。我们走吧。”

我抓住六号的手，我们加快了脚步，很快就走出了树林，进入福克镇。这地方跟一个旅途休息站差不多。连接高速公路出口的马路通往东面。我看到那边有几座小房子，我想镇子就是在那个方向了。我们所在的地方其实就是镇子的最边上，旅行者一般在这里停车。我们旁边有个只有两台加油机的加油站，街对面是一家邮局。所有的窗户都黑乎乎的，因为是晚上，全都关了门。

然后，我们看到了怪兽商店。

通往镇子这一路上的广告牌对它的宣传确实夸大其词了。怪兽商店其实只是个橱窗里摆卖沼泽地怪兽 T 恤和帽子的便利店而已。唯一的看点就是那尊十二英尺高的沼泽地怪兽木制雕像，那是一只像人像熊又像猩猩的长毛野兽。即使隔着这么远的距离，我也能看出塑像身上满是鸟粪。

“看哪！”萨拉激动地低声喊道。

我也看见他了。前面有个小伙子，交叉着腿坐在雕像底座上。他揭开一个三明治外头的蜡纸，看起来有些无聊的样子。他的身旁是一只背包，但我没看到洛林箱的影子。我本来是盼着他至少能带上那个箱子，那样要认出他会更容易些。不过话说回来，那样莫加多尔人也更容易认出他了。

我正要往前走去，六号却一动不动的，不肯放开我的手。

“怎么了？”我悄声问。

“我不知道，”她静静地回答，“他就这么独自一个人来吗？有点太过草率了。像是个陷阱。”

“也许吧。”我犹疑地看着四周说。除了我们和雕像底下的小伙子，这里没有其他人了。如果莫加多尔人正蛰伏在某处，那他们藏匿的本事可真不赖。

“也许他就是运气好罢了，”萨拉悄声说，“他毕竟成功地躲藏得比你们都久。”

“你怎么知道他就是他自称的那个人？”六号接着说。

“只有一个办法可以知道。”我说。

我放开六号的手，开始横穿街道。

我没有刻意掩藏我的行踪。我一离开六号，走进街灯昏黄的灯光下，他就注意到了我。他放下三明治，很快地跳起身来，两只手伸进口袋里。我差点以为他要拿出某种武器对付我，我感觉到我的掌中流明提前开始发热。不过他却只是从口袋里拿出了两个小球，其中一个是橡皮弹力球，另一个则是钢铁滚珠。他用手指很熟练地转动着它们，焦急地看着我走近，样子有点神经质。

我在离他几码远的地方停了下来。

“嗨。”

“哦，嗨。”他回答道。

隔着这个距离，我终于可以好好看一眼我们这位自称五号的人了。他跟我年龄相仿，比我矮点，也更壮实，健硕还谈不上，但体型确实像个水桶。他留着褐色短发，军人模样的短平头。他穿着一件沼泽地怪兽T恤，还有一条松松垮垮的牛仔裤。

“你是在等我吗？”我问道，不想突然冒出来就问他是不是洛林人。说不定他只是某个古怪的乡下小伙子，夜里独自一人吃着三明治。

“我不知道，”他回答，“让我看看你的腿。”

我犹豫片刻，弯腰拉起了裤腿。他看见我的疤痕，如释重负地长舒了一口气，然后也拉起他的牛仔裤，让我看看他身上一样的印记。他灵巧地做了个手势，两个球消失在他的口袋里。五号大步流星地走上前来，伸出空出来的那只手。

“我是五号。”他说。

“我是四号，”我回答，“我的朋友们都叫我约翰。”

“取了个地球人的名字啊，”他说，“老天，我的地球人名字都多得记不住了。”

我们握了手。他的手像把老虎钳似的紧握着我的手，他太激动了，我差点担心他不肯松开呢。我清了清嗓子，想小心地把我的手抽出来。

“抱歉，”他忙乱地放开我的手说，“我太兴奋了。这一刻我等了那么久。我都不知道是不是有人看到了我的信息。把庄稼烧出一个圈来绝非易事，你知道吧？我可不想再来一次。”

“是啊，那不是什么好主意。”我说。我开始朝四周张望，生怕莫加多尔人随时出现。蟋蟀在身边发出悉悉索索的声音，此外我还听到了高速公路上传来的引擎声。没有什么好紧张的，但我还是无法摆脱那种暴露了的感觉。

“这样做不好吗？”五号兴奋地说，“但你们还是找到了我！这法子很有效啊。难道我做错了？”

五号似乎很想得到我们的肯定，像是要我祝贺他焚烧庄稼那一招做得妙。他好像从没考虑到这会引来不必要的关注，我觉得他是够幼稚的。也许我的结论下得太快，但我看他那放松的样子，肯定是温室里长大的。但也许是我接触像六号和九号那样难对付的主儿时间太长了。

“别担心了，”我对他说，“没事的。我们该走了。”

“哦。”他嘟哝着说，脸色一沉。他的目光没有停留在我身上，而是四处张望。“只有你一个人吗？我原先还盼着你也许跟其他人会合了呢。”

正在此时，六号和萨拉出现在我身边。五号踉跄着后退几步，差点被他的背包绊倒。

六号走上前来。“我是六号，”她说道，语气一如既往的生硬，“约翰脾气太好，没有告诉你那个庄稼地圆圈的把戏也许会让你丢了小命。那就是个昏招。我们抢先来到这里，那是你运气好。”

五号皱了皱眉头，看看六号又看看我。“哇，抱歉。我没想过要惹事的。我只是——想不到别的法子了。”

“没事，”我说，冲着他的背包点了点头，“拿好你的东西。我们路上聊。”

“我们上哪儿去？”

“我们要带你去找其他人，”我说，“我们现在都会合了。该开战了。”

“你们都会合了？”

我点点头。“就差你了。”

“哇，”五号说，一脸窘态，“抱歉，我参加派对迟到了。”

“快点，”我朝他的背包挥挥手说，“我们真的得立刻出发才行。”

五号弯腰拿起背包，然后看着站在一旁沉默不语的萨拉。“你是几号？”

她摇摇头。“我只是萨拉。”她微笑着说。

“一位支持我们的地球人，”五号摇摇头低声说，“各位，我激动得脑子都糊涂了。”

六号疑惑地看了我一眼，我也很有同感。也许我们经历了太多激战，太多的死里逃生，所以过于紧张了，可五号那样子也太随意了。我们早就该上路，离开这个地方了，可他还老想站在这儿聊天。

“听着，”六号厉声说，“我们不能老站在这儿闲聊。他们可能就——”

头顶上突如其来的一阵巨响打断了六号的话，这声音不是地球上的机器能发出来的。我们全都抬起了头，只见莫加多尔人的银色飞船启动了照明灯，让我们有一阵子什么也看不见。五号手搭凉棚，转头看着我。

“那是你们的飞船吗？”他问。

“莫加多尔人！”我冲着他喊。来不及了，一个个黑影正从飞船上降落，第一拨莫加多尔士兵就要攻过来了。

“啊，”五号满脸疑惑地冲着飞船眨眼说，“敢情他们长这个样子啊。”

第十三章

“快拿出通灵石！”我冲六号喊道，“如果我们都隐身，就能在他们落地之前逃走。”她手忙脚乱地在她袋子里摸索着，把石头掏了出来，可惜太迟了。

她还没反应过来，我们周围就一阵噼啪作响，第一批莫加多尔士兵的激光枪开火了。

我的手镯及时膨胀起来挡开了两枪，不然它们就正中我的胸膛了。

可是激光枪打中了六号身旁的地面，她被掀起来往后倒在地上。她跌倒的一刻，把通灵石抛给了五号，但五号却只是瞪着它看，显然不明白那是什么东西。没时间给他讲解了。在离第一拨莫加多尔士兵更远的地方，我看到更多士兵顺着绳索从飞船底部滑下来。我们很快就会寡不敌众的。

萨拉已经躲到了附近一辆停泊着的汽车后边，侧身倒地用她的手枪打了几发子弹。我看着头两颗子弹打在离她最近的莫加多尔士兵的脚边，第三发则正中他的胸口。那个莫加多尔士兵灰飞烟灭，萨拉又继续瞄准了另一个。

六号一倒地就隐身起来。我不知道她身在何处，但几分钟前还宁静晴朗的夜空突然乌云密布。她肯定是做好了进攻的准备了。

五号就在我身边，一动不动，愣愣地盯着他手里的晶石。我的防护罩挡住了许多枪击。五号若不是站在我身旁，早就被打倒了。

“你在干吗？”我用力扯住他的胳膊冲他喊道，“我们得走了！”

五号的眼睛睁得大大的，眼神空洞，任由我拉着他撤退。我把他摁倒在沼泽地怪兽雕像后面的地上。那木头雕像很快被炸成几千块焦黑的碎片，但它的混凝土底座暂时挡住了其余的火力。我让那只没有防护的手亮起了掌中流明，聚成一个很大的火球。五号看着我，对着旋转的火焰目瞪口呆。我暂时没有理会他，从防护罩里探出身去，将火球朝最近的一群莫加多尔士兵扔过去。火焰吞噬了其中三个，他们很快化为灰烬。其他人立刻四下逃散。

我听到雨点开始滴落，不过都没有滴到我。其实雨水只集中打在莫加多尔飞船顶上。雷声轰鸣。不管六号要出什么招数，我相信她一定能做好。

“你没事吧？”我冲着萨拉大声喊。她藏身的那辆车就在几码开外，但感觉像隔着整个战场。

“我没事！”她大声回答说，“你呢？”

“我没事，但五号好像受惊过度了。”

我注意到三个莫加多尔士兵正穿过街道，想从侧面包抄萨拉。我抢在他们前头，用我的意念移物将他们手里的激光枪震飞了。萨拉看到这些士兵，一枪正中最前面那个的眉心。其他人还没来得及拔剑，一个身姿轻盈的影子就从阴影里朝他们扑了过去。

伯尼·科萨变成一头美洲豹，一身黑毛几乎与漆黑的夜色融为一体。它扑倒了一个莫加多尔士兵，撕开了他的喉咙，又把另一个的脸划开了一道口子。这几个士兵都被消灭了，BK 悄悄地走到汽车的另一侧，待在萨拉的身边。

保护她，我用心灵感应给 BK 下了命令。

之前被我驱散的莫加多尔士兵又再次集结起来，不过也可能是另一拨从飞船上下来的兵。我朝他们又扔了两个火球。那会让他们忙乱上好一阵子的。

我抓住五号，使劲地摇晃他，直到他看着我。因为动用了掌中流明，我一只手还是滚烫的，把他衬衣的一侧肩膀给烫焦了。他缩了一下，睁大眼睛瞪着我。

“你究竟是怎么回事啊？”我大喊。

“我——我很抱歉，”他结结巴巴地说，“我以前没见过莫加多尔人。”

我难以置信地看着他。“你开什么玩笑？！”

“是真的！我的赛邦埃尔伯特跟我说起过他们。我们也训练过——打斗。但我没真打过。”

“好嘛，”六号突然现身在我们身旁，不耐烦地喊道，“原来是来了只菜鸟啊。”

“我——我可以帮忙的，”五号嘟嘟囔囔地说，“我刚才只是有些措手不及。”

我将信将疑，虽然我们打退了第一拨进攻的莫加多尔士兵，我还是看到他们的身影在附近的暗处中游走。

“结束了吗？”萨拉在那边喊道，“我的子弹快打光了！”

“更多的士兵就要过来啦，”我冲着萨拉大声喊，然后看了看六号。“你能把他们的飞船打下来吗？”

六号聚神片刻。闪电划破了夜空，击中莫加多尔飞船的侧面。它来回颠簸着，我看到一些莫加多尔士兵抓不住绳索，从五十英尺的空中直插到地面。她创造了一个大风暴，等着它尽情地施展威力。

“他们飞是飞进来了，”六号说，“但肯定是插翅难逃了。”

我低头看着五号，他颤抖着双手又从口袋里拿出了那两个球。不是鼓舞人心的举动。

我看了看萨拉，她正冲一个试图暗暗接近我们的莫加多尔士兵瞄准射击。不久以前，我们见了这种激战肯定逃之夭夭，庆幸能活着逃出来。但是现在，我觉得我们一定能赢下这样的战斗。

我盯住六号。“我们要给希特雷库斯·雷传递一个信息。如果他想抓住我们当中的一个人，光派一艘飞船是不够的。”

“好嘞。”六号回答，将双手伸向了天际。

裹住莫加多尔人飞船的乌云开始翻腾。三束闪电划破了波诡云谲的天空，接连迅速地击中了飞船的侧面。我看到金属船体有很多碎片掉落在下面的地上。

也许是意识到情况不妙，莫加多尔人试图将飞船抬升，逃离笼罩着他们的风暴。地面上的莫加多尔士兵则更疯狂地向我们进攻，激光枪的射线在空气中嗞嗞作响。我靠近六号，用自己的防护罩帮她抵挡住朝她发射过来的火力。萨拉继续蹲在车后，把枪伸在引擎盖上方胡乱开着火。

“你得加快一点！”我咬着牙对六号说。

“就快好了。”她厉声说，脸因为集中意念而绷得紧紧的。

拳头大小的冰雹猛砸在飞船上，让它摇晃不定。就在它似乎就要升高的时候，六号把双手放在头顶扭动着。乌云瞬间聚集在了一起——我在这里都感受到那种风力——一股龙卷风在飞船底下生成了。飞船突然倾斜，继而侧翻，飞行员再也控制不住它了。

飞船直插向地面，带着一声巨响落在高速公路边上的树林里。几秒钟过后，一团火焰冲天而起，继而传来雷鸣般的爆炸声。接着，一切恢复了平静。头顶的风暴烟消云散，夜空又变得宁静平和。

“哇。”五号低声说。

“干得好。”我对六号说。

她的目光已经投向了下来的几个目标。我们是把他们的飞船打了下来，但还有很多莫加多尔士兵在向我们逼近。至少有好几十个。激光枪和刀剑都蓄势待发。

“我们把他们全干掉吧。”六号说着隐身了起来。

我迫切地想加入战团。我低头看了看五号，他犹疑地看着不断拥过来的莫加多尔人。

“如果你还没准备好，也没关系，”我对他说，“躲起来。”

五号无声地点点头。我从沼泽地怪兽雕像的残骸后面走出来，立刻就有个莫加多尔士兵将激光枪对准了我。不等他开枪，一个东西就从后面打中了他的腘窝。他肩上横背着的那把剑被一双无形的手拔了出来，又插入了他的脊背。他化为一阵烟尘，在那团烟尘中，我依稀看到了六号的影子。

我跑到萨拉隐蔽着的那辆车后面。车子朝向莫加多尔人的一侧已经熔化成一块块的疙瘩，萨拉却毫发未损。我俯身冲到萨拉旁边的地上，伯尼·科萨展翅飞翔，朝两个莫加多尔士兵猛扑过去。余下的莫加多尔士兵一副不知所措的样子。他们的飞船毁了，一半的人也被消灭了——我想他们从未料到会有这样的战果。很好，也该让他们害怕一回了。

“你没事吧？”我问萨拉。

“没事。”她气喘吁吁地回答。她举起枪又说：“没子弹了。”

我用意念移物伸手找来了一把莫加多尔人丢弃的激光枪。萨拉迅速接住了它。

“掩护我，”我对她说，“我们来了结这一切。”

我从车后头走出来，向那些莫加多尔人挑衅，让他们走近来。有两个守在加油站前面的士兵冲我开火。我的防护罩立刻展开，将他们的火力都吸收了。我考虑过朝他们扔火球，但不想炸了加油站。我们已经把阿肯色州的福克镇毁得够呛了。

我用意念移物拿起了他们的激光枪，又把它们往地上摔了个粉碎。然后我朝那些莫加多尔人举起了手，让他们走上前来。他们笑了，小牙在月光下发着幽光。他们拔剑朝我冲了过来。

等他们离开加油站有一段安全距离之后，我扔出了一个火球，将他们烧成灰烬。一群蠢货。

另一伙莫加多尔士兵又集结在一起，足以集中火力攻击我们。他们一股脑地朝我扑过来，想把我包围起来。他们还没来到我身旁，我就感觉到某种有弹性的东西紧裹住了我的手腕，我被扯得直往后退，离开了靠近身来的莫加多尔人。我惊恐地低头一看，一只手臂缠住了我。那是一只伸得很长的手臂。

我一闪开，萨拉立刻用她的激光枪将这群莫加多尔士兵全烧死了。

我低头正好看到五号的手臂恢复原形，缩回到了T恤衫里。他局促地看着我。

“如果我干扰了你，我向你道歉，”他说，“我刚刚以为你会被打倒。”

“你刚刚做了什么啊？”我既有些好奇又有些恼火地问。

“我的赛邦称这种能力为迁移力，”五号解释道，他举起了从我们现身以来就一直在把玩的那个橡皮球，“这是我的一项超能力。我可以具备我所触碰的东西的特质。”

“很好。”我回答。也许这个新来的家伙也不是那么一无是处。

有个莫加多尔士兵想避开萨拉激光枪的火力，向我扑了过来。五号挡在了我身前。他的皮肤突然在月光下泛起幽光，一闪一闪的银光。我记得他带着的另一颗球——一个钢铁滚珠。那个莫加多尔士兵挥剑朝五号划出一道弧线，本来可以劈开他的前额，但“哐当”一声，那把剑被五号的脑袋弹开了。那个莫加多尔人目瞪口呆，五号挥起手，猛然一击，他的钢手将莫加多尔士兵的头颅打了个粉碎。

五号回头看着我。“其实……以前我没有真正用过这招。”他如释重负地笑了起来。

“不是吧？”我也忍不住笑了，五号紧张时迸发的能量感染了我。“如果这招不管用怎么办？”

五号只是耸了耸肩，摸了摸前额上莫加多尔人的剑接触到的地方。

我们转身看见两个莫加多尔士兵向树林逃窜，伯尼·科萨咆哮着紧随其后。他们还没到树林边上，六号就出现在他们面前。她用夺来的莫加多尔人的剑刺穿了他们。

我四处张望，这片区域空荡荡的。怪兽商店及其周围的地方被激光枪打得斑斑点点，一片狼藉，树林里还在冒着烟。死去的莫加多尔士兵化为灰烬，将地面弄出一团团黑色的污渍。看不到其他袭击者，我们把他们都消灭光了。

萨拉朝我们走过来，莫加多尔人的激光枪挎在她肩上。“就这么着了？”

“我想是的。”我稳住声音说。我真想击掌庆祝一番，但还得保持冷静。“这只是暂时的，我想我们是打了他们一个出其不意。”

“总是这么轻而易举吗？”五号问。

“不，”我告诉他，“既然我们人都齐了，虽然……”我打住了，不想破坏气氛。这场战斗真是太棒了。当然了，只不过是一飞船的莫加多尔士兵罢了；他们也许在西弗吉尼亚或其他地方都囤积着大量军队呢，更别说希特雷库斯·雷了。即便如此，我们还是以创纪录的时间把他们都收拾了，而且我想大伙儿都没受伤。昨天九号雄心勃勃地说要横扫西弗吉尼亚，想着跟希特雷库斯·雷再打一场，我当时还劝说他，说我觉得我们尚未做好准备。现在，打了这么一仗之后，也许该重新评估我们的胜算了。

“六号在哪里？”我四下张望，“肯定有人听到飞船坠毁的声音。趁着警察没到，我们得赶紧离开这里。”

像是回应我的话似的，从树林里莫加多尔人飞船坠毁的地方传来低沉的轰隆声。我用我的掌中流明往那个方向照过去，正好看到六号挥着手朝我们疾跑而来。

“来了！”她喊道。

“什么来了？”五号咽了一口口水问。

“听声音像是派肯兽。”我回答。

我们听到一阵刺耳的断裂之声——是一棵树被连根拔起猛然折断的声音。有只身形巨大的东西正往这边来。我把手放在萨拉的肩上。

“退后，”我对她说，“你得躲在我们身后。”

她看着我，紧紧握住莫加多尔人的激光枪。有那么一会儿，我还担心她要跟我吵呢，虽然她也知道对付派肯兽与跟莫加多尔人打仗是很不一样的。从掩体后面开枪是一回事，但跟一头把激光枪火力当成挠痒痒的怪兽近距离交手——那可完全是另一回事。萨拉碰了碰我的手，手指摩挲了我一会儿，然后离开了，跑进最近的那家邮局躲藏起来。

“那究竟是什么啊?”五号问，他还站在我身旁，指着树林那边问。

我们同时看到了那头怪兽从树林里扑了出来，将六号压在身子底下。但我没有回答五号的问题。其实我是没法回答，因为不管这只东西是什么，我都说不上它的名字。它就是一条体形像油罐车那么庞大的蜈蚣，那虫形的身体上是沟壑纵横的皮革样的皮肤，几百只弯曲多节的小胳膊从它的身体两侧伸出。它以不可思议的速度行进，这些胳膊搅得尘土飞扬。身体前面是一张有点像比特斗牛犬的脸——扁平的脸，一个湿漉漉的管状鼻子，张着口角流涎的嘴巴，露出两排参差不齐的牙齿。它脸部正中是一只呆滞充血、满是恨意的眼睛。我记得莫加多尔人在西弗吉尼亚豢养着这样一群怪兽，这家伙是我见过的最恶心的野兽了。

尽管六号的速度很快，她还是没能快过这畜生。这只蜈蚣跟她相持了一会儿，又猛地往边上一推。它的后半身——就是它的尾巴——向上旋转，那庞大的身躯在六号上方耸立了片刻，然后突然下坠。

六号侧身倒地，刚好避过被压碎的危险。怪兽尾巴甩落之处碎石飞溅，地面也被压出了深深的凹痕。六号迅速站起身来，把剑插入了蜈蚣的身体。它似乎完全不以为意，扭动着身躯快速后退，想把剑从六号的手里震飞。

“我们该怎么杀死那畜生？”五号退后一步问道。

我迅速思考着答案。我们对抗这独眼虫子有什么优势呢？它速度很快，但却笨拙，而且只能在地面活动……

“你会飞，对吧？”我问五号。

“你怎么知道的？”他问我，眼睛盯着那怪兽。“是，我是会飞。”

“把我带上，”我对他说，“我们得到这东西的上方去。”

那只蜈蚣又开始袭击六号，我看到BK跳到了它的背上。BK又变回美洲豹的模样，将爪子深深地插入怪兽的皮中。那只蜈蚣发出恼怒的尖叫，在地上翻滚着，想迫使BK跳下来或是用身子把它压扁。它这么一分神，六号就有时间逃开。她一下子隐身不见了。

“如果你坐到我背上，会更方便些。”五号说着，在我面前跪了下来。

要不是在生死攸关的关头，我准会觉得跳到五号背上，让他驮着我飞是件很傻的事。我一跳上去，五号立刻一飞冲天。那不是我们大伙儿用心灵遥感都能做到的那种颤颤巍巍的悬浮；他速度很快，很稳当，控制得很好。五号飞到离地面三十英尺的地方，就在蜈蚣的正上方。我开始以最快的速度用火球轰炸那只畜生。它的背上被炸开好多焦黑的口子，空气里弥漫着一种恶臭。

“恶心死了。”五号嘟哝着说。

那只蜈蚣痛苦地吼叫着，盘成一团。它的大眼疯狂地扫视着战场，小脑袋根本想不明白这疼痛来自何处。我继续攻击它，希望趁它没回过神来就从上面把它干掉。

我的下一个火球偏了，没打中怪兽，因为五号突然朝地面坠了下去。我颠簸了一下，赶紧抓住了他的衬衣后背，直到他又再笔直地飞行。他的衬衣都被汗水湿透了。

“你没事吧？”我大声问道，想盖过呼呼的风声和怪兽的怒嚎。

“带着一个火焰投手飞行不是件容易的事。”他大声回答，想跟我开开玩笑，但他的声音听起来很不自然。

“再等等。撑住！”

蜈蚣的眼睛翻动着，抬头看到了我们。它又一次咆哮起来，这次显得很开心，它的身体立了起来，所有的小手臂在空中胡乱抓挠着。它那恶心的脸咬牙切齿地朝我们迎面扑来。五号尖叫了一声，我们在空中迅速后退，那畜生一口咬向我们原先所在的地方，扑了个空。

因为突然变换方向，我从五号背上被甩了下来，我的手扯住了他的 T 恤上一条撕开的布条。我快要摔下去了。

我运用意念往地面施加了一些推力，缓冲了着地的力度。如果不这么做，我着地的时候也许早就摔断一条腿了。但我还是有些喘不过气来。更糟的是，我落地的时候正好摔在那畜生的面前。

远远地我都能听见六号和萨拉冲我喊着要我快跑，可是太迟了。这只蜈蚣在离我四十码的地方，咆哮着朝我扑了过来。它张着血盆大口，黑森森的喉咙里散发着一阵恶臭。

我振作精神，启动掌中流明，让它布满我的全身。如果这畜生想把我吃了，它吞下我的时候我一定也要让自己熊熊燃烧。只要我能跳过那两排牙齿，我也许能一直烧到这畜生的肚子里去。我得承认，被一条莫加多尔人的蜈蚣吞噬绝非我的最佳计划，但在它扑住我的那一瞬间，我能想到的最佳计划就是这样了。

这只蜈蚣靠近的时候，我看到它的眼里有个红点在闪烁，就像激光教鞭发出来的光束。这是从哪儿冒出来的呢?

我的后方传来了一声枪响。

怪兽的眼睛爆开了。它离我只有几码远，我被它臭气熏天的眼浆喷了一身。它发狂地高声尖叫，暴跳如雷，完全把我忘在脑后。我趁此机会赶紧后撤，边走边往这怪物的下腹部投掷火球。那畜生开始抽搐，用力乱甩着尾巴，我脚底下的地面也跟着颤动起来。最后剧烈地痉挛了一阵之后，那蜈蚣开始化为尘土，慢慢地灰飞烟灭。

五号在我身旁着陆，两只手放在头顶上。“兄弟，抱歉我把你甩了下来。”

“别放在心上。”我心不在焉地回答，把他推到一旁，朝怪兽商店奔跑过去。我们这几个人都没带狙击步枪。那一枪又是从何而来的呢?

一个络腮胡子的中年男人从一辆残破不堪的旧车车顶爬了下来，六号和萨拉冲他飞奔了过去。他手里拿着一把带激光观察器的步枪。一开始我以为他也许是一位见义勇为的好市民——要是有一条巨型虫怪在自己的街区里横冲直撞，谁都会冲它开枪的吧。可接着我发现他蛮眼熟的。

然后我注意到汽车旁边还站着另一个人，他帮助那位长者从他狙击的位置上下来。六号走近给了他一个拥抱，差点把他摔倒在地。我大吃一惊，立刻狂奔过去。

那是萨姆。

第十四章

六号用力地拥抱了我，我差点就摔倒了。她的胳膊环绕在我脖子上，我的双手笨拙地环着她的背。跟其他加尔德一起打了刚才那一仗后，她的衬衣后背汗涔涔的，但我毫不在意。我其实更关注的是她的金发轻拂过我脸颊的感觉。还记得在沦为阶下囚的日子里，我常做的那些白日梦吗？很多梦中都有今天这样的一个场景。

"萨姆，"六号低声喊道，高兴地紧紧抱着我，生怕我会突然消失似的，"你来了。"

我用一个更紧密的拥抱回应了她。身边围着这么多人，我们彼此拥抱的时间好像长得有点不太合适了。我听见身旁的爸爸干咳了两声。

"嗨，六号，也该轮到其他人了吧？"

说话的是萨拉，她挨近了我们。六号放开了我，突然扭捏起来。我都没怎么见过她有卸下坚强的外壳的时候。我感觉脸颊一阵绯红，还好这里黑咕隆咚的。

“嗨，萨姆。”萨拉说着，也拥抱了我。

“嗨，”我回应道，“在这儿见到你真好。这里离天堂镇可真够远的。”

“是啊。”萨拉回答。

越过萨拉的肩膀，我看到约翰向我们跑来。他身旁是一个矮壮的褐发小伙子，我猜应该是那个在网上发布信息的五号。我跟爸爸就是为此才到阿肯色州来的，他的互联网扫描程序发现了那个新闻报道。我们从德克萨斯星夜兼程驱车过来，正好赶上了战斗的尾声。

五号在大伙儿身后停下了脚步，因为见到这么多新面孔显得相当紧张，而约翰则大步向我走来。我咧嘴一笑，不只是因为我跟我最好的朋友团聚了，还因为我们要一起完成一项伟大的使命。我们要拯救这个世界。

约翰也冲我咧着嘴笑，显然因为我的到来而激动不已，但是他眼里还有某种我说不上是什么的感情。他紧紧地握住了我的手。

“只回答我一个问题就好，”约翰很突然地说，抓住我的手不放，“你还记得那天在你房间里，你第一次觉得我也许是个外星人的时候吗？”

“嗯，怎么了？”

“你当时做了什么事？”

我半眯着眼看着约翰，不知道他为何有此一问。我又看了看爸爸，他好奇地看着我们进行这场谈话，等着我把他介绍给这些洛林人。“嗯，我拿出枪对着你。你是问这个吗？”

“噢，萨缪尔。”爸爸带着责备的语气喃喃地说，但约翰听到我的回答却咧开嘴笑了。他立刻把我拉进怀里，给了我一个拥抱。

“抱歉我得这么做，萨姆。我必须确认你不是希特雷库斯·雷假扮的，”约翰解释说，“你不知道我见到你有多高兴。”

“我也是，”我回答，“我真想念跟大怪虫战斗的日子。”

约翰呵呵一笑，退后了一步。

五号犹疑地举起手，走上前来。“我都糊涂了。希特雷库斯·雷会变身？”

我也是第一次听说。我发现自己下意识地摸了摸手腕上的烫痕。我最清楚希特雷库斯·雷有多邪恶。“你怎么知道的？你遭遇过他？”

约翰严肃地点了点头，朝五号看去。“是的，当时算是打成了平手。我会把情况详细跟你们说说的，但首先……”约翰将目光转向我爸爸，“萨姆，这位是我猜想的人吧？”

我又笑了起来，感觉像是这些年来我一直等着把朋友介绍给爸爸认识。“各位，”我自豪地说，“这位是我的爸爸，马尔科姆。我能保证他也绝对不是希特雷库斯·雷，如果你们担心的话。”

爸爸走上前，跟每一位加尔德还有萨拉握了手。

“谢谢您帮忙，”约翰指着爸爸的步枪说，“很高兴您带了些武器。”

“刚才感觉你们已经控制住局面了，”爸爸对约翰说，“我只是这么久以来一直都盼着能朝莫加多尔人的玩意儿开枪。”

“控制住局面了，”六号咯咯笑着，摇了摇头说，“我看你当时像是要被吃掉了似的，约翰。”

“那不是我的最佳计划。”约翰耸耸肩笑着说。萨拉拍了拍他的后背，给他打气。

五号端详着我和爸爸。“你们不是洛林人，”他语气平淡地说，像是刚刚才把情况弄明白，“我看你年纪这么大，之前还以为你肯定是一位赛邦呢。”

爸爸笑了。“抱歉让你失望了。我就是个老朽的地球人，希望能助你们一臂之力。”

五号转身看着约翰，点了点头。“你这支军队人不少啊。”

六号和我交换了一个眼色。我不知道这个新来的家伙是语带讽刺呢，还是笨嘴拙舌。从六号的神色看，她也颇为疑惑。

“我们这里有六个人，还有四个在芝加哥等着我们，”约翰耐心地说，“我想十个人还算不上什么军队吧，不过还是要谢谢你的夸奖。”

“我想也是。”五号咕哝着说。

“说说你们是怎么找到对方的吧。”约翰说。他有点小心翼翼地看着我爸爸，像是刚刚敲开我家大门，问他我是否可以出去玩抵御外星人入侵的游戏似的。“首先，古德先生，我希望您知道我不是故意让萨姆卷入这一切的。很抱歉让他置身险境，但我想要是没有他，我们也不可能走这么远。”

“那是一定的。”六号冲我微笑着附和说。我把目光移开了，脸上一阵发热。

爸爸看上去颇为感动。“为了地球的安危将自己的生死置之度外，那是我们古德家的传统。但我要谢谢你这么说。”他把一只手放在我肩上。“我很高兴我们找到了彼此。请别称我为‘先生’了，叫我马尔科姆就好。”

不远处传来了警笛声，越来越近。我们是身在阿肯色州的乡下没错，但当地警察一定注意到一艘飞船从空中坠落。他们很快就会赶到的。

“我们应该马上走了。”六号说。

约翰点点头，已经开始朝树林跑去了。“我们的车就停在高速公路边上。”

“我坐萨姆和马尔科姆的车，”六号说，“给他们带路。”

约翰、萨拉和五号朝高速公路行进。与此同时，警灯开始一闪一闪地穿过福克镇而来，爸爸和我，还有六号，朝着我们那辆漫步者走去。爸爸爬到驾驶座上的时候，六号碰了碰我的胳膊。

“如果我之前当着你爸爸的面那样拥抱你让你尴尬了，那我向你道歉。我希望那么做不是太离谱。”

“不会啊，”我急忙说道，希望六号知道那一抱是这么久以来发生在我身上最美好的事情了，“那样很好啊。”

“别以为我是那种情难自控的人哦，”六号说着，看了我一眼。我觉得她是逗我玩呢，“你的突然出现真是太意外了。”

“那你是说我得再失踪一回，才能再换得一个拥抱了？”

“没错。”六号回答，打算坐到后座去。她犹豫着，思索了片刻，突然又抱住了我。“好吧。再来一个。”

爸爸启动汽车的时候，我紧紧地抱住了六号。车上的仪表板照亮了他的脸，虽然他假装没留意，但我看得出他在看着我们。如果我能由着性子来，我就永远都不会放开她——我们会就这么拥抱着，直到当地的警察赶来将我们逮捕。

六号挣脱了我的怀抱，直视着我的眼睛。我努力保持严肃冷静的表情，但那也许毫无效果。

“我先声明一点，”她说，“我从没以为你是希特雷库斯·雷变的。我当时立刻就知道是你了。”

“谢谢。”我傻乎乎地说，搜肠刮肚地想找些更好的话来说，比如我是多么想她，或是在这里见到她是多美妙的事。我还没来得及想好说什么，六号就坐到了后座上。

她正要系上安全带，五号突然清了清嗓子。“哎，”他说，“你朝我扔过来的那块石头是啥？”

我们都转过身去瞪着他。“你是说通灵石吗？”六号问。

“是，”五号说，“那个，被我——丢了。”

第十五章

“哇，小翰。我派你去找援兵，你就带回来一个老人、一个呆子和这个小霍比特人①哪。干得好嘛。”

我们一进九号那不可思议的芝加哥豪宅的大厅时，他就用戏谑的语气向我们问了好。这样看来，在西弗吉尼亚那次短暂的会面中，我对他的印象还是蛮对的。他确实是个说话不经大脑的二百五。

我们到得比大伙儿预想的迟。我们寻找了通灵石，没找到，但我们又不能再待下去了。虽然大伙儿对此都闷闷不乐，但他们都没有责怪五号。至少暂时没有。

大家都清楚通灵石是找不回了，而且五号也道歉了上百次，六号只是甩了甩头发耸耸肩说：“不过就是块石头罢了。”听她的语气像是在努力说服自己。“一块有超能力的石头，但我们靠自己也可以很强的。”

---

① 英国作家J. R. R. 托尔金笔下的人物。

不过明摆着，这事使得五号不太招人喜欢，特别是九号。

“客气点。”萨拉警告他。显然其他人都习惯了他那些不太逗的笑话。顺便说一句，他和约翰击掌互致问候，我看他们已经成了朋友了。不过五号看起来有点受伤，他站在我们旁边，偷偷地挺胸收腹。“小霍比特人。”他低声地重复了一句。

“这是一本书上的人物。”我开始向他解释，但他打断了我的话。

“我知道那意思，”五号说，“不是什么好话。”

“九号就是那样的人，”约翰说，他听到了我们的谈话，“你会渐渐喜欢上他的。或者说，你会习惯他的为人的。”

五号面无表情地看了我一眼，像是说他很怀疑这一点，我忍不住报之以一笑。我想在这间豪宅里，我们多少都感觉有点像局外人吧。在驾车过来的路上，六号跟我讲了很多他们的近况，但在芝加哥这里有好多陌生的面孔，很多不熟悉的情况，更别说还有史上最梦幻般的藏身之所了。我还是不敢相信加尔德们竟会住在这样的一个地方。这地方就是有关阔佬名人还有他们招人嫉恨的生活方式的 MTV 节目里经常展现的奢华公寓。九号和他的赛邦是怎么弄到这地方，还没让莫加多尔人发现的呢？他们确实有一手。

约翰把大伙儿向九号做了介绍，他不再说那些蹩脚笑话，而是上前问候了五号和我爸爸。

“你记得萨姆吧？”约翰最后说。

“当然了。”九号上前握住我的手说。他这一握刚劲有力，而且他比我高大，我不得不伸着脖子仰视他。他压低了声音，不想让别人听见他的话。“说真的，兄弟，抱歉把你撇在那洞穴里。那多少是我的错。”

“没事的。”我回答，对于他的道歉有点吃惊。

九号放开我的手之前将我的手翻了过来，他注意到我的手腕上有新鲜的粉红色疤痕。“这么说他们也对你百般折磨了？”他严肃地问道。听他这语气，好像刚刚意识到我们也有共同之处。我想我这是加入了莫加多尔人酷刑受害者联谊会了。

我不知道该说什么，只是点了点头。

“你挺过来了，”九号使劲儿地拍着我的肩膀说，“真有你的，兄弟。”

约翰开始领着我们从九号身边走过，他其实站在那儿有点挡道了。他让我多少想起了客人一到门口就扑到他们身上的那种大狗。他让开之后，我看到了六号跟我说起过的其他三个加尔德——七号、八号，还有年纪更小的十号。他们就在客厅门口等着，比九号有耐心多了，至少还让我们进了门。

“如果你在纳闷这难闻的气味从何而来，那是玛丽娜为晚餐准备的素食。”九号说。

“嗨，”那个黑发的七号——玛丽娜——和气地回答，“会很好吃的，我保证。”

“晚餐，”九号哼了一声，“随便啦。谁在乎啊？我们全部人都到齐了！他们虽然比预想的更矮胖、更傻气，但我觉得还好啦。我们去狠狠打一仗。”

“冷静点，伙计。我们刚刚开了差不多十二个小时的长途车，”五号对九号说，把一袋装备往他胸前一塞，“给你。干点活儿去。”

萨拉马上有样学样，把她的包也扔给九号。很快，他就背起了我们从车里搬上来的几乎所有的东西。

“很好，我会把这些东西都放好的，”九号说着大步走开去把我们的行李放好，“但我们回头至少要谈谈打仗的事。”

我注意到九号离开房间的时候，五号一直低垂着目光。接着他转头看着约翰。

“我们不是真的要马上又再打一仗吧？”

约翰摇摇头。“九号是激动过头了。我们能齐聚在一起已经是很好的开端。现在我们得考虑下一步怎么做。”

“我明白了，”五号低头端详着双手说，“我一直没觉得暴力有什么可让人激动的。”

“不是人人都像九号那样的。”玛丽娜走上前来抱歉地说。她热情地向我们打招呼，甚至还拥抱了五号，这一举动既让他意外，也多少令他放松了一些。九号这么冒冒失失地折腾一番之后，她确实让我轻松多了。

八号紧接着做了自我介绍。我感觉他很随和，我们一回来就碰到九号领袖式的一出戏码，现在八号算是换换节奏。虽然我看得出他跟九号一样激动，但他却表现得更得体。

“我有好多问题要问你们呢，”八号说，“五号，我很想知道你一直都待在什么地方，想听你说说你的经历。”

“呃，”五号支支吾吾，“好的。”

“你肯定克服了好多困难才来到这里的。”八号鼓励他继续说下去。

“一路在车上我跟约翰听到的也都是他这样的支吾其辞。”萨拉悄声对我说。

我可以理解在这种情况下略受打击的心情；你第一次见到自己部

族最后的一群幸存者，却发现他们已经一起干过不少事情。从某种程度上说，有五号在我身边挺好的，虽然我们也不怎么交谈；身边有个跟我一样不擅长应对这些社交场合的人也不错。

“你之前住在牙买加，对吧？”八号问五号。

“是的，”五号回答，“不过住的时间也不长。”

看八号的样子，他是希望五号能说得更详细些。可五号没有，这时约翰开口了。

“一路回来车程很长，我想大家也都累了。吃晚餐的时候，我们再好好交流彼此的经历吧。”约翰建议。

八号点点头，没有再催着五号细谈。我明白约翰对待五号还是小心翼翼的，想让他按照自己的步调去适应其他人。我有点奇怪五号竟然没有问起有关其他人的更多问题，但可能也是因为他不想回答有关他过去的一些问题吧。他出现的时候，身边既没有一个赛邦，也没有洛林箱，我想他跟其他所有加尔德一样，都有一段不堪回首的往事。

八号不再想探听五号的往事，最后一个新面孔的加尔德终于可以走上前来介绍自己了。虽然六号告诉过我埃拉比大家都小，看到她本人是那么年幼，我还是很吃惊。我想象不到这女孩子竟能挺身对抗希特雷库斯·雷，更不用说她还是将他赶跑的关键人物，但六号就是这么说的。我觉得她好厉害。

“我之前不知道还有第十个加尔德。”五号握着埃拉的手说。这是从我们进门以来，他说出的还能算是提问的一句话了。

“原来是没有的。我只是个意外。”

我注意到约翰向玛丽娜投去了好奇的目光。玛丽娜扬起眉毛作为回应，无声地说：我回头再告诉你。

听了埃拉的回答，五号点了点头，打量了她好一会儿，又低头看着地板。

“那个，”五号搜肠刮肚地想找一句合适的话，“其实我自己的感觉也差不多。我们的号码，我们的渊源，来到地球的这整个任务。我是说——长老们对这些到底有多仔细地考虑过呢？你们觉不觉得，他们只是随机选出了我们？”

每一个人都沉默了一会儿，静静地看着五号。这些话说得可真够怪的，尤其是在所有幸存的加尔德们首次团聚的这个时刻。这应该是一个庆祝的时刻，但五号似乎是故意要扫大家的兴。

“是哦，”八号开心地说着，打破了沉默，“你这么说，听起来倒是挺有意思的。”

爸爸干咳了一声温和地说：“我可以向你们保证，你们是经过仔细挑选的，不是什么随机的选择。”他转身对着埃拉，给她一个鼓励的眼神，这样的眼神，以前我在学校挨了欺负回到家时也经常看到。“你能逃离洛林星球，也绝对不是什么意外。可以说更像是得到了一种祝福。”

“嗯，是啊。”五号说。他对爸爸说话的时候，眼睛还盯着地板。“我想这位老人家可以成为研究洛林的专家了。”他抬起目光，挤出了一个微笑，因为他注意到我们其他人都用怪异的眼光看着他。“抱歉，”他迅速补充说，“我只是自言自语罢了。我也不知道自己在说什么。”

“我没觉得自己是什么专家，”爸爸不卑不亢地说，“如果冒犯了你，我很抱歉。但我对你们的长老们的做法很有信心。如果我没有……”他打住了话头，也许是想到了他沦为莫加多尔人阶下囚的日子。

五号显得局促。“四号，那个，约翰，我觉得挺累的。有地方可以让我休息一下吗？”

“当然了，兄弟，”约翰拍着五号的背回答说，“我带你们大伙儿去看看房间吧？”

几分钟前，我还挺同情五号的，因为我觉得这个场面对他来说有些尴尬。但是，我说不好，他对我爸爸说话的态度却让我对他产生了不同的看法。他的话语里还有些轻蔑，像是觉得我爸爸不可能有对加尔德们有用的信息。

整一群人，除了九号，带着我们走过一条摆满艺术品的走廊，那些艺术品足以在博物馆拍卖会上卖上不小的一笔钱了。我还是不能相信像九号这样的家伙能住在这种地方。我觉得在这里走走都得穿上燕尾服。我们穿过这豪宅的时候，萨拉和六号去洗刷这一路风尘，埃拉也告辞去帮九号放好行李。最后，约翰在走廊的中间停下了脚步。

“这间没住人，”约翰说着，为五号打开了一扇门，“抽屉里还有些别的衣服，你可以换换。”

“谢谢。”五号慢慢地走进房间。他正想关门，突然意识到我们都还在门外看着他。“嗯，那就晚饭的时候见了。”他低声说道，关上了门。

“冷淡的家伙。”八号不客气地说。玛丽娜用手肘捅了一下他的肋部，“嘘”一声让他闭上嘴巴。我看着那扇紧闭的门，五号肯定还站在门后听着我们说话。我又有点替他难过了。当个局外人可不好受。

约翰转身对着爸爸和我说：“你们也累了吗？还是想参观参观？”

“不累，”我说，“继续带我们看看吧。这是我第一回看到豪宅呢。”

“我也是。”爸爸笑着附和说。

“好极了，”约翰回答，我们不像五号那样抗拒社交，让他有些如释重负，“我想你们一定会喜欢下一个地方的。”

爸爸落在队伍后头几英尺的地方，欣赏着那些艺术品。我们继续沿着走廊往下走，离开五号房间的听力范围后，八号问了一个我想我们当中多数人都想问的问题。

“这新来的家伙是怎么回事？”他看着我，“不是说你，萨姆。你看上去非常正常。”

“谢谢。”

约翰摇摇头，似乎有点迷惑不解。“我不知道，真的。他有点怪，对吧？跟我原先想的不太一样。”

“他也许只是紧张吧，”玛丽娜说，“他会适应的。”

“他的赛邦在哪里？”我问，“他这些年都做过些什么事？”

“这一路坐车过来，他的话一直很少，”约翰回答，“即使萨拉也没能问出多少话来，你也知道她的本事。”

“是啊。她很擅长交际，能让你这个守口如瓶的洛林人说出很多话来。”

约翰立刻明白了我的玩笑，呵呵地笑了。“萨拉非常有魅力，能说服一个逃亡的外星人答应拍张照片登上校报。”

“魅力四射到即使联邦探员正盯着她家房子，这个外星人也敢大半夜跑去冲她窗户扔石块。”

八号和玛丽娜疑惑不解地互相看了一眼，我和约翰则哈哈大笑起来。

“你冲萨拉的窗户扔过石块？”玛丽娜问约翰，被逗得眉头都抬了起来，“像罗密欧和朱丽叶那样？”

“那个，照 FBI 说的是那么回事——噢，瞧瞧，我们到了。”约翰急切地想转换话题。我笑嘻嘻地冲玛丽娜点了点头。

走廊尽头，约翰带我们走进了一间房间，似乎是加尔德们用来作为行动基地的地方。一面墙上有不少大型的计算机屏幕，其中一台上面还在运行着一个跟我爸爸的网络筛查软件相似的程序。那些洛林箱也都存放在这里，还有我们从我爸爸实验室里找到的定位板。房间余下的地方乱糟糟地堆放着不同的器材：有些是新的，刚从箱子里拿出来，其他则像是从垃圾场里捡来的。墙边有些地方小配件和备用零件一直堆积到天花板。爸爸看到这些脸立刻亮了起来。

“这些藏品可真不赖。”他大声说，带着孩子在圣诞节大清早那样的兴奋扫视着房间。

“九号的赛邦，桑德尔，这是他的工作间，”约翰解释道，“我们用上了其中一些装备，但我们都不是技术专家。”约翰转身对爸爸说：“我希望您能看看这里是否有些有用的东西，古德先生，呃，马尔科姆。”

爸爸搓着双手。“乐意至极，约翰。我好久没摆弄过这样的地方了。很多东西我得赶紧熟悉呢。”

“我还想让你们看看这个，”约翰说着带我们走过好几扇双重门，“九号管这里叫训练室。”

我们走进了一间非常宽敞、有着高高天花板的白色房间，走过一个杀伤性武器陈列架的跟前，爸爸在德克萨斯弄到的那些枪与这比起来简直就是小孩的玩具了。这房间有我们高中的体育馆那么大，这让我再一次对这间豪宅的面积感到惊奇。房间的另一头，墙里嵌着一个像驾驶舱一样的装置，周围设置了一排控制台。椅子似乎是烂了，像是被什么巨型重物砸过。

“了不起。”爸爸评价道。

“我们一直将这间房间用于训练。九号说桑德尔曾经造了许多机关和障碍物。”他拍着墙上的一块仪表板，它看上去像是会发射子弹，但什么也没有发生过。“只是，九号有一回发脾气，把控制板都砸烂了。现在只是有些功能还能用。”

“听着倒像是他的风格。”我说。不难想象九号激动发火的样子。

“那个，”他指着椅子那边说，“那个叫总控台。如果能让它再次运作起来，我想就能提高我们的训练效果。”

爸爸已经跪在总控台前了，他捡起磨损的电线和折弯了的钢铁外壳。“这设备非常厉害啊。”他说。

我透过他的肩膀看着这台机器，虽然我根本不知道看到的是什么东西。“您能修好它吗？”

“我可以试试，”他转身对着约翰说，“我随时愿意帮忙。”

“我也是。”我说着，迅速向约翰敬了个礼。他呵呵一笑。

“我知道你们是刚到这儿，”约翰说，“希望我没有太过迫不及待。说真的，有你们在这儿真好。我不希望让大家太伤感了，不过我还是得说你们能找到彼此，我真开心。”

约翰说起爸爸和我的事的时候，声音里有一种神往。不知道他是不是在想我们本来该在天堂镇里进行这场对话，爸爸和亨利一起探讨技术问题。要是事态的进程有些不同就好了。

爸爸又握了握约翰的手，一边轻轻拍了拍他的胳膊。“找到你，我们非常高兴，约翰。我知道你们大伙儿这一路走来都不容易，但你不是孤军奋战。不再是了。”

第十六章

玛丽娜煮这一大桌晚餐确实费了不少心思。一个个盘子里装满了米饭、菜豆和新鲜的玉米煎饼，一碗西班牙番茄冻汤，一盘煎炸的蜜泡茄子，还有十几样别的西班牙菜，名字我都叫不上。家常菜的美味我都快忘了，我狼吞虎咽地吃了起来，吃完又装了两盘。

我们都端坐在九号宴会厅中，头顶的枝形吊灯熠熠生辉。约翰坐在饭桌的一头，爸爸坐在另一头，我们其他人坐在桌子的两侧。我就坐在爸爸和九号的中间。

“好极了，”九号舀起一块玉米饼塞到嘴里嘟哝着说，“这饭桌从没坐过这么多人。”

大家都很放松，只是聊聊天开开玩笑。五号吃得不少，但话却不多。埃拉坐在他隔壁，扒拉着她的食物，看上去很疲惫，但每当有人讲出一个好笑的笑话，她还是会微微笑或是哈哈笑。六号就坐在我的对面。我努力抑制着感情，不怎么去看着她。

晚饭吃完后，约翰站起身来，大家都看着他。他看了一眼萨拉，后者冲他嫣然一笑以示鼓励。他清了清嗓子，我看得出下面的这一番话他是经过斟酌的。

“看到大伙儿齐聚一堂，真是太妙了。大家都是历尽千辛万苦才到这里的。这种团聚给了我希望，我觉得我们会最终赢得这场战争。”

九号扯着嗓子欢叫着，惹得大伙儿都笑了起来，连约翰那副严肃演讲的表情也缓和了一会儿。五号看看周围的人，脸上露出安静的微笑，像是开始自在了些。

“我知道我们当中有些人是第一次见面，”约翰接着说，“所以我想如果我们能轮流讲讲我们的经历，会有助于彼此熟悉的。”

“这个话题可真有意思。”六号低声说。

约翰不为所动。“我知道其中一些人的经历——好吧，也许是所有人的经历——都不是愉快的。但我想重要的是记住我们是如何来到这里，又是为何而战的。”

看着五号，我明白了约翰的用意。他希望通过叙述自己的经历，加尔德们能让这位新来的成员多少敞开些胸怀。

“作为新来的一员我说一句，我很想听听你们的经历。”爸爸说。

“是啊，”五号附和了一句，让大伙儿都很意外，“我也是。”

“好的，”约翰说，“我来开个头。”

约翰开始述说他那段我熟知的往事。他从多年逃亡之后到达天堂镇的那一天说起，说到了与萨拉和我的邂逅，还有要隐藏他的超能力是如何变得越来越艰难。

约翰故事的结局是我们在高中的那场战斗、六号在千钧一发之际的出现和亨利的战死。我们都沉默了一会儿，不知道该说什么好。

“哦，该死的，”九号说，“我差不多都忘了。”

九号把手伸到椅子底下，拿出一瓶冻在冰桶里的香槟。我赶紧看了爸爸一眼，他似乎没心情管我们。相反地，他把他的杯子伸了过去。九号很快地绕桌一周，为每个人倒上了酒。连埃拉都倒上了一点。

“这酒哪里来的?”八号问。

“我的秘密私藏。别担心，”九号倒完酒，举起了酒杯，“敬亨利。”

每个人都举起了酒杯，为亨利干杯。约翰的情绪控制得很好，但我看得出他还是深受感动。他低头看着桌子，朝九号微微点头表示感谢。说真的，九号也让我颇感意外——经历先前在门口的那场小小的坦率交流再到这件事之后，我得说他已经从讨厌鬼变成了好帮手。

“也许你们俩该把整个天堂镇的人都招募过来，帮我们打仗，”五号说，“那个地方听上去是个对外星人很友好的地方。”

“我们该把这话印到汽车保险杠贴纸上，”我说，“‘我的荣誉生在天堂镇高中抗击外星人。’”

“我来接着讲。”六号说。她说得很快，从她和卡塔莉娜一起被捕说起，很快说到了她们的入狱，又跳到了她逃跑的过程。

“为卡塔莉娜干杯。”这次是约翰说的祝酒词。所有人又再次举起了酒杯，我们为六号逝去的赛邦喝了一杯。

“所以你不能把那些信息发到网上去。”九号听完六号的故事说，却敏锐地看了五号一眼。五号回视九号，一句话也没有说。

“你们跟你们的赛邦关系都很亲密，”玛丽娜大声说，“我的经历则有些不同。”

玛丽娜跟我讲起了她在西班牙的成长经历，她的赛邦阿德莉娜是如何对她不理不睬，既没有帮她训练也没有把其他加尔德都耳熟能详的知识告诉她。我有些吃惊，一个洛林人竟会这么做。我从没想过他们会逃避自己的责任。本来这是一段充满痛苦的经历，但经玛丽娜这么一说，却让人无比心酸。她谈到赫克托耳——那个为了保护她而牺牲了自己的地球人——的时候，声音变得非常温暖。虽然说起来很怪，但阿德莉娜最终担负起了自己的职责，即使它意味着死亡，这样一来，故事差不多算是有了一个圆满的结尾。我想其实说不上是圆满，但从玛丽娜的口中说出来，她的行为还是很有英雄气概的。

八号举起了酒杯。“敬赫克托耳和阿德莉娜。”他说。

接着轮到九号。显然九号生活中一切的混乱都是他自己的错。他喜欢上一个替莫加多尔人当间谍的女孩子，她则把他和他的赛邦引入了一个陷阱。九号对被捕之后的经历没有多说。我自己在西弗吉尼亚对这些可怕的事情都有过亲身经历，九号说完之后眼里的那种阴翳，我一点也不觉得意外。

“敬桑德尔。”约翰说。

“敬桑德尔，还有他的香槟。”八号补充说，这话让九号露出了微笑。

“我想你运气还挺好的，”五号用大拇指指着萨拉对约翰说，“她本来也可能是一个莫加多尔人派来的间谍呢。”

“嗨，”萨拉回应道，“这可不是什么好话。”

“是他们逼着她那样做的，”九号嘟囔着说，他说的是他曾经喜欢的那个女孩儿，“心智正常的地球人是不会心甘情愿替那些混蛋干活的。”

“可是政府……”我记起了从西弗吉尼亚把我带到道西基地的那

些探员。

九号转过身看着我。“任何与那些白化病人般的能化成灰的怪物合作的地球人脑子都不可能没问题。”

“也许他们不是自愿的呢，”约翰说，“如果知道了真相，我相信任何地球人都一定会站在我们这一边的。”

“我以前不信任地球人，”八号说，“雷诺兹，我的赛邦，就是被他所爱的女人背叛了。我花了不少时间才挺了过来，但最终我还是相信地球人与生俱来的善良天性。”

八号又向我们讲述了他是如何学会控制他的超能力，还有他最终如何认识了那些觉得他是印度天神毗湿奴再世的村民。即使莫加多尔人知道了他所在的地点，他们也无法找到他，因为有一支地球人的军队在保护着他。

五号仔细地看着八号，点点头，像是有了一种全新的奇妙感受。“了不起啊，”他说，“你欺骗他们，让他们以为你是他们的一个天神。”

“我不是故意要骗他们的，”八号辩解道，“我很后悔没有更诚实些。”

“你就不该诚实，”五号接着说，“我的意思是，如果你能像约翰和玛丽娜那样和地球人交朋友，那自然是很好的。否则的话，让他们为你而战总好过老想着对付你吧？”他看了九号一眼。“能控制大局肯定比盲目地追求一个漂亮的地球人女友强。”

九号身子往前一倾，好像想从座位上站起身来似的。“你到底是什么意思？”

“错误都是过去的事了，”约翰小心翼翼地插话说，“但我们得记住地球人要对抗的也是我们的敌人，即使他们还没有意识到这一点。我们不可能独自打下这场战役。”

“为人性干杯。”我开玩笑地说，举起了自己的酒杯。大伙儿都看着我，我摘下了眼镜，感觉有点眩晕。

气氛仍然有些紧张，九号还在瞪着五号。埃拉举起了手。“我想讲讲。”她说。

她的故事跟我听到的其他人的经历都不相同。她没有和其他加尔德一起被派到地球。相反地，她那有钱的古怪老爸把她跟家里的管家和一群变形兽一起塞进一艘飞船。我环视饭桌，感觉到其他多数加尔德也是第一回听说这个情况。约翰看起来特别困惑，六号则听得入了神。

“哇，埃拉，”约翰说，“你是什么时候知道这件事的？”

“昨天，”她实事求是地说，“都是克雷顿在信里说的。”

玛丽娜举起了酒杯。“敬克雷顿，他是个了不起的赛邦。”

大伙儿都跟着她举起了杯子。埃拉沉默不语，我看得出这个赛邦对她非常重要。

“想想，”五号若有所思地说，“如果我们的飞船没能飞到地球，你们就得独立拯救这个星球了。”

埃拉睁大了眼睛。“这我倒没想过。”

“你自己就能搞定的。”九号咧开嘴笑着说。

“那么……”约翰看着五号说，“我们都告诉你我们一路是如何走过来的了。现在轮到你了——你如何躲藏了这么长时间的呢？”

“是啊，伙计，”八号附和说，“赶紧说说。”

五号没精打采地缩回到椅子上。有一会儿，我以为他打算保持沉默，希望大伙儿把他给忘了，就像一个躲在教室后头的孩子。别人说话的时候，他很擅长进行一些尖锐的评论，但轮到他自己说经历的时候，他却非常不情愿。

“我的经历没有你们的那么惊心动魄，”过了一会儿五号开口说，“我们没有刻意躲藏起来。我想我们只是运气好罢了，我们去到的地方没有莫加多尔人在找我们。”

“那是什么地方呢？”约翰问。

“岛屿，”五号回答，“没人会去留意的小岛。有些甚至在地图上都找不到。我们从一个岛跑到另一个岛，有点像你们从一座城市到另一座城市那样。每几个月我们就去一趟人烟更多的地方——有时是牙买加，或是波多黎各——拿我们的宝石去换生活必需品。其他时候，我们都不与他人接触。”

“你的赛邦出了什么事？”玛丽娜轻轻地问。

“嗯，这一点我跟你们倒是很一致，他死了。他的名字叫埃尔伯特。”

“被莫加多尔人害的？”九号粗声粗气地问。

“不，不，不是那么回事，”五号回答，样子很犹豫，“他不是死于什么激烈的战斗或是勇敢地牺牲自己。他只是病了，过了一阵就死了。比起你们所描述的赛邦，他的年纪更大些，有我爷爷的年纪那么大。我觉得来地球的旅程对他来说很辛苦。他一直都是病恹恹的，当地温暖的气候多少还有点帮助。他弥留之际，我们正在南加勒比海的一个小岛上。我当时不知道怎么帮他……”

五号没有再说下去。我们都是一片沉默，谁也没有催他。

“他——他不肯让我去请医生。他非常担心如果他们检查他的身体，就会发现他的秘密，莫加多尔人也就会发现我们。我从没见过一个莫加多尔人，那对我来说似乎都是虚构的。”五号苦笑着说，像是在生自己的气。“有一段时间，我甚至还对自己说他是个疯子，而我是被他绑架来的。我觉得他趁我睡着的时候，割伤我的腿，留下了那些伤疤。”

我努力想象当时五号的生活是什么样子，除了一个病恹恹的老人，他从未与其他人交流过。这多少也解释了为何他在大伙儿身边总是一副笨拙的样子。

“我是等到自己开发了意念移物的超能力之后，才开始相信埃尔伯特所说的话的。而他正好在那个时候就一病不起了。在他临终的时候，他让我保证一旦我的超能力完全开发出来，我就要努力找到你们。他还让我保证，在那之前我要一直躲藏起来。”

“这一点你做得很棒啊。”六号说。

“埃尔伯特的事，我非常难过。”埃拉接着说。

“谢谢，”五号说，“他是个好人，我真希望以前更听他的话。他死后，我只是照着他的话做，倒也挺容易的。我一直在各个岛屿间迁徙，不接触任何人，确实是很孤独。日子稀里糊涂就过去了。最终我练成超能力，来到了美国，希望找到你们。”

“你的洛林箱呢？”约翰问。

“对了，那个啊，”五号挠着头紧张地回答，“我一般都是乘船到处走的。埃尔伯特教过我，要找不会瞎打听的船坐。我刚到加州的时候，发现那里人好多，我不太习惯。一个少年独自一人带着那该死的箱子——我觉得每个人都在盯着我看。好像我刚在某个岛上找到什么宝藏似的。也许我是太疑神疑鬼了，但我觉得每个人都想偷走它。”

“那你把它怎么样了？”约翰追问道。

“我觉得再带着它到处走是不明智的。我就在埃弗格雷斯①找了个秘密地点把它埋了，”五号环视着这一群人，“那样做是不是很不好？”

“我也是出于相同的原因把我的箱子埋了，”六号回答，“当我回去找的时候，它被人拿走了。”

“啊，”五号气急败坏地说，“啊，糟透了。”

“如果你藏箱子的本事能跟你藏身的本事相媲美，那箱子肯定还在原地。”八号乐观地说。

“我们得尽快拿到那箱子。”约翰说。

五号急切地点点头。“当然。埋藏的地点我记得很清楚。”

“箱子是至关重要的。”爸爸脱口而出。他捏着自己的鼻梁，我注意到他一努力想记起某件事，就会做出这个动作。“每个箱子里都装着某些东西，我不是很清楚是什么东西以及该怎么使用，但时机一到，那些箱子里的有些物件就能帮助你们跟洛林星球重新联系上。”

大伙儿现在都全神贯注地看着他。

“你怎么知道的？”约翰问。

“我——我只是想起来了。”爸爸回答。

九号看着我，又看看我爸爸。“记得什么啊？”

“我想该轮到我说说我的经历了，”他看着这些热切的面孔说，“我要警告你们，我的记忆有些缺失。莫加多尔人对我做了手脚。他们试图把我知道的信息从我脑子里剥离走。现在我慢慢地恢复了一些

---

① 位于佛罗里达州南部。

记忆，断断续续的。我会把我知道的告诉你们。”

“但你起初是怎么知道的呢？”八号问，“我们连箱子的东西是什么都不太明白。”

爸爸停顿了一会儿，环视着这群人。

“我之所以知道，是因为那是庇塔库斯·洛尔告诉我的。”

第十七章

鸦雀无声。

约翰第一个开口。“他怎么告诉你的？你说的是什么意思？”

“他亲口告诉我的。”爸爸回答。

“你是说你见到庇塔库斯·洛尔了？”九号将信将疑地大声问道。

“那怎么可能？”玛丽娜问。

“我们在你的井中密室里发现了一副骷髅，佩戴着洛林人的吊饰——”约翰使劲咽了一口唾沫说，“那是他吗？”

爸爸垂下了目光。“恐怕是的。他到达时就已经伤得非常严重，我也无能为力。”

这下子，问题蜂拥而至。

“他跟你说了什么？”

“他是怎么来到地球的？”

“他为什么选择了你？”

“你知道小翰自以为是庇塔库斯转世吗？”

爸爸双手往下一压，像一个指挥努力让一个嘈杂的乐团安静下来。这些问题似乎让他十分开心，他似乎又在努力地回想，企图记起这些答案。

“我不知道在地球芸芸众生中他们为何会选中我，”爸爸解释道，“我曾是个天文学家。我最感兴趣的是深邃的太空，是试着和外星生命取得联系。我认为地球上有外星人到访过的迹象，但因为这些想法，我那些没多少想象力的同行都不怎么喜欢我。”

“可你是对的，”八号说，“这里有洛林陨石。我们在印度还发现了那些岩洞壁画。”

“是的，”爸爸接着说，“我那些科学家同行把我当成疯子赶出了那个圈子。我想我看上去确实也像个疯子，老是高谈阔论什么外星访客。”他环顾四周。“可是，你们来了。”

“谢谢你的简要介绍，”九号打断他，“但我们可以说说庇塔库斯的事了吗？”

爸爸微微一笑。“我那时在实验室里用无线电将脉冲通讯信号发向太空，我相信我会有所发现。这些都是在我的工余时间完成的。我当时已经被——解雇了，我想是，失去了我在大学里的工作。”

“我有些印象，”我说，“妈妈当时很生气。”

“我其实也不知道自己希望实验会有什么结果。当然是希望能得到回应，也许是一波外星音乐脉冲信号或是一个陌生星系的图像什么的。”爸爸轻轻地哼了一声，想起当时突如其来的结果，他摇了摇头。“我的收获比我预想的多得多。一天晚上，一个男人出现在我家门口。他受了伤，在门口徘徊——开始我以为他是个疯子或是个流浪汉。接着，就在我眼前，他一下子长了起来。”

“长高了？”九号扬起一边眉毛惊奇地问。

爸爸笑了。“是的。现在想起来是没什么，想想我都见识过了这么多事情，但那是我第一次看见超能力。我希望我可以说当时的反应是带着科学家的求知欲，可是其实我只是大声尖叫了起来。”

我点点头。这听着确实像古德家的作风。

“来到地球的加尔德，”玛丽娜深吸了一口气，“他是谁？”

“他自称是庇塔库斯·洛尔。”

九号嘲弄地笑了一声，又看了约翰一眼。“每个人都自以为是庇塔库斯！”

“您说您遇到了一个长老？”约翰说，毫不理会九号，“还是某个自称长老的人？”

“他长什么样啊？说了什么？”埃拉问。

“他先是告诉我他是在与邪恶外星人的战争中受的伤，这场战火将很快蔓延到地球上来。他对我说他是活不过当晚了，这一点……他说对了。”爸爸闭上了眼睛，让大脑运转起来。“庇塔库斯在弥留之际跟我说了很多事，但细节对我来说恐怕有些模糊了。他要我找来一群人准备迎接你们，帮助你们的赛邦逃亡，同时给予你们指引。我就是接待团队的第一个成员。”

“他还告诉您什么了？”约翰往前靠过来急切地问。

“我记得有件关于你们的箱子的事。那些传世宝物。他告诉我箱子都装着某样东西——他称之为凤凰石，我想——是从洛林星球的地心里采集来的。一旦回到你们的星球，这些宝石就会很快启动整个生态系统。我想可以让你们的星球重新恢复生机的工具此刻正在你们手上。

玛丽娜和八号兴奋地对望了一眼，也许是想到了约翰一直说起的富饶的洛林星球了。

“但那些被我们弄丢了的洛林箱呢?”六号问，“我还以为箱子的主人一死，里面的物品就会自动销毁呢。”

爸爸摇摇头。“抱歉，这个问题我回答不了。但愿你们剩下的传世宝物足够多吧。”

“听着，复兴洛林星球是头等大事，”九号说，“但我还没有听到有助于我们消灭莫加多尔人或是保护地球的信息呢。”

“我的赛邦对我说，我们每一个人都会继承一位长老的衣钵，”八号说，“我一直以为我就是庇塔库斯，但是……”他瞥了一眼约翰，又耸了耸肩。“他有跟您说起过这个事吗？”

“没有，”爸爸回答，“至少现在我没想到有。你的赛邦说你们会继承一位长老的衣钵，他也许说的不是字面的那层意思。可能只是比喻你们成长之后在复兴洛林星球的任务中所会承担的角色。不可能是说你们直接就成为一名长老，因为你们之中已经有三个人被害。而埃拉的存在也表明一切不是事先安排好的。”

“这么说，我们还是像之前一样一头雾水，”六号一句话下了结论，然后看了看我，“不过这个故事倒是蛮有意思的。”

“等等，”约翰说，他还在仔细思考着爸爸刚刚的话，“肯定有什么能为我们所用的信息。比如说那些洛林箱，我们要好好盘点一下，看看能否弄清哪些物品是凤凰石。”

“可能是那些不能用来戳人、射人也不会爆炸的东西吧。”九号满心希望地说。

“我会尽我所能来帮助你们，”爸爸主动地说，“看看你们洛林箱里的东西也许能唤醒我的部分记忆。”

“其他的接待者怎么样了？”五号问，“他们还活着吗？”

爸爸的表情阴沉起来。我们现在说的事情，我多少有些了解。很快我们就会说到那个好心的莫加多尔人救了我们一命的情节了。爸爸依然对亚当怀着希望；他吃饭前看过手机。这么久都没联系上他，我开始觉得他应该是战死在里面了。不管亚当是死是活，我都不知道他的存在，还有我们跟他的关系，这些加尔德听了会有什么反应。

“那些接待者是我亲自召集起来的，都是我信得过的人——在外围进行研究的志同道合的科学家。但我就是记不起他们的名字或是长相了，都是莫加多尔人搞的鬼。”

爸爸颤抖着手举起了他的香槟酒杯，匆匆呷了一口。他做了个苦相，似乎这口酒没能帮他缓解记忆带来的痛苦。或是失忆的痛苦。

“我们都知道个中危险，”爸爸终于开口接着说，“我们都高兴地去面对。这是参与一个重大事件的机会，我现在依然这么想，”他环视着这些加尔德，话音带着骄傲，“莫加多尔人一边搜索你们，一边找上了我们。我们自然是更容易找到的——我们这一辈子都住在地球上，而且都拖家带口。他们一个接一个地找到了我们，把我们吊在机器上，试图剥夺我们的记忆，寻找有助于他们追杀的信息。所以我才会对这么多事情都记忆模糊。我不知道他们对我造成的损伤是否还能恢复。”

埃拉看了玛丽娜一眼，然后又看了看约翰。“你们能治愈他吗？”

“我们可以试试，”玛丽娜打量着我爸爸回答说，“不过我没试过治疗人的大脑。”

爸爸摸了摸胡子，皱着眉头说：“我是唯一的幸存者。我被那些混蛋关押了好些年，”他看着我，“我一定要报这个仇。”

“您是怎么逃出来的？”约翰问。

“有人帮忙。多年来莫加多尔人给我服了很多镇静药让我处于昏迷状态，只在需要对我的大脑进行新实验的时候才让我醒过来。不过最后是一个小伙子将我救了出来。”

“一个小伙子？”玛丽娜惊奇地问。

“我不明白，”八号说，“怎么会有能进入莫加多尔人基地的地球人？他是政府特工吗？那他为何没有帮助我们？”

爸爸还没来得及回答，五号就开口了。他审视着爸爸，像是已经明白了整个经过。“他不是个地球人，对吧？”

爸爸先是看了看五号，然后又看了约翰一眼，最后看着我。“他自称亚当，但他的真名叫亚达姆斯。他是个莫加多尔人。”

“一个莫加多尔人竟会帮助你？”玛丽娜静静地问，其他人则目瞪口呆地看着爸爸。

九号突然站起身来，看了看约翰。“伙计，这样看来其中必有陷阱。我们必须关闭这个地方。”

约翰举起一只手，努力让九号平静下来。令人宽慰的是，其他人没有随着九号站起来。不过他们还是焦虑地面面相觑，虽然我信任这些加尔德，但还是担心他们会不信任爸爸。

“冷静，”约翰对九号说，“我们得把这故事听完。马尔科姆，你所说的事情真是难以置信。”

“我知道，相信我，”他回答，“据我了解，莫加多尔人有两种。有些是通过基因工程生产出来的——他们称之为生化人。我想他们就是你们经常遭遇的那些不堪一击的士兵，那些丑陋的东西不可以称之为人，他们被生产出来只是为了杀戮。还有另一种自称为原生人，他们是统治阶层。亚当就是其中一个，是一个莫加多尔将军的儿子。”

“有意思，”八号说，“我从没想过他们有什么样的社会体制。”

“管他呢，”九号嘟哝着说，他双手握住椅背站立着，像是随时要把椅子掷出去，“说说为何这不是莫加多尔人的陷阱吧。”

“他们拿亚当做实验，用的是他们用来剥夺我记忆的同样的机器，”爸爸接着说，没有被这渐趋紧张的气氛所动摇，“他们有了一具加尔德的尸体——我想是一号——他们尝试要将她的记忆下载到他的脑子里去，以为这会帮他们找到你们余下的人。”

“她的尸体——”玛丽娜低声说，“太变态了。”

爸爸点点头表示同意。“结果却跟莫加多尔人期待的不同。因为接触到一号的记忆，亚当对他的族人产生了怀疑。最终他叛离了。期间他帮我逃了出来，还找到了萨姆。”

九号摇了摇头。“这是他们最喜欢耍弄的双面间谍的诡计。”他坚持他的看法。

“你见过这个莫加多尔男孩吗？”六号问我。

现在大伙儿都用对爸爸那样的审视的目光看着我。我清了清嗓子，感觉很不自然。“是的，他去了道西基地。爸爸和我逃走的时候，他帮我们牵制住了一群莫加多尔人。”

爸爸皱起了眉头，低头看着桌子。“恐怕他是死在那场战斗中了。”

“哦，那倒是好事。”九号嘟哝着，又重新坐了下去。

“还有一件事……”我犹豫不决地看着爸爸说，不知道下面要说的情况该怎么表述。

“什么事，萨姆？”约翰问。

“在战斗之中，他——他使地面晃动了起来。像是有超能力似的。”

“简直是一派胡言。”九号不以为然地说。

“是真的，”爸爸说，“我都忘了。实验过程中他出了些事。”

埃拉大声地说了一句，话里带着惊恐。“是真的吗？他们可以偷走我们的超能力？”

“我想不是他偷了超能力，”爸爸纠正道，“他说那是一个洛林人馈赠的礼物。”

八号环顾四周。“你们谁记得送过莫加多尔人礼物啊？”

约翰把双手交叉在胸前。“这似乎是不可能的事。”

“抱歉这情况让你们心烦了，”爸爸环视大伙儿说，“我是想把一切都告诉你们，即使是令人不悦的细节。”

“这情况真有那么糟吗？”玛丽娜问，“我是说，如果莫加多尔人中有一个能知道他们的举动不义，难道其他人不……”

“你是指望着他们大发善心吗？”九号不耐烦地说，玛丽娜不再说话了。

我突然想起了一件事，也许是因为我们谈到了很多加尔德是如何发展自己的超能力，还听爸爸讲了很多他们星球的新情况吧。“你们的超能力来自洛林星球，对吧？”

“亨利是这么对我说的。”约翰说。

“卡塔莉娜也是这么说的。”六号说。

“那么，如果真是那样，那种能力就不是能被莫加多尔人的某种技术所夺走的。我是说，如果他们做得了，那早就从洛林星球上偷走很多超能力了，对吧？”

“你说什么？”约翰扬起眉毛问。

“我想我是说……如果亚当是继承了超能力呢？因为这是一号的心愿？”

九号在我身旁不以为然地哼了一声，另一侧的爸爸则若有所思地摸着下巴咕哝了一句。“很有意思的猜想。”他说。

“嗯，管他呢，”九号倾身向前看着我爸爸说，“你确定这不是莫加多尔人精心设下的圈套？你确定他们没有跟踪你？”

“我很肯定。”爸爸自信地说。

五号在桌子那边笑了起来。我们讨论亚当的情况时，他多数时间都沉默着。现在他却狐疑地四处张望。“抱歉，但你们刚刚所说的情况起码有一半是地球人如何将你们出卖给莫加多尔人的，”他用一根手指着我们说，“这两位是真正接触过莫加多尔人的，大概就是几周前的事吧。他们还跟他待过一阵。你们还打算信任他们？”

约翰没有丝毫犹豫。“是的，”他直视着五号的眼睛说，“我信任他们，可以把性命都托付给他们。如果这个叛逃的莫加多尔人还活着，我们就要找到他。”

第十八章

当晚我辗转难眠。躺在九号那豪华客厅的高级沙发上，我本来应该酣然入睡的。比起爸爸和我住过的那个汽车旅馆里那张硬邦邦的有跳蚤的床，这个可强多了，更别提希特雷库斯·雷那妙不可言的监狱了。

可是我却心事重重。终于和加尔德还有爸爸团聚在一起，准备好了真正开始反击莫加多尔人，我却觉得很忐忑，对未来的忐忑，还有对融入洛林人的忐忑。

不知道爸爸睡得怎么样。他晚饭后似乎非常疲惫；我知道他的记忆还没完全恢复就要回答加尔德的问题，他肯定觉得压力很大。

也许我只是见了这么多新来的加尔德，心里有些不太习惯吧。我之前跟约翰和六号交上朋友、适应有关外星人的这整个情况，都费了不少工夫。跟他们中的其他人相处，让我有些手忙脚乱。九号的吵吵嚷嚷我还能应付。玛丽娜和埃拉似乎也挺正常。但八号就难说了，他说过曾诱骗地球人为他打仗。还有五号——我想还没人明白他心里打的是什么算盘。有时他像是世界上最不擅长交际的一个人，有时候又像是总在故意暗地里揶揄着大伙儿。

我在这儿该是一种什么身份呢？约翰高中的死党和勇敢的老朋友？希望不止是这种角色，只是不知道该怎么做。

我一定还是在沙发上辗转反侧地睡了一会儿。角落里有个看上去超级贵重的古董老爷钟，它华丽的指针告诉我时间还很早。我还是起床做点什么事好些。我的双手蠢蠢欲动，也许该去训练室，开始帮爸爸做点他想做完的工作。我当然没法重建一个主机什么的，但我肯定可以独自把一些断线接起来。

我轻轻地从公寓里走过，整个房子一片静寂。走廊上的木地板咯吱作响，五号的房门猛地一下打开了，吓了我一跳。奇怪的是他穿戴整齐，像是一直蹲踞在门边，等着一有麻烦就跳出来似的。他的一只手紧张地扭动着，一对弹珠大小的球在他手心里转动。

“嗨，”我悄声说，“是我。抱歉吵醒了你。”

“你起床干什么呢？”他疑惑地悄声问我。

“这个问题该我问你吧。”我回答。

他叹了一口气，似乎没那么咄咄逼人了，应该是不想发生冲突。“嗯，抱歉。我睡不着。这地方让我感觉很不自在。太大了。”五号停顿了一会儿，往上挤了挤自己的脸，像是有些尴尬。“经过阿肯色州那一仗，我就一直觉得有只那样的怪兽要来抓我。”

“是的，我了解那种感受。没事的。我想我们在这儿很安全，”我指着走廊那头，“我要去训练室里干点活儿。你来不？”

五号摇了摇头。“不了，谢谢。”他开始关门，然后又停下了。“你知道，我其实不觉得你跟你爸爸是莫加多尔人的间谍什么的。晚餐的时候，我只是在唱白脸。”

“嗯，谢谢。”

“我是说，换作我是想策反我们当间谍的莫加多尔人，那我肯定会挑选看上去更厉害的地球人吧？”

“哈，”我交叉手臂回答说，“道歉的时候要点到即止，你是真不懂啊？”

“啊呀，抱歉，我说错话了，”五号用指头扣着前额回答说，“我的社交意识太糟糕了。你觉得其他人注意到这一点了吗？”

“这个嘛……”

五号笑了。“开玩笑的，萨姆。他们当然是注意到了。我知道我挺混蛋的。像你说的，我有时候就是管不住自己的嘴。”

“如果他们习惯了九号那样的，他们肯定也能适应你。”我说道。

“嗯，这话挺让人振奋的，”五号叹了一口气，“晚安，萨姆。别在训练室里动什么坏念头。”

五号关上了门。我站在走廊上，听到他在房间里窸窸窣窣地忙活。他有点惹人烦，真的，但我绝对理解他跟其他加尔德在一起为何会觉得焦灼。我感同身受。

训练室已经灯火通明了，我非常意外。萨拉在那里，站在射击区内。她穿着运动背心和运动长裤，手里还拿着一把十字弩，这把弩是我见过的最奇特的东西之一了。我看见她准备好要射出一箭。

“我能帮你拍一张上学校年鉴的照片吗？”我问道，声音在空旷的室内回响。

萨拉跳了起来，她正要射出去的箭“嗖”的一声偏离了房间另一头的莫加多尔人纸靶。她转过身来咧嘴一笑，挥着十字弩，又威胁似的龇着牙。我比划着相机的样子给她拍了张照片。

“天堂镇的那些孩子们看了这照片肯定不相信，”我说，“但你是最具杀伤力大奖的最佳候选人。”

萨拉哈哈大笑。“老天，我们是没法去参加那些年鉴会议了，是吧？”

“那是肯定的。”

萨拉放下十字弩，给了我一个意外的拥抱。

“这是为何？”

“我觉得你需要拥抱，”她耸耸肩回答说，“对了，别告诉别人我说了这话，但身边还有一个地球人真好。”

我意识到萨拉是地球上仅有的另一个知道跟一群外星人交朋友、一起打一场星球大战是什么感觉的人。我们从没真正谈起过这事，但我们有过好多相同的疯狂经历。

“我们应该成立一个二人互助小组。”我提议。

“你知道，要是你去年问我，我会说我见过最可怕的事就是一场化学 AP 考试①，”萨拉笑着说，“可是现在，就在昨天，我亲眼看着我的男朋友跟一条巨型虫怪搏斗。”

我笑了。“生活确实瞬间就变得疯狂起来了。”

“怪不得我们就要变成失眠症患者了。”

我走到总控台前，开始看着爸爸之前修理的那些电线。萨拉盘腿坐在我身边看着。

“这么说你睡不着就跑到这下面来射十字弩？”

---

① 美国大学预修课程考试。

“这跟一杯热牛奶一样有效，”她回答说，“其实我一直在学射击，但我不想开枪的声音把其他人吵醒。”

“嗯，也许是不太好。大伙儿都有点紧张，对吧？”

“这说法还算是保守了。”

我看了一眼萨拉，难以置信这就是我当年的高中同学。真正让我意外的还是我们竟然谈论起射击训练来了。

“其实我最近常到这里来，”她接着说，“约翰睡得不多。他就算真睡着了，也都是不停地翻来覆去。然后一大早他就会悄悄起床跑到楼顶去冥思苦想。他以为我不知道，但其实我知道。”

我冲着萨拉扬起眉毛嘻嘻笑。“同床共枕啊？”

她开玩笑似的踢了我一下。“随便你怎么想，萨姆。卧室就这么多。不过不是你想的那样。躲着杀人成性的外星入侵者，是不可能有什么花前月下的，好吧？更别提我不喜欢八号一下子使用瞬移就跑了进来。”她睥睨了我一下。“不过话虽如此，别告诉我父母哦。”

“我会替你保密的，”我告诉她，“地球人必须团结一致。”

我重新接好了电线，总控台里的什么东西“嗡嗡嗡”地启动了。墙上的其中一个面板突然像个活塞似的伸了出来，接着又缩了回去。

“那是干什么用的？”萨拉问。

“像是模拟格斗什么的吧。九号说他的赛邦在这里布下了各种机关和障碍。”

萨拉敲了敲她面前的门。一件金属的东西在她手下嘎嘎作响，她赶紧往后一缩。“也许我该小心点我坐着的地方。”

我停下修整电线的工作，想等爸爸来了再接着干，也怕不小心触发了萨拉座位底下的某个长钉陷阱。

萨拉轻轻碰了碰我的胳膊。“那你又是为何睡不着呢，萨姆？”

我下意识地揉着手腕上的伤疤。“我有很多时间去回想我被囚的日子。”我告诉她。

“我知道你的意思。”

我和萨拉又有了一个共同点。“约翰和其他人的事我想了很多。我总想着如何帮助他们。”

“然后呢？”

我摊开双手，让萨拉看看我思考的结果：一无所获。

“哦，”她说，“总还有十字弩呢。”

“我担心自己帮不上忙。感觉迟早我又会被擒，或者更糟的是，我拖累了其他人。然后我想起了八号今晚讲过的故事，我在想如果约翰把我撇在天堂镇里，就像八号撇下其他士兵那样，会不会更好些？他要是不用担心我，可能会更好。”

“或者是我。”萨拉皱着眉头说。

“我不是那个意思。”我赶紧说。

“没事，”萨拉说，拍了拍我的胳膊，“没事的，因为你错了，萨姆。约翰和其他人确实需要我们。我们是有事可做的。”

我点点头，想要相信她，但我低头看到了自己手腕上的伤疤，记起希特雷库斯·雷在西弗吉尼亚对我说的话。我沉默了。萨拉跳起身来，伸出一只手。

“我们就从做早餐开始吧，”她说，“他们也许不会为此就颁给我们一个洛林星球荣誉居民的称号，但至少是个开端。”

我勉强挤出一个微笑，爬起来。萨拉没有放开我的手。她一直看着我手腕上那些暗紫色的疤痕。

“不管你发生过什么事，萨姆，”她盯着我说，“都结束了。你现在是安全的。”

我还没来得及回答，从一间卧室传来了一声凄厉的尖叫。

第十九章

埃拉一开始尖叫，我就猛地醒了过来。今晚轮到我陪着她，整晚都相安无事。我们很晚都没睡，一直谈着新来的人，还有马尔科姆·古德告诉我们的有关庇塔库斯·洛尔和那个可能愿意帮忙的莫加多尔人的事。埃拉最后终于睡着了，我还希望新墨西哥州一仗之后，一直困扰她的噩梦能彻底停止。她自从看过克雷顿的信，就没再做过噩梦了，也许以前都是压力惹的祸。现在她不用再担心那封未读的信，一切应该能恢复正常了。

我还是太乐观了。

“埃拉，埃拉，醒醒！”我喊道，不知道该不该晃动她。我有点发慌，特别是她没有立刻就醒过来。埃拉用手指戳着毯子，脚后跟不停踢打床垫，一边还发出刺耳的尖叫声。她扭动得太厉害，几乎就要掉到床下去了。我伸出手稳住了她。

我一碰到埃拉的肩膀，一个画面就出现在我脑海里。我不知道它是从哪里来的。感觉像是埃拉用传心术在跟我说话，只是以前她说话的时候是不会出现画面的。

我看到的是可怕的一幕。画面中是芝加哥，就在我和八号几天前散步过的湖边。那里尸横遍地，都是地球人的尸体。天空因为附近的大火而烟雾弥漫。湖面都是黑漆漆、黏糊糊的东西，像是石油。我可以听到许多人在尖叫，闻到烧焦的味道，听到远处传来的爆炸声……

我喘着气将手从埃拉身上拿开，画面一下子就不见了。我喘不过气来，浑身颤抖，胃里一阵翻腾。

埃拉停止了尖叫。她已经醒了，睁着大大的眼睛惊恐地看着我。我看了一眼时钟，发现距离埃拉开始尖叫才过了一分钟。

“你也看见了？”她低声问。

我点点头，不知道该怎么回答，更不知道该怎么描述我刚刚看到的画面。我发现自己出现在埃拉的梦境中，这怎么可能?

有人敲着房门，而且没等我们答应，萨拉就把头伸了进来。我看得到萨姆站在她身后的走廊上。他们都是一脸关切。

“一切还——?”

萨拉还没说完，埃拉就突然对着门做了个手势，用意念力将门关了起来。

“埃拉！你干吗这么做?”

“他们不该靠近我。”她回答，眼睛睁得大大的，一副狂乱的神色。

有人用力推了一下门，但门纹丝不动。我听到了约翰的声音，也许是被这些尖叫和骚乱吸引过来的。“玛丽娜？里头没事吧?”

“我们没事！”我对着门口大声说，“稍等一下。”

埃拉披上一条毯子，背靠墙蜷缩在床头。她的两眼还是睁得很大，像片叶子似的不停发抖。我想去碰一下她，她马上就缩了回去。

“别！”她厉声说，“如果我又把你带回到那里怎么办？”

“冷静点，埃拉，”我安慰着她，“都结束了。那些梦伤害不了你，特别是在你醒着的时候。”

她任由我握着她的手。这次没有心灵感应了，我暗暗庆幸。不管那个噩梦给埃拉的心灵感应带来什么奇怪的影响，现在也都结束了。

“你——你看到了多少？”她问道，眼睛狂乱地扫视着房间，就好像阴影之中会有残存的噩梦来惊扰她似的。

“我其实连自己看到了什么都不清楚，”我回答，“我看到了这座城市。像是发生了很可怕的事情。”

埃拉点点头。“就是在他们来了之后的事。”

“谁？”我问道，但我立刻就明白了埃拉指的是谁。

“莫加多尔人。他给我看了他们来过之后的场景。他——他让我握着他的手，走过整座城市。”埃拉颤抖着，扑进我怀里，不再靠着墙。我也觉得不寒而栗。牵着希特雷库斯·雷的手，走过血流成河的城市，光是这么想都让我发慌。我努力在埃拉面前表现出坚强的样子。

“嘘，”我低声说，“现在没事了。都过去了。”

“这是必定会发生的事情，”埃拉哭喊着说，“我们阻止不了他。”

“不是的。”我紧紧地抱着她回答道。我努力想着约翰或是六号在这种情况下会怎么说。“噩梦都是谎言，埃拉。”

“你怎么知道？”

“还记得八号在印度给我们看过的岩洞壁画吗？八号奄奄一息的那一幅？那本来是个预言，但我们打破了它。从来都没有必然的未来，未来都是我们自己创造的。”

埃拉放开我，深吸一口气，振作了起来。

“我要让噩梦停下来，”埃拉说，“我不知道为什么它会发生在我身上。”

“是希特雷库斯·雷想吓唬你，”我告诉她，“他想吓唬你，是因为他害怕我们。”

我很高兴我让她平静了下来，而且我还显得蛮自信，因为其实我也吓坏了。阳光开始从窗帘的缝隙里透进来，窗外是一个美丽的城市，到处是无辜的人们，我刚刚目睹了这座城市被蹂躏、被破坏。那个梦似乎是那么真实，让我难以释怀。我们要是无法阻止即将发生的这一切怎么办?

第二十章

当天早上的晚些时候，我让大伙儿到客厅集中，我希望我们可以制订一下战术。昨天晚餐时，有些重要的事情被提了出来，现在是我们拟定下一步计划的时候了。但我们中多数人刚在几小时前被尖叫声吵醒，对于这疲惫的一群人来说，埃拉的噩梦才是最重要的议题。

马尔科姆若有所思地摸着他的胡子。“假设这些噩梦是希特雷库斯·雷使的招数，我觉得最棘手的是他能够在不知道我们的位置的情况下，也许就能通过他们莫加多尔人的传心术传输这些梦境。你是说看到芝加哥城起火了，是吗？”

埃拉点点头，不愿再回想她最近的这个噩梦。伯尼·科萨蜷缩在她脚边，用鼻子蹭了蹭她。

“是芝加哥经历一场大战之后的情景。”玛丽娜纠正说。

“他是在奚落我们吗？”六号问，“还是说那是某种预言？”

“我还以为我们不会再遇到什么预言了。”八号翻着白眼说。

“有时候这些噩梦多少有些真实的地方。”我说道。

“比如说我们当时就梦见过新墨西哥州。”九号插了一句。

“是的，但其他时候，他只是想打击我们。”

“我并不那么担心梦的内容，我更担心的是，他能将梦传输过来，”马尔科姆说，他苦思冥想的时候，脸上浮现了深深的皱纹，“你们觉得他可以通过梦境追踪我们吗？”

“如果他可以这么做，莫加多尔人不早就找上门来了吗？”八号回答，“为何还要将约翰和九号引到新墨西哥州去呢？”

我点头表示赞同，回想起九号和我一起做过的那些梦。“虽然这些噩梦可以具体到让人毛骨悚然，我想他还是不知道我们在哪儿。他应该是希望我们乱了阵脚。”

“问题是我们要如何阻止这些噩梦？”马尔科姆问。

“我有办法。”六号说，大伙都看着她。她小心地呷了一口咖啡：“我们去把希特雷库斯·雷杀了。”

九号鼓起掌来，然后指着六号说：“我喜欢这妞儿的想法。”

“嚯，有那么容易吗？”五号第一次开了口，“你说得好像这是去倒垃圾似的。”

“我希望真有那么容易，”我说道，“但我们不知道他在哪里，还有，即使我们能找到他，也肯定会有一场恶战。上回我们跟他打，差点就送了命。”

“我们可以让他来找我们，”九号瞥了一眼五号，提了一个建议，“也许可以再多烧出些庄稼圈圈来。”

“开玩笑吧。”萨姆说。我注意到听到希特雷库斯·雷的名字，他有点坐立不安。

“他是在开玩笑，”五号看着九号那边说，“他是拿我开涮呢。”

九号耸耸肩，假装打了个呵欠。“怎么都行。我真的觉得我们得好好打一仗。”

“你就老想着这件事。”八号插了一句。

“是啊，我就喜欢这样。”

“我们这是第一次齐聚在一起，”我让自己的声音保持平稳，“我们有出奇制胜的优势。我们有机会做好准备，计划好下一次的战斗，就不要操之过急了。”

“约翰说得对，”玛丽娜说，“我们对于自己还有那么多不了解，不清楚自身的超能力，还有洛林箱的情况。”

“知己知彼准没错，”八号说，“前几天我们在训练室里跟九号进行过一些训练。很有帮助，效果惊人。”

九号咧嘴一笑。“你的恭维我谢了，得罪的话我就当没听到。”

“嗯，”萨拉也插话说，“我代表所有的地球人说一句，多做点备战训练没坏处。”

“了解我们的洛林箱里的装备也会有帮助的，”我提出我的看法，“也许我们可以弄清哪些物品是马尔科姆所说的凤凰石。”

“有必要列出物品清单。”马尔科姆说。

“那就意味着找到你的洛林箱是此刻的首要任务。”我看着五号说。

“没错，”五号回答，看起来像我之前看到的那样信心十足，“我知道得上哪儿去。我们随时都可以去，只要你们愿意。”

“这第一个任务很不错，”八号说，“特别是如果我们可以在莫加多尔人的眼皮子底下做到就更好了。”

“我还是觉得我们应该直接把他们干掉。”九号嘟哝着说。

“快了，兄弟，”我回答，“我们目前是安全第一。集聚我们的力量。马尔科姆，那个莫加多尔人有消息吗？那个亚当？”

马尔科姆摇了摇头，脸也耷拉下来。“我安装了一个追踪装置，他的手机一开机，我们就能知道，但目前还没有发现。恐怕他已经遭到毒手了。”

“也许他把手机扔了呢。”萨姆说，想让他脸色阴沉的爸爸高兴起来。

“我们有点跑题了，对吧？”六号插嘴说，“埃拉的噩梦怎么办？”

一直静静倾听的埃拉回答了。“我会忍下来。下一次那个变态的大块头再钻入我的脑子，我就要狠揍他的蛋蛋。”

“哇！”

“好的，”我咧嘴笑着说，“休会。”

第二十一章

其后，我们四个有洛林箱的人跟马尔科姆在工作间碰头。我很高兴能帮上忙——只是不知道自己有多大用处。阿德莉娜没有常陪着我讲解洛林箱里的东西的用途。

训练室传来了六号跟萨姆、萨拉和埃拉一起练枪法的声音。我想五号也在里头，虽然他看上去对练习射击不太感兴趣。九号向训练室的门投去了渴望的眼神。他装模作样地叹息一声，开始翻看他的洛林箱里的东西。

“看看这个。”九号说。他举起了一颗小小的紫色石头，然后把它放在手背上。石头穿过他的手背，落到他的手心里。石头正要从他的掌心里掉下去，九号马上把手翻转过来。“很酷吧？”他挤眉弄眼地问我。

“嗯，但这个有什么用呢？”八号从他自己的洛林箱边抬起头问。

“我不知道。用来打动女孩的芳心？”九号看着我说，“有用吗？”

“呃……”我犹豫了一会儿，努力不让自己的白眼翻得太厉害，

“没多大用。但是，我见过有小伙子会瞬移，所以其他的就很难打动我了。”

“真是难对付的家伙。”

“它穿透你的手掌时，你有什么感觉？”马尔科姆问道。他拿起一支挂在一块写字板上方的钢笔。

“我觉得有点怪。我的手一阵麻木，直到石头穿过去为止，”九号耸耸肩，环顾四周说，“你们要不要试试？”

“要啊，”马尔科姆说，他把石头放到手背上，但什么也没发生，“嗯，我想只有洛林人才能做到。”

马尔科姆把石头递回给九号。九号没有把紫色石头放进他的洛林箱，而是放进了口袋里。也许他打算回头带着它出门，在女孩子面前炫耀吧。

约翰举起一些看起来脆生生的叶子，它们被一根黄色的细绳扎成了一束。他将叶子放在手里抚弄着，不知道该拿它们怎么办。

“这一定是跟洛林星球有关的东西了，是吗？”

“也许是亨利留下来提醒你要耙草坪的，”九号说，又翻起了他洛林箱里的东西，“我这里没有那样的无聊叶子。”

马尔科姆看着约翰手里的这一束叶子，轻轻地用食指摸着一片叶子的边缘。我差点以为这精致的小玩意儿会被弄碎呢。突然，一阵清风的声音回响在房间里。马尔科姆缩回手指，声音就停了。

“你们都听到了吗？”他问道。

“像是有人没关窗。”八号看着摆满了设备的四面墙壁说。一缕阳光也没有透进来。

“是洛林星球的微风的声音，”约翰说，他的眼神变得迷离起来，

"不知道怎么的，我就知道那声音是什么。"

"再来一遍。"九号说，他声音里的真挚让我意外。不过我也真的想再听听这风声，它似乎能抚慰人心。

约翰用他的双手拂过这些叶子，这一次，声音更饱满了。我的鸡皮疙瘩都起来了；我仿佛可以感受到那清新的洛林之风吹过我的皮肤。美妙无比。

"太不可思议了。"八号说。

"但这有什么用呢?"九号问道，又是一如既往的直言不讳。

"这是一种提醒，"约翰回答，他声音低沉，像是有点感伤又在竭力掩饰，"提醒我们离开了什么，又是为了什么而奋战。"

"有意思，"马尔科姆在他的写字板上做了一个记录，"需要进一步研究。"

马尔科姆站在我们边上，看着我们一个接一个地将各自箱子里的东西清理了出来。他把每一样东西都记录下来，对于我们知道其用途的东西都做了标注，在用途不明的物品下面画了横线。从一碰就会发出微光的黑色手套，到一个看上去有点像指南针的圆形装置，我的宝物里几乎每一样都被加了下划线。

"你觉得这个能干什么用?"八号举起一个像是从一头小鹿头上掰下来的弯角问道，"这是我的箱子里我唯一不知道怎么使用的东西。"

八号举起这个鹿角五秒之后，伯尼·科萨穿过工作间的门一下子蹦了过来。它样子很是兴奋，一直摇晃着尾巴。它跳到八号身上，用爪子挠着他。

"我来告诉你吧，"约翰说，"我怕你不懂，它是想要这鹿角。"

八号耸耸肩，将鹿角放低，BK 将它衔在嘴里，四脚朝天倒在地上，开始来回翻滚，嘴里发出很开心的咕噜声，这声音与它的外形极不相称。事实上，它开始忽闪忽闪的，就像是控制不了自己。

“他好奇怪啊！”九号笑得上气不接下气地说，“如果我们不是在逃亡，我绝对会把这视频发到网上去。”

“喂，喂，”约翰揉搓着它的太阳穴说，“安静下来，BK。”

马尔科姆看了看BK又看看约翰。“你可以跟它交流吗？”

“是的，”约翰回答，“用传心术。九号也可以。它挺兴奋的。它说鹿角是——我不知道怎么表述，用词挺怪的——像是个图腾什么的。是给变形兽的。”

“哦，它是我们仅有的变形兽，所以可以给它留着。”八号说，他一边蹲下去摸摸BK的肚子一边咯咯地笑着。

“埃拉是搭乘一艘满载变形兽的飞船到这儿来的，”我说，“你们觉得我们可以用这个把它们引出来吗？也许它们是迷路了而已，需要知道上哪儿去找我们。”

马尔科姆立刻在他的写字板上记了起来。“很好的想法，玛丽娜。”

我得意地笑了，有点飘飘然。如果我能弄清我的洛林箱里的东西有什么用就好了。

“如果你们要找无聊的天然玩意儿，我这里有一个。”九号举起一个小皮袋说。袋子在我们手中传递了一圈，每个人都往里看了一下。里面是肥沃的巧克力般的褐色土壤。“桑德尔向我讲解我的宝物时，说这个是用来种东西的。但我们要很久以后才用得上。”

九号把袋子上面的绳子重新系好，又无所谓地把它丢进洛林箱。我想他对不能杀死莫加多尔人的东西都不感兴趣。我看了我的洛林箱，把各色宝石扫到一边。如果阿德莉娜有心的话，这些宝石也许可以帮我在西班牙买上九号这样的豪宅。然后我开始寻找与复兴洛林星球有关的东西。

“这个如何？”我举起一个装着水晶般澄澈的水的细长瓶子说。那玻璃瓶摸着非常清凉。

“喝了它。”九号建议。

马尔科姆摇摇头。“在不清楚你们洛林箱里的东西的用途之前，我建议你们不要吃。”

“你听见了吗？”八号捅了九号一下，“别把那些石头吃掉了哦。”

我拔掉了瓶塞。里面的液体一接触空气，马上就变成了深蓝色，就像洛林石的颜色。不过这个变化过程很短，蓝色很快又变回了透明的水。我在瓶子的外侧拖动着手指，液体中出现了一道亮蓝色的痕迹，我一把手指移开，颜色就消散了。我注意到我捏着瓶子的指尖下方出现了一小缕蓝色漩涡。

“你们看到了吗？”我惊叹着说。

“那液体像是隔着玻璃就能感受到你的触摸。”约翰说。

“我可以试试吗？”马尔科姆问。

我将它递给了马尔科姆。他拿着瓶子的时候，液体的颜色并没有变化。“嗯，”他说着，将瓶子递给了约翰，“你试试。”

约翰从马尔科姆手中接过瓶子，液体再一次变成了洛林石那样的深蓝色。我们看着这颜色慢慢消散，除了约翰碰到的地方。从这液体跳动的样子看，它像是想从这瓶子里出来，盼着跟我们接触似的。

“这么说，它能鉴别洛林人，”八号说，“但洛林人只剩下我们这几个了，这个又有什么用处呢？”

“我打算做个测试。”我说，把瓶子从约翰手里拿过来。我小心翼翼地将瓶子倾斜，只让一滴液体滴落到我的掌心。液体变成了蓝色，一阵酥麻感传遍了我的手掌。接着，这水滴颤动起来，逐渐变大变实，最后在我手里的是一小块光滑的洛林石。

“哇！”八号说着，把石头从我手里拿过去，将它翻转过来，细细地端详。

“确实不可思议，”马尔科姆弯下腰，惊异地看着这石头，“不管这是什么材料造的，它都有悖于物理原理。”

“这么说我们能用那个来造洛林石，”约翰沉思着说，“九号和我都有像是能用于耕种的东西，八号则有能召唤变形兽的物件。这些不正是能帮我们迅速复兴洛林星球的东西吗？”

“确实如此。”马尔科姆说。

我用塞子把瓶子塞住，不想再浪费我们宝贵的液态洛林石了。

物品盘点花费的时间比我们想象的长了一些，因为马尔科姆做了非常详细的记录。我们都急切地想尽可能多地了解我们的传世宝物——呃，除了九号。他不停地朝训练室的门口张望。他要我们答应做完这些“费脑筋的事情”之后就去陪他训练。其实我也盼着到那里再进行一番训练。我感觉要达到别人那样的战斗水平，我还必须苦练。

其他人都离开之后，我和八号留了一会儿，把最后几样东西放回我们的洛林箱。我把我造出来的洛林石也放了进去，但八号把它拿了出来。他将它紧紧地握在手中，集中意念。

“你在干吗？”

他睁开眼睛叹了一口气。“我想看看我能否利用这个宝石瞬移到其他洛林石那里去。我之前试着用过我的吊饰，不过也没有奏效。它们不可以是大块的物件。”

“什么？你是想瞬移到巨石阵吗？或是去索马里？”我拿回那石头，放进了我的洛林箱里，又把箱子锁了起来。

“现在形势风云变幻，就是这么回事。我只是希望我们有更多的时间去逛逛。”

“我们？”我反问了一句，突然觉得脸颊一阵发热。“你是打算用瞬移把我一起带走吗？”

八号报以他那春风化雨般的微笑。“就是稍微透透气。你是说你不想去吗？”

显然八号是对的。天没亮就被埃拉的惊叫声吵醒，又亲眼目睹了芝加哥城恐怖的景象，我绝对需要暂时忘却洛林星球的事情。但现在没时间做这个了。我拍了一下八号的胳膊。

“抱歉，”我对他说，“我们得认真些。像九号说的，没时间陪女孩子去异国他乡晃悠了，到湖边去都不行。”

八号失望地叹息了一声。“好吧，”他说，“我们总还可以吃比萨饼。”他沉默了片刻，像是还有话要说，但九号突然跑了进来。他已经换好了训练服。

“你们这两个菜鸟做好训练准备了吗？”

第二十二章

“咱们去把五号抓来，”我和八号换完了衣服之后，九号粗声粗气地说，“那小子需要训练。”

我们发现五号仰躺在九号客厅的一张沙发上，正玩着大屏幕电视上九号收藏的电子游戏。我从没玩过那种东西，看着九号玩我感觉有些晕眩。这是个第一人称的游戏，五号的角色携带着一把机关枪在战场上跑动，扫射着对方士兵，他都没注意到我们进了房间，直到八号大声地干咳了几声。

“噢，嗨，几位，”五号开口说，根本都没有把游戏停下来，“这个玩意儿真是太爽了。我们在岛上从来没有过这样的东西。你们好好看着。”

屏幕上，五号的角色扔出了一枚手榴弹。一群躲在一堆沙包后面的敌兵被炸得四肢横飞。我扭过头去。今天早上探访了埃拉的梦境之后，这个电子游戏看起来有点过于真实了。

“不错。”八号礼貌地说。

九号打了个呵欠。他站到了电视机的面前，五号不得已停下了游戏。“我小时候对这个真是相当沉迷，”九号说，“现在我更喜欢玩真的。你来不来？”

五号扬起了一边眉毛。“真的？我们是打算杀死一些士兵？”他瞄准了空隙看着那个游戏，“二战时期的吧。我想我的地球历史有点弱，我还以为二战都结束了呢。”

“我们是要去训练，”九号不为所动地说，“就我听到的阿肯色州的那一仗，你似乎还得好好训练。”

我注意到五号眼里闪过一丝怒气，我差点以为他要从沙发上跳起来了。但他往后靠了回去，交叉双手，努力让表情保持平静。

“我现在不想做这件事，”五号说，故意在沙发上把手脚摊得更开，“但是，这游戏有助于我的手脑协调，也许这就是我在这儿能受到的最好训练了。”

我意识到情况不太妙。九号是我见过的最不圆滑的人了。我跟他相处了一段时间，已经学会了别把他的话太当真。看得出五号还没有学会跟我们一样去宽容他。

“训练好玩得很呢。”我说道，努力息事宁人。如果不让五号觉得我们是在逼他，他也许才更有可能跟我们一起训练。“它给了我们一个合作的机会。还有，我们也很想更好地了解你。”

有那么一会儿，五号的态度似乎缓和了下来。我感觉如果你对他好，他就会放下戒备之心。没人喜欢被别人指手画脚，特别是像五号这样长期独自生活的人。我看得出他打算要妥协，跟我们去训练。

糟糕的是，九号不是个善解人意的人，也许他就是不耐烦了。他很随意地走到五号的沙发后面，用一只手把它掀翻了。五号一下子就跌到了地上。

八号摇了摇头，不过嘴角露出了一丝难以觉察的笑意。我知道八号对五号的第一印象并不好，因为五号对他在印度的所作所为刨根问底。但也不能这样对待我们这位新来的加尔德啊。

“行了，九号，”我模仿着以前修女们数落我的口吻，以一种失望但并不生气的语气对九号说，“你这是在欺负人。”

九号毫不理睬我。五号已经一跃而起，对九号怒目而视。

“你这是干什么？”

“这是我的沙发，”九号说，“我爱怎么摆弄都行。”

五号很厌恶地哼了一声。“太幼稚了，你简直是荒唐。”

“也许吧，”九号开心地耸耸肩回答道，“你可以在训练时让我看看我有多荒唐。”

这么看来这是九号的小小激将法，想让五号生他的气，然后到训练室搏杀去。这是男孩子的招数。我们本来可以好好地邀请五号的。五号一直瞪着九号，打量着他。他皮笑肉不笑的，眼里闪过一丝嘲弄，我感觉五号已经看穿了九号的把戏。

“这么着吧，”五号说，“我站在这里随便让你打。如果你伤得了我，我就跟你们去训练。如果你伤不了我，今天就别再在我面前耍这套装模作样的男人做派。”

九号恶狠狠地咧嘴一笑，满脸放光。“你想让我揍你吗，小子？”

“是的，”五号回答，双手插进兜里，扬起了下巴，“来试试吧。”

“你们真是愚蠢透顶。”我想平息这突如其来的可笑局面。我们本该学习一起合作的，现在五号和九号竟然要打这场讨厌的比赛。我看了一眼八号，希望他能支持我。他嘴角浮现一丝浅笑，好像整个事情让他很开心似的。八号看到我反对的目光，笑容也局促起来，随即将一只手放到九号肩上。

“咱们训练去吧，”八号语气轻松地说，“五号想来了再来。”

九号耸肩甩开了八号的手，又竖起了拳头。他对着五号挑着眉说：“你真的想跟我较较劲吗，佛罗多①？”

“希望你出拳能像你侮辱人那么带劲。”五号厉声回应道。我必须承认，我有点欣赏他的精神。当然了，如果他一开始不那么不可一世，这一切都还是可以避免的。五号和九号的做法都很无聊。宇宙间仅存的洛林人中的两位竟然要打起来了。

八号跟我一样，对他们的这一架只能听之任之。我们都退后了一步。

九号慢慢悠悠地磨时间。他压压指节，转转脖子，松了松肩膀。我觉得我比五号更紧张；他只是被动地站在原地，等着九号出拳。

终于，九号迅速出击。这是一记反手拳，虽然这一拳绝对能将人打倒，但我见过九号使出力度更大、速度更快的拳。我想他稍微留了点力，不想把五号伤得太重。

面对这一拳，五号的皮肤变成了亮闪闪的钢铁。九号一拳打在五号的金属下颌上，自己立刻叫了起来。这就像打在一根金属椽梁上。我用手捂住嘴巴，不让自己吃惊地叫出声来。八号站在我身旁，意识到九号绝对是把手弄折了，他忍住了惊讶的一笑。他转身背对五号，手紧紧地抓住胸口。

五号的皮肤恢复了正常。“就这手段？”

---

① 佛罗多·巴金斯，霍比特人，《指环王》的主角。

九号嘴里骂骂咧咧个不停。我冲过去想看看他的手，但他推开我，走出了房间，朝训练室走去。等他冷静下来，他肯定会希望我帮他的手疗伤。不管怎么说，这样子犯浑，他是活该疼上一阵。

“如果他真的听过四号说起我们在阿肯色州的战斗，他就能预料到会有什么情况发生。”五号看着九号气冲冲地离开后说，他语气呆板，可以说是挺厌烦的。

“他又不是无所不知的人，”八号语气冷淡地说，“欢迎加入这个团队。好好玩你的电子游戏吧。”

八号跟着九号走出了房间。五号看着他离开，看上去有些莫名其妙，没想到八号就这么放过了他。我帮他把九号掀翻的沙发摆回原位。

“我不知道我在这儿做错了什么，”五号轻声说，“我怎么就成坏人了？”

“你不是啊，”我回答，“事情有些失控罢了。你们俩都表现得很蠢。”

“自从我来到这里，他就老是针对我，”五号接着说，“我想如果我不反抗他，这种事情会没完没了。”

我坐到沙发上，坐在五号身边。“我懂，”我对他说，“九号总爱招惹别人。约翰跟我讲过有一次他跟九号差点大打出手。你会习惯的。”

“问题就在这里，我不想习惯。”五号拿起电子游戏的遥控器，但他没有再开始玩。他摁了几个按钮，屏幕一团漆黑。“其实我想跟你们一块儿训练。我不想被孤立。我想看看你们的本事，学着合作。问题是他邀请的方式很讨厌，我忍不住不发作。”

我轻轻拍了拍五号的肩膀。“你知道，你跟九号其实还挺像的。”

他低垂着眼帘盯着地毯，似乎在思考我的话。“是的，我想我们是挺像的。我伤了他的手，该向他道歉吗？”

我摇摇头，笑了一下。“他也许是自尊心伤得更厉害，但你同样不用为此而道歉。”我站起身拉住五号的胳膊，拖着他站了起来。“走吧，咱们训练去。”

五号犹豫了一会儿。“发生了这件事，你觉得我会受欢迎吗？”

“你是我们中的一员，不是吗？”我很坚决地说，“一拳打在一个队友脸上之后再去学习团队合作，还有比这更合适的时机吗？”

五号差点就笑出声来。他点了点头，我们一起往训练室走去。“谢谢，玛丽娜，”他说道，“你是第一个让我真正觉得自己在这里受欢迎的人。”

这么说，至少还有这一点。我也许无法帮助埃拉解决她的噩梦，我的宝物中有一半我也都认不得，搏斗我也不像其他人那么厉害。但至少我还能把一个孤僻的家伙哄得更讨人喜欢。我不知道这算不算一项超能力。

第二十三章

约翰拿起那张伊利诺伊州的身份证对着灯光看。他用手指把它弯曲，又用拇指的指甲把上面的照片蹭了一下。最后他转身看着我，粲然一笑。

“手艺棒极了，萨姆。跟亨利以前做过的一样好。”

“总算过关了。”我如释重负地叹了一口气。十几张有瑕疵的类似的身份证堆在桑德尔电脑主机的旁边。身份证上都有约翰的相片，名字是约翰·肯特①。

“你该为自己做一张，”约翰说，“也许你的化名可以叫萨姆·韦恩。”

“萨姆·韦恩？”

“是啊，像布鲁斯·韦恩②。超人那个没有任何超能力的朋友。所

① 萨姆为约翰取名约翰·肯特，暗指超人克拉克·肯特。

② 约翰指的是《超人与蝙蝠侠》漫画月刊中的故事，超人和蝙蝠侠在日常生活中是互不知身份的朋友。

以你帮我取了肯特这个姓，对吧？这是超人的真姓哦。”

“我没想到你还知道这个，”我回答，“我都不知道你还喜欢漫画书。”

“我没有，但我们外星人喜欢密切关注彼此的动态。”约翰走到桌子的另一边，不让工作间里的一个杂物堆挡住自己的视线，好看看我肩膀后方的屏幕。“这些原先就存在桑德尔的电脑里？”

“是的，”我回答道，一边点击着安装在桑德尔电脑中不同的伪造程序和可以侵入政府数据库的黑客程序，“只是进入程序就行了。然后弄清如何正确使用……”我指着那堆废品身份证说。

“好极了，”约翰说，“我们把每个人的新证件都弄好。这样去找五号的洛林箱也方便些。”

“八号不能直接把你瞬移到那里去吗？”

约翰摇摇头。“他只能在他昨晚所说的大型洛林石之间长距离瞬移。而短距离瞬移的话，突然一下凭空这么冒出来，或是把我们隔墙瞬移进去，都是很容易被人发现的。”

“是的，那就不妙了。”我调整了一下装在显示器上方的镜头，让它对着我。我的头像出现在屏幕上，我花了点时间整理了一下头发，接着拍下了我最天真无邪的笑容。

“很好。”约翰看着我说。

“那还用说。我很上镜哩。”

“我以前总是不明白在天堂镇高中拍照的日子为何叫做萨姆·古德自赏日。”

“现在你明白了。”

我将图片拖放到桑德尔安装的其中一个程序中，它立刻就开始按照驾照的要求调整照片大小。“对了，”我突兀地说道，“我还有件事要问你。”

“什么？”

“既然萨拉不是叛徒，你跟六号之间怎么样了？”

约翰笑了。“我们去阿肯色州的路上其实谈过了，我想我们之间没事了。有一阵子是很尴尬，不过我现在是跟萨拉在一起。百分之百的肯定。”

“好，不错。”我装出一副漠不关心的样子回答道。可约翰还是用手肘捅了我几下。

“她全归你了。”他说，我的脸立刻发烫起来。

“我不是这个意思。”

“嗯，那是肯定的，”约翰说，拿起桌上松动的一颗螺栓，朝我扔了过来，“你是要假装把她去西班牙之前的事情都忘了吗？她当时说她喜欢你？还吻了你？”

我耸耸肩，把螺栓朝约翰那边扔了回去。“嗯，听起来蛮耳熟的，但我根本没想过这事。”就算我嘴里这么说着，心里还是忍不住想起了我们在阿肯色州重逢时，六号给我的那个拥抱。我的脸更烫了。

好在没等约翰再继续调侃我，爸爸进来了。他一边用一块破布擦着手，一边冲我们笑眯眯的。看来在训练室里修设备把他累坏了，但他脸上却露出很满意的笑容。研究洛林人制造的机器肯定比在莫加多尔人的监狱里熬日子强多了。

“进展如何？”我问他。

“人类的大脑是非常奇妙的，萨姆，”爸爸若有所思地说，“当你跟我一样有些记忆缺失的话，你就更能理解你所能记得的事情。一件事如果亲手做过许多回，你不假思索就能做到。我们有人类大脑的无穷力量，还需要超能力做什么呢，嗯？”

“其实有几项超能力我倒是不介意的，”我看着约翰说，“抱歉，他一说到科学就会变得像个哲学家。”

“我不介意。”约翰说道，他看着我和爸爸，露出一个忧郁的笑容。

“修理工作不容易，”爸爸接着说，“桑德尔的本事很了不起，我可就——手艺生疏了。一切构造跟我记得的一样，但都小了很多。总控台对我来说太错综复杂了，我没法完全操控得了。我对控制系统做了一些维修。有些小机关应该可以动起来了。无论如何算不上完美，但还是不错的。”

“肯定很厉害，”约翰说，“只要能改进我们的训练就行了。我想进行一次团队训练，然后再去佛——”

九号猛地推开了工作间的门，力气大得差点把它的折叶都扯断。他向前大踏一步，使劲踢开一堆杂物，一些电路板和金属片被他踢得往我们这边飞了过来。我挡住脸，但约翰用意念力抓住了这些来势汹汹的武器。

“怎么回事？”约翰喊道，“冷静点！”

九号抬头一看，惊呆了，似乎没有意识到我们在里面。“抱歉。”他喃喃地说，然后又“咚咚咚”地朝约翰走去。他伸出肿得很厉害的右手说：“治好它。”

“见鬼，”我说，“你出什么事了？”

“我一拳打在五号的脑袋上，”九号实事求是地说，“结果很不好。”

这一刻倒是来得挺快的，我想道。自从我们一进门，九号就净找五号的碴。我其实很奇怪站在这里需要治疗的人竟然会是九号，我想象中打架的结果不是这样的。我一言不发，让约翰为他受伤的“军犬”疗伤。他托着九号的前臂，也许用力更重一点，然后将自己的手伸到九号一塌糊涂的拳头上。但他没有为他疗伤。

“你需要冷静些，”约翰直视着九号说，“别揍自己的朋友。别怂恿他们上楼顶跟你打一架。别再胡说八道了。”

九号低头瞪着约翰，我差点以为他也要把他狠揍一顿。不过他没有，反而咧嘴大笑，好像整件事都是一个大玩笑似的。“我是最不会招呼人的，对吧？”

“在天堂镇的时候，萨拉的妈妈经常为新搬来的邻居烘焙糕点。也许每一次打了人，你都该烤点曲奇饼给人吃才行。”我提议。

约翰笑了，开始为九号的手疗伤。“我喜欢这主意，萨姆。”

“我才不搞什么烘焙呢。”九号嘟哝着说，狠狠地瞪了我一眼。

爸爸清了清嗓子，我们都转过头看着他。他站得笔直，双手背在身后，这个样子他在大学里的学生肯定经常看到。“九号，我刚刚在想你能否到训练室去帮我的忙？”

“做什么？”

“你的赛邦建造了那些设备。我想你也许懂得它们是如何运作的。”

九号难以置信地笑了。“嗯，抱歉，伙计。那些讨厌的事情我从没插过手。”

“我知道，”爸爸回答，对九号冒冒失失的话不为所动，“那样的话，我们一起弄清它的运作原理？除非你忙着到处去揍东西。”

让我意外的是，九号倒真的好好考虑了起来。我看到他脸上浮现出早前我在约翰脸上见到的忧郁的表情，我突然意识到他们可能都想起了自己的赛邦。我明白了爸爸的意图，关注这个怒气冲冲的家伙，给他找点事做，像是学校里的课后特别辅导似的。这其实就是在管教他，不过我蛮欣赏的。

“好吧，嗯，”九号说，“那是我的东西。我该知道它是怎么用的。你带路吧。”

九号和爸爸朝训练室走去的时候，约翰转过身看着我。

“你爸爸是个好人，”他说，“我们也许得让他成为一个名誉赛邦。”

“谢谢。”我回答，笑容稍纵即逝。我心里一阵恐惧，因为我知道加尔德身边的赛邦的下场，那些成年人的下场。这想法非常阴暗，我知道，但我就是忍不住这么想。我刚刚和爸爸重逢——我不想失去他。我又开始下意识地摩挲着手腕上的伤疤。约翰将手放在我肩上，他一定是凭直觉知道了我的想法。

“别担心，萨姆，”他说，“我们不会再失去任何人了。”

我希望他是对的。

第二十四章

“你们几个什么时候去佛罗里达？”萨拉不经意地问了我一句，像是在询问我的度假计划。

我累坏了，不过今天颇有成果。我们没有到处逃跑躲藏，没有浪费任何时间。我们盘点了各自洛林箱里的东西，萨姆印制出了足以乱真的假身份证，我又在装备一新的训练室里训练了一阵。

“希望是两天后，”我对萨拉说，趴到地上趁着睡觉前做了几个俯卧撑，“我明天想把大伙儿召集到训练室里，看看我们这一队人的战斗力。我不希望在寻找五号的洛林箱的过程中出什么岔子，但很多事是难以预料的。大家一起训练是好事。然后我们就出发。”

萨拉沉默了，我抬头看着她。她坐在床沿上——我们的床，这么想想都觉得有些怪——盘着双腿。她穿着睡衣，一件V形领的灰色T恤和我的一条运动短裤。她看着我，但我的话她一个字也没听进去。我干咳了一声，她眨眨眼，撇着嘴笑了一下。“抱歉，你做俯卧撑让我走神了。我们刚刚说什么来着？”

我走到床边在她身旁坐下，手指捋着她刚刚梳过的头发。她冲我嫣然一笑，我的疲惫突然一扫而光。如果我说我没想过我们同床共枕会有什么事发生，那是骗人的。我们到芝加哥之后，事情接二连三，埃拉的噩梦，五号的求助，还有我自己的失眠症。加上其他人就睡在我们隔壁的那些房间里，感觉就是不合适。

“佛罗里达。”我提醒她。

“是哦，”萨拉说道，“你在那儿住过一阵，对吧？”

“是的，几个月。怎么了？”

“想弄清一些不清楚的地方。你还有很多事是我不了解的，约翰·史密斯。”她用一只手抚弄着我的脸颊，拂过脖子一直摸到了我的肩膀。“还有，聊聊天可以让我不再想着我真正想做的事情。”

我的手掠过她的秀发，摩挲着她的颈后，又慢慢轻抚着她的脊背。萨拉微微一颤，我轻轻地凑过去，垂下头靠在她的头上。“你知道，今晚似乎很平静。我想大伙儿都睡着了。”

正在此时，有人敲了敲我们的门。萨拉睁大了眼睛，笑出声来，满脸绯红。“不懂选择时机是不是你们的一项超能力啊？”

我开门发现六号等候在门外，身上穿着大衣，似乎是刚从外面回来。她看着我身后的萨拉，觉察到我不耐烦的表情，露出了一脸坏笑。“哦，”她说，“打扰你们了？”

“没事，”我说道，装作一副无所谓的样子，“出什么事了？”

“你得到屋顶去看看。BK 发狂了。”

我们在睡衣外套上外衣，跟着六号沿着走廊跑了出去。我还没跑到通往屋顶的楼梯上就听到 BK 的声音。它发出的声音介于狼的嚎叫和大象用象鼻发出的吼声——响亮又充满深情，不是很可怕的声音，但绝对不是来自地球的声音。

“它不肯停下。”我一到楼顶，九号就对我说。他揉着太阳穴，也许用传心术安抚 BK 把他自己给累坏了。

它还是一条毕尔格猎犬的形态，虽然它的身子不规则地变大变长，像是随时要变成别的东西似的。它叼着八号洛林箱里的鹿角，但丝毫也没有把它的声音捂住。一滴滴的口水顺着鹿角往下淌，滴到了 BK 的皮毛里。它后腿撑地直立着，嘴巴对着月亮，发出了那种奇怪而有旋律的声音。它似乎是被催眠了。

八号用瞬移从楼下冒了出来。“我让萨姆和马尔科姆监控紧急通道，以防好事的邻居报警招来警察，”他说，“我不知道它怎么了，约翰，但我想应该跟那个鹿角有关系。”

“别叫了，”六号说，对着 BK 打着响指，“安静，伯尼·科萨！”

BK 毫不理会。我看到玛丽娜站在顶楼边缘，用她的夜视能力观察是否有人注意到我们。幸运的是，我们这个地方够高，芝加哥又是个嘈杂的城市，我想不会有人听到 BK 的叫声的。不过即便如此，我也不想冒险。

“你们试过把鹿角从它嘴里拿走吗？”我问道。

“是的，”九号回答，“它不喜欢那样，还冲着我咆哮，不肯松口。我不想伤了它。”

“这不像是 BK 的性格啊。”萨拉睁大眼睛关切地说。

我摇摇头。BK 的这些怪异行为都是从它拿到鹿角开始的。我们洛林箱里的东西想必也不会对我们不利。即使是我的手镯，一开始让我疼得要命，结果也是对我们很有帮助的。这件事一定有个合理的解释。

“埃拉在哪里？”萨拉问，“这事情跟她发生的事是不是差不多，只不过是发生在变形兽身上而已？”

“睡得正熟呢，”玛丽娜回答，“这次的情况似乎也很不相同。”

我启动了心灵感应——伯尼·科萨，你现在得安静下来——但它没有回应。我发现除了夺下它的鹿角，我别无选择，于是我向前走了一步。我还没来得及再走一步，伯尼就已经四脚着地，松开了鹿角。它的嚎叫还在我耳边余音袅袅了一阵子。我用意念移物抓住了鹿角，把这个满是口水的东西扯了出来。BK 兴高采烈地喘息着，环视着各位。

我和九号交换了一个眼色，一起用心灵感应进入了 BK 的内心。“它似乎对刚刚发生的事情一无所知。”我说。

“你喝醉了吗，BK？”九号疑惑地问。

BK 摇着尾巴向我们蹦蹦跳跳地跑过来，脸上带着那种被带出去散步之后心满意足的小狗的表情。

“你把我们吓坏了，”我对他说，“你知道你刚刚跑到这上面来发出各种声响，是吧？”

BK 在我脚边坐下。萨拉蹲下身去抓挠着它的两只耳朵。

“你们能问问它刚刚是怎么回事吗？”萨拉抬头看着我跟九号说。

“我们正在努力，”我回答，九号也点了点头，眯着眼看了看 BK，“其实是通过很多图像和感觉来交流的，你知道吗？不是通过语言。”

“心灵感应式的吠叫。”八号评论了一句。

“很像是。”九号回答说。

“它说——”我停了下来，想确定我没有把 BK 的想法表达错，“它说它在呼唤其他人。”我举起鹿角。“我想这就是这东西的用途。”

“其他人？”玛丽娜问道，“你是说埃拉船上的那些变形兽？”

“我想是吧。”我低头看着 BK 说。你觉得它们听到你的叫声了？

BK 四脚朝天滚倒在地上，要萨拉揉揉它的肚子。我想这动作对于变形兽来说相当于我们的耸肩。

“它不知道。”我说。

九号摇摇头说：“好了，危机解除。我要去睡了。你们能有一晚别尖叫或是嚎叫吗，拜托？”

其他人都跟着九号下楼去了，留下萨拉、BK 和我。夜凉如水，现在 BK 也不再吵闹了，四周一片安宁。我跪在萨拉身旁，双手搂住她。“冷吗？”

“不怎么冷，”她笑着说，“但你的胳膊可以就这么放着。我明白你为什么这么喜欢上来了。”

我们坐了一会儿，我搂着萨拉，两人都盯着远处芝加哥的天际线。这是一个美妙无比的时刻，一个我需要铭记在心、在艰难阴郁的时候常常回味的时刻。

也许萨拉说对了，时机不当确实是我们的超能力之一。因为就在那时，一个黑影突然从夜空中降临到了我们面前。

第二十五章

“那是什么？”萨拉喊了起来。

“我不知道。”我回答，赶紧跳起身来，本能地横隔在萨拉和从天而降的黑影之间。我启动了我的掌中流明，这明亮的光线让我稍微有些安心，我做好了应对一切的准备。

黑影的速度缓了下来，我意识到那绝对是一个人影。那身影优雅地落在楼顶的另一侧，两只胳膊做出一个手势，表示自己毫无恶意。

“五号。”

“嗨，两位，”五号说，“你们这么晚还没睡啊。我吓到你们了吗？”

“你说呢？”萨拉指着我手中的火球问。我不高兴地让它们渐渐黯淡下去。身穿黑色毛衣和黑色长裤的五号掀开了兜帽，我看到了他一脸的歉意。

“哎呀，抱歉。我之前不知道会被人注意到。”

我刚刚以为是受到了攻击，所以说话的语气冲了一点。“你到底是在干什么啊？”

“到处飞飞，有时我想看看自己能飞多高。”

我搜肠刮肚想回应一句听起来不那么教训人的话。我对训练没意见，但在芝加哥上空到处飞似乎是个很愚蠢的想法。藏匿于光天化日之下是一回事，藏身地附近有些小子到处乱飞又是另一回事了。

“你就不担心会有人看到你吗？”萨拉问，这话正是我想说的。

五号摇摇头。“无意冒犯，萨拉，但你不知道你们地球人都不怎么抬头看天。再说了，现在是晚上，我又穿着深色衣服。相信我，两位，我很小心的。”

“但你还得想想监控摄像头、飞机，天知道还有别的什么。”我说道，努力缓和语气，少些教训的意味。

五号深深地叹了一口气，伸出双手，像是不想再争辩了。他之前刚刚跟九号发生过冲突，我想他不想再惹事了。“你们要我停手我就停手呗，”他说，“不过你们要知道我越来越得心应手了，能飞得更远。其实我现在可以飞到埃弗格雷斯去，早餐前就能把我的箱子拿过来。”

我喜欢五号这种自信的态度；他突然不再是我需要担心的、会为了电子游戏而逃避训练的家伙。不过我还是摇了摇头。“我们得一起去，五号。我们不再需要单枪匹马地干了。”

“安全至上。你是对的，”五号伸着懒腰打了个呵欠，“好吧，我要睡觉了。明天一大早就上训练室去，对吧？”

“是的。”

五号往楼下走去，我转身看着萨拉。她正仰头看着夜空，嘴角浮现着一丝浅笑。我握住了她的手。

“你怎么看？”我问她。

她耸耸肩。“如果你也能像他那样飞就好了，是吧？”

“前提是你得陪着我一起飞。”

萨拉把眼睛滴溜一转，轻轻地捅了一下我的肋骨。“好吧，小傻帽。趁着还没发生其他疯狂的事情，我们赶紧睡觉去吧。”

第二十六章

“你确定你想这么做吗？”

我们一起往训练室走的时候，埃拉点了点头。她脸色苍白，大眼睛底下是深深的黑眼圈，像是刚刚大病初愈似的。她昨晚倒是度过了平静的一晚，没有做噩梦，也没有尖叫，但她看上去还是疲惫不堪。

“我能行。”埃拉挺直了身子说。

“如果你不参加，没人会对你有什么看法的。”我对她说。

“你别把我当小孩子惯着了，”她尖刻地说，“我可以接受跟你们一样严酷的训练。”

我点点头，不再争辩。也许来点体力活动对埃拉有好处，至少可以把她累着，让她好好休息。

我们是最后两个到达训练室的人。大伙儿都站在房间中央，穿着训练服。马尔科姆坐在总控台的中央控制面板后面，戴着眼镜端详着那些闪闪发光的按钮和控制杆。

九号看见我们，拍了拍手。“好了！我们开始吧！抢夺旗帜的时刻到了！这是对团队合作和作战能力的重要考验。”

六号翻了个白眼，五号憋住了叹息。我站到八号身旁，他冲我笑了一下。我希望我们能分到同一组。

“规则很简单，”九号说，他指着体育馆的两头，他在那里插了两面用芝加哥公牛队的旧T恤做成的旗子，“最先夺下另一队旗子并把它带回自己一方的队伍就算赢。你们要一直举着旗子，不能用意念力。还有，不能用瞬移把旗子带回自己的阵地——啊，这话说的就是你，八号。”

八号嘻嘻一笑。“没问题，我喜欢挑战。”

地上堆着四把莫加多尔人的激光枪，是我离开阿肯色州时带回来的。当时我就想到我们可能需要这样的训练。我注意到萨姆犹豫地看着它们。“这些是用来干什么的？”他问。

“每个队伍可以拿两把枪，”约翰接过话头解释说，“马尔科姆已经改装过了，它们现在不会致命。就像高压电枪。我们在跟莫加多尔人打仗的时候最终总会用上他们自己的枪，我想这会是很好的练习。”

“还有，我们要给你们一个非加尔德打法的练习机会。”九号看着萨姆和萨拉说。

马尔科姆从总控台那边走了过来，双手背在身后。“我会用训练室里的系统给你们设置障碍，”他说，“记住，如果有人受伤，你们可以请求暂停，让玛丽娜和约翰为你们疗伤。”

九号不耐烦地叹了口气。“真正的战争是没有暂停的，所以我们绝对要尽全力。”

约翰环顾四周，用没那么居高临下的语气说：“记住，这只是训练。我们不是真的要打个你死我活。”

*　　*　　*

约翰和九号担任双方队长，我们被分成两队。约翰第一轮选了六号，九号则选了八号。第二轮约翰选择了五号，而九号选的是玛丽娜。约翰第三轮选了伯尼·科萨，九号却出人意料地选了萨拉。我知道自己在最后一轮才会被选上，其他人都具有各种超能力，最后才有人选我没啥丢脸的。约翰选择了我，也许是想让两队都有一个地球人吧，这样埃拉就进了九号的队伍。

我们聚集在体育馆里我们的阵地上。

“我要马上隐形，”六号说，“如果你们能把他们其他人都拖住，我应该可以不费工夫地到达他们的旗子那边。”

约翰点头表示同意。“我最担心的是八号。他也许会马上瞬移到我们这边来把旗子拿走。萨姆，我要你跟伯尼·科萨负责防守。”

我拍了拍伯尼·科萨的头。它的犬毛在我的指尖下变成一袭柔滑的虎皮。“嗯，好的。我们可以搞定。”

“五号，你和我负责攻击。牵制住他们，让六号有机会逃出来。”

五号扭头看着对方团队聚集的地方。“我想对付九号。”

约翰和我迅速交换了个眼色，我们都记起昨天的插曲。不是每天都有人会主动提出要跟加尔德中的战争狂人近身一战的。约翰耸耸肩。“行啊，我当你的后援。这次对他下手别太狠，好吗？”

五号笑了，眼里露出轻蔑之色。“我没法保证哦。”

我们散开之后，我冲着六号笑了一下。“祝你好运。他们肯定看不到你过去。”

真够笨嘴笨舌的。呃，还得加把劲，萨姆。六号很快对我报以一笑。她拿起一把莫加多尔人的激光枪向我扔了过来。“谢谢，萨姆。

我就靠你掩护我了，行吗？”

*　　*　　*

“我会用瞬移到那边去，夺下他们的旗子，然后溜之大吉，”八号打着响指说，“一点工夫都不费。”

九号摇摇头。“那正中他们下怀。你可以那么做，但那只是转移他们的注意力。”

萨拉举起手，打断了我们。“抱歉，九号，我不得不问一句：你为何会选我？”

九号对着她咧嘴一笑。“你是我的秘密武器，亲爱的。只要你在他面前搔首弄姿，他就不可能有战斗力。”

“搔首弄姿？”萨拉干巴巴地重复了一句，举起她选中的莫加多尔激光枪，“你是要我给你来上一枪吗？”

“我见过她开枪，百发百中。”我插了一句。我在训练的时候见过萨拉开枪。我很羡慕她的准头，我用起武器来没有她那么驾轻就熟。武器让我很紧张。

“我知道她枪法准，”九号正色回答道，“所以要由她来防着六号。”

“你们也知道她会隐身，”八号说，“我们怎么能阻止得了？”

“这时就需要埃拉帮忙了。”九号回答。拨弄着激光枪的埃拉回过神来，抬起了头，听到自己的名字她吓了一跳。我想最后一个被选中这件事让她觉得有些受伤。

“我？”她难以置信地问道。

“是的，就是你，”九号回答，“你可以用你的‘传心魔咒’在六号隐形时指出她的位置。然后你跟萨拉就向她开火。”

“嗯，我不知道我能不能做到。”

“在新墨西哥州的一个大型基地里你都能找到她。这里只是一个房间，”九号晃动着埃拉的肩膀鼓励她说，“就当是为了我，好吗？”

“那我要做什么？”我问。

九号脸上又露出那种得意的表情——约翰好像管这叫“一脸奸相”——就是他想出了真正好的主意时才有的表情。他抓住我的手，我手臂上的寒毛都竖起来了，一股电流贯穿了我的全身。“你，玛丽娜，是我真正的秘密武器。”

* * *

“两边都准备好了吗？”马尔科姆站在总控台上喊道。

两支队伍相隔十码远，站在靠近训练室正中间的地方。我环视周围，我方的每一位队员都表情坚毅。萨姆已经开始有点冒汗了，不停地调整着拿枪的姿势。我对面的萨拉则给了我一个天真烂漫的笑容，一边挥舞着她的激光枪。我心里其实已经小鹿乱撞了，但还是要做出一副严肃的表情。

“准备好了！”我对马尔科姆喊。

“咱们开战吧！”九号大喊。

马尔科姆摁了总控台上的几个按钮，我们的房间轰隆轰隆地动了起来。有部分地板开始升高，变成了掩体让人可以藏身其后。一对拴着链条的实心球从天花板上松开，垂了下来。很多喷嘴从墙体里伸出来，喷出一阵阵烟雾。

“开始！”马尔科姆喊道。

大伙儿有好一阵子都一动不动的。接着，我的手镯突然叮叮作响。我的红色防护罩正好及时展开，挡住了一团激光火焰。我环顾了一眼体育馆内，看见萨拉正冲着我嬉皮笑脸，她的激光枪枪口还在冒烟。

“抱歉，亲爱的！”她喊着，跳到了一个掩体后面。

我看到在我身旁一侧的六号突然消失了。在另一侧，萨姆退到了我们的旗子旁边。每个人都行动起来，突然这就像是一场真正的战斗，场上一片混乱。

然后是九号。他正朝我扑过来。

他的速度是如此之快，我勉强来得及启动我的掌中流明，往他那边扔了一个小火球。他纵身一跃避开了它，然后从我的头顶直扑下来。我往后一倒，在他将我扑倒时，把防护罩横亘在我们中间。九号用尽全力将防护罩打落，它的表面出现了很多凹痕，但防护罩还是撑住了。九号心有不甘地从我身上跳开，我的防护罩立刻就缩回到我的手镯里。我尽快站起身来，但就算被我的防护罩挡着，九号的纠缠还是让我透不过气来。我的动作比平时慢了。

“你跟你那首饰真该死，小翰，”九号抱怨说，“上次我们打过之后，我就一直想着你那件玩意儿。我用手去拉扯它时，它把我吓了一大跳，所以我在想要是我——”

我感觉到他的意念移物正在发挥作用。我无能为力，已经来不及了。他从我胳膊上脱下了手镯，把它朝边线扔了过去。

“哈！”九号高兴地叫起来。“现在看你怎么办。”

九号正要朝我猛扑过来，五号的橡胶手臂缠住了他的手腕，把他扯到了一边去。九号马上跳起身来。五号站在他面前，他的橡胶弹珠和铬合金滚珠在他手心里转着。他的皮肤从橡胶变成了坚硬的钢铁。

“准备好再挨一次揍了吗？”五号问。

“哦，岂止啊。”九号咆哮着回应道。

* * *

事态的进展正如约翰所料。几乎在我藏身旗后的同时，八号瞬移到了附近。我记得规则是他不能用瞬移把旗子传到房间的另一头去，所以我等着八号将我们的旗子从墙上拔下来。他一出手，我就拿激光枪朝他开火。

八号被我的第一轮火力打得连连后退，倒在地上，他吃惊地叫出声来。接着他一个打滚站了起来。“该死的，萨姆！搞背后偷袭啊。这可不光彩。”

我将我的激光枪对准了他。“放下旗子！”

“那可不行。”他说着拔腿就跑。我又连续开了几枪，但八号都敏捷地躲开了，然后跳到了一个掩体背后。即使如此，我还是遏制住了他，他自己也心知肚明。他没办法拿着我们的旗子穿过这个房间跑回自己的阵地。

“好吧，萨姆，试试这个合不合适。”八号大喊。他把旗子塞到嘴里，变形成了一头可怕的有十只胳膊的狮头人身怪兽。他大摇大摆地踏倒路障朝我走过来，用一只长着爪子的手掌打落了我的激光枪。

“抓住他，BK！”我喊道。

八号还没来得及做出下一步行动，伯尼·科萨就一头撞到他身上。BK 也变了形。它现在是一条巨蟒的模样。它将八号紧紧裹住，把八号的胳膊压在它的两侧。八号大口喘气的时候，旗子从他嘴巴里掉了出来，我一把抓住它，将它插回到墙上。

* * *

我看着萨拉和埃拉两个蹲在我们旗子旁的掩体后面，将她们的激光枪对着房间的四面。她们寻找着一个看不到的目标。

“加油，埃拉，”萨拉满怀希望地说道，“你能行的。”

埃拉的脸绷得紧紧的，她全神贯注地用心灵感应确定六号的方位。我希望在昨天的痛苦经历之后，这对她来说不会太吃力。突然，埃拉精神一振。

“那儿！”她喊道，拿着她的激光枪开始朝右边的空阔处开枪。萨拉学着她，没有怎么瞄准，只是朝着埃拉开枪的方向开着枪。

多数的激光都打到了墙上。不过打了几枪之后，有一波电流似乎停滞在了半空。它嘶嘶作响了一会儿，我看到六号骨架的轮廓浮现了出来，就像是张 X 光图，她被打倒在地。六号的身形重新出现，对自己被发现一事既意外又疑惑。她不得不侧着身子往后退，以免被萨拉和埃拉的又一轮连发打中。

“干得好，伙计们！”我喊道。埃拉和萨拉暂停了一会儿击掌庆贺，然后瞄准六号继续打。

我贴着墙根悄悄地走着，从边界上看着场上的战斗。暂时还没人注意到我，这正是我方所希望的。

在房间的正中间，九号躲过了五号的一记钢拳，趁五号的胳膊挥过他头顶时抓住了它，并将它扭了过来，把它拧到五号的背上。他开始掰扯五号的手指。

“你也许是钢铁之躯，”我听见九号厉声说，“但你还是没我强大。”

九号逼着五号把手张开。我听到五号的滚珠掉落到地板上，发出金属般的叮当声。五号的皮肤立刻恢复原样。九号一把推开他，正好撞上了一个晃动着的实心球。它打中了五号的脸，把他撞翻在地。他大喊一声，捂住了脑袋。

“啊，”九号说，“看来是有人把自己的球给丢了①。”

我光顾着看场上的激战，差点一脚踩到了九号从约翰手上扒下来的手镯。我觉得这个东西也许能派上用场，就把它捡起来，套在自己的手腕上。遍及胳膊的那种冰冷让我大吃一惊，我差点就把它摘了下来。我强迫自己集中精神，沿着墙根悄悄地走，不让别人发现我。

“嗨！”约翰大喝一声，我隔了一会儿才意识到他是在跟我说话。“你拿走的东西是我的！”

约翰的双手燃起了火焰。他把两团篮球般大小的火焰朝我掷了过来。

* * *

要是没有把握手镯能挡住我的火球，我是不会把那么大的两个火球掷向玛丽娜的。防护罩及时展开，将火球吸收了，但这股力量仍然让她撞到了墙上，把她撞得分不清东西南北。我不知道她偷偷地沿着边界线走是在搞什么鬼，但肯定是他们一方的诡计之一。

我扭头看见五号在九号的步步紧逼之下在地上连连后退。情况不妙，我朝九号投掷了一个火球，他马上跳开了。这给了五号站起身来、拉开两个人距离的机会。当然了，五号一起身，萨拉的一阵猛烈的火力就又把他击倒了。虽然她把我们的队伍打得七零八落，但看着她这么硬朗，我还是忍不住一阵狂喜。

五号暂时不得不先喘息一下。我需要弄清玛丽娜葫芦里卖的是什么药，再把我的手镯拿回来。趁着她一把推开墙，我迅速朝她跑过

---

① 原文双关，也指吓破胆了。

去。她看见我跑过来，吃惊地睁大眼睛，朝我的两腿猛踢了一脚。我躲开这一脚，把她按到了墙上，想从她手上把手镯扒下来。

“你搞的是什么鬼，玛丽娜？”

“我是不会说的！”她喊道，一边集中精神死命用头来撞我。看来她肯定是向九号学到了出阴招的路数。

“约翰！”我听见萨姆在房间的另一头大喊，“小心！”

萨姆一喊我就知道会发生什么事情了，但根本避不开。八号用瞬移出现在我身后，双脚踹中我的后背。我摇晃着单膝跪地。徒手相搏中，我该怎么打败一个能瞬移的人呢？

* * *

我努力对着八号开了几枪，但他移动得太快了。他不停在约翰身边忽隐忽现，用一记快拳打中他，不等约翰回击，他又消失了。八号用瞬移挣脱开去时，我身旁的伯尼·科萨还是蟒蛇的模样。

“BK，去帮帮约翰！我来守住阵地。”

他变成一只巨鹰，猛扑过去帮助约翰。只剩下我一人守护着旗子了。

我们获胜的关键还是在六号。她被压制在掩体后面，萨拉和埃拉不停朝她开枪，让她动弹不得。从我的位置我可以清楚地看见她。她蹲在那里，集中精神，一头乌发中冒出一缕轻烟。

等等。这缕轻烟是哪里来的呢？

突然我觉得房间里的气压变了。六号从她的掩体后面站起身来，双手向萨拉和埃拉一推。埃拉被撞得向后退，滚动着撞到了墙上。萨拉也往后一倒，激光枪掉了下来。

她们还没停止滚动，六号向前疾驰而去。萨拉伸手想重新握住枪，但六号用意念移物把枪扔到了地板的更远处。六号纵身一跃，将旗子从墙上拔了下来，开始朝我们这边跑过来。“快跑，六号！”我喊道，心里充满自豪；这里没人留意到这种区别，但我是把自己、约翰和六号当成最初的一组，对抗这些新来的家伙。而且我们就要取胜了。

六号往训练室我们这头跑过来的时候，我拿着激光枪瞄准着，随时准备开火掩护。

八号正忙着智取约翰和BK，根本没注意到六号已经开溜了。不过九号注意到了。他丢下被打垮了的疲惫不堪的五号，跑到中央去拦截六号。九号朝六号飞奔过去的时候，我一心盼着六号能隐身，可她没有。她似乎想跟九号打一架。

九号一开始打出了一记重重的右勾拳，结果被六号轻松避过。很快地，她朝着他的后颈侧面打了两下，然后试图从下面给他一个扫堂腿。九号跳起避开六号的腿，在她试图一掌击中他的鼻子时抓住了她的手腕。九号用空着的那只手打出了一拳，但六号挡住了这一拳，牢牢地抓住他的胳膊。他们扭打在一起，各自控制住了对方的一只胳膊。六号不停地扭动挣扎，但我看得出九号开始占据上风。

我目瞪口呆地看了一阵六号和九号的打斗。我想每次加尔德要是真的打起来，我本能地就会往后退，不管是他们在对抗莫加多尔人还是在互相打斗。但接着我意识到我正好可以命中九号，他宽阔的后背正是一个很好的标靶。我可以立刻就结束这场战斗。只要开上一枪，九号就会应声而倒，六号就可以自由地回到我们的阵地上。

我举起我的枪，开了火。

我不知道他是如何做到的，也许是我自己不走运吧，在我开枪的一瞬间，九号将六号转了过来。我这一枪打中了六号的后背，她抽搐着倒在地上。手中的旗子也掉了下来，九号立刻接住了它。

“六号！”我大喊一声，满心惊恐。“对不起！”

我连玛丽娜朝我扑过来都没看到。

*　　*　　*

现在你的机会来了，玛丽娜。快！

萨姆一分神，我就从他面前冲了过去，把他们的旗子从墙上拔了下来。我开始要贴着墙根跑回阵地了，他才注意到我。他努力向我瞄准，但我用意念移物把他手中的激光枪夺了下来。他现在构不成威胁了。五号就躺在几码开外的地方，刚跟九号扭打了一场，看起来浑身无力。他也不算是个威胁。

我要担心的是约翰和伯尼·科萨。

他们两个看到我拿着旗子跑开，马上摆脱了八号。八号迅速用瞬移挡在 BK 面前，捉住它，把它一起瞬移到了房间的另一头。这样一来就只剩下约翰了。

九号试图拦住他，六号虽然刚刚被枪击中还没能恢复元气，但也伸出一条腿把九号绊倒了。这让约翰得以畅通无阻地朝我扑过来。我还戴着他的手镯，所以他一定知道朝我掷火球是没有用的。相反地，他向我直奔过来要把我拦下。

动用九号在比赛伊始就转移到我身上的抗重力超能力，让我一开始一阵晕头转向。我跑上了墙面，整个世界颠倒了过来，这种感觉好奇怪，我的脚落在本来不可能落脚的地方。约翰跑动的速度太快，结果收不住脚，一头撞到了我下面的墙上。

我快速走过天花板，到我们阵地的墙面上，然后跳到地板上，把旗子举得高高的。即使马尔科姆吹哨表示比赛结束时，我心里多少还是有些不敢相信。我成功了。我们赢了！

* * *

“该死的，”我摸着头上撞到墙体的地方说，“真是出乎意料。”

看着玛丽娜庆祝的时候，我忍不住笑了。八号瞬移到房间那头，紧紧地拥抱了她，埃拉也跑过去加入他们。九号一瘸一拐地向我走来，伸出了一只手。

“干得好，老大。”他说。

“你也是。”我紧紧握着他的手说。两周前败给九号这件事会让我抓狂，但现在。似乎毫不重要了。重要的是双方都团结作战，发挥了各自的超能力和战斗技巧，每个人都守望相助——我知道这只是一场比赛，但它让我相信我们有能力对抗一切。

九号从我身边走开去帮五号站起身来。五号看上去挺糟的，一侧脸颊满是瘀伤，一只胳膊也断了，耷拉在身体一侧。九号可真是把他狠揍了一顿。

“别生气哦。”九号笑嘻嘻地说。

“是，那是当然。”五号阴沉着脸回答。

我看着萨姆跪倒在六号身边，六号因为被激光枪打中还浑身颤抖着。我看得出萨姆满心愧疚。

“六号，”他开口说，“对不起，我不是故意的。”

六号冲他摆了摆手。“别放在心上，萨姆。那只是意外。”

“不是的，”九号跑回来插话说，“埃拉用传心术警告了我，所以我才知道要转身。”

我们都转身看着埃拉。她兴奋地满脸通红，样子比我们刚开战的时候健康多了。而且更清醒。

其他人走过房间祝贺玛丽娜，也让她帮自己疗伤的时候，马尔科姆向我走来。他拍了拍我的后背。

“干得好。”他说。

“不算好，我们都输了。”

马尔科姆摇摇头。“我不是指这个。你把大伙儿都团结起来了，这一点做得非常好。你知道我看着这场战斗都看到了什么吗，约翰？”

我看着马尔科姆，等着他给我一个答案。

“一股不可小觑的力量。”

第二十七章

训练过后，我淋完浴出来，看到萨姆正在浴室外头的走廊上等着我。他皱着眉头，跟夺旗之后他的表情一个样，好像是他一个人害得我们输掉了这场战争，而不是在一次训练比赛中犯了一个错。

“我刚刚真是搞砸了，”他说，“我能理解你为何不带我去埃弗格雷斯。”

大伙儿都疗完伤之后，就聚集到一起，一致投票选出明天飞往埃弗格雷斯的人选。萨姆的留守与他在训练室里的表现无关；他跟马尔科姆留在芝加哥其实更合理，如果我们失散了，他们可以用定位板帮我们协调，还可以看监控录像以防意外发生。这个任务很重要，但我不想劝其他人去做这件事。加尔德第一次的统一行动，没人愿意留下来置身事外。

“你知道不是这个原因，萨姆。”

“是，是。”他没精打采地回答。

“振作点，那只是场比赛。别放在心上。”我捶着他的胳膊回应道。

他叹了一口气。“我刚才特别难为情，兄弟。特别是在六号面前。”

“噢，”我明白了。“就算你是从背后打中了你心爱的姑娘，那又有啥大不了的?”

“就是很不得了啊，”萨姆坚持说，“我看上去就像一个连自己都保护不了的傻瓜，甚至更糟，就像会让自己关心的人受伤害的那种人。”

我不知道该对萨姆怎么说，他以前没交过女朋友。选择六号做女朋友，就像是刚学会登山就把珠穆朗玛峰作为第一个目标一样。

“听着，我希望我能对你说些有用的话，兄弟。不过说实在的，六号也让我看不透。如果你真的喜欢她，坦诚相待就好。她喜欢别人够坦白，或者说是直来直去。粗鲁率直。”

“说到粗鲁率直我就想起史前野人。”

我拍拍萨姆的背。“直接点，但你知道的，别对她使枪弄棒的。那样你就死定了。”

我是在开玩笑，但萨姆的眉头却蹙得更紧了。“我还能有啥机会呢，约翰?也许她很快就会喜欢上九号的。至少他很会打。”

“九号?!”我不由得一阵爆笑，接着拍拍萨姆的肩膀，“加油，伙计。六号受不了九号的。”

“真的吗?”萨姆看着我。虽然还有一丝难为情，但他笑得轻松多了。“抱歉拿这些事来烦你，我想我只是需要别人帮我打打气什么的。”

我们走到了我的房间门口。我把手放在萨姆肩上，直视着他说:

"萨姆，去争取吧。你还怕失去什么呢？"

我留下萨姆在走廊上冥思苦想他的下一步，希望他能想通。从某种程度上，我想他和六号真的能相处得很好，但我不想费更多的时间去当媒人。我还有更重要的事情要担心，更别说还有自己的女朋友也要放在心上呢。

萨拉在我房间里等着，正用毛巾擦着头发。我关上门，她看了我一眼，好像什么都知道，脸上还露出一个淘气的微笑，喜气洋洋的。

"刚刚的建议挺不错的嘛。"她说道。

我扭头看了看走廊，不知道我跟萨姆的谈话她都听到了多少。"你也这么想？"

她点点头。"萨姆完全长大了。艾米丽会心碎的。"

我好一会儿才想起艾米丽是萨拉在天堂镇的朋友，我们一起坐圣灵干草车出游的那一次，萨姆还对人家有意思呢。那似乎是很久以前的事了。"希望刚刚我不会害得萨姆日后伤心。你真觉得他跟六号有戏？"

"也许吧，"萨拉回答道，一边向我走来，"虽然她外表强硬，但始终是个女孩子。萨姆又可爱又风趣，看得出也很关心她。还有什么六号不喜欢的？"

她双臂搂住我的脖子，我拉着她贴近我："也许你该给他一些建议，告诉他如何迷倒我们洛林人。这一点你可是很拿手。"

"我行吗？"她挤眉弄眼地回答道。她缠绵地吻住了我的双唇，手指捋着我的头发。那一刻，萨姆和我们面临的所有严重的问题都被我抛在了脑后。多么美妙的时刻；我真希望能一直活在那个吻中。萨拉慢慢地挪开，仰头看着我，笑意盈盈。"我开枪打了你，这个就算我的赔礼吧。”

“有这样的好事，你随时都可以让我挨枪子。”

“说吧，今天接下来干什么？”萨拉问道，掰着手指数着我通常的任务。“再制定计划？画地图？拯救世界？”

我摇摇头。“我刚刚想我们可以离开这里。”

*　　　*　　　*

萨拉和我最终散步去了林肯动物园。我在约翰·汉考克大厦顶楼待的时间那么多，所以我们到达芝加哥之后，我倒也不算完全宅在屋子里。但是，到楼下来感受这座城市，身边都是人，那是完全不同的体验。即使大城市里常有汽车尾气和垃圾的味道，空气似乎还是比楼顶清新。也许是因为我觉得比起在楼顶上思考那些烦心事，下楼来感觉更自由，而且更有活力。萨拉把手搭在我的臂弯上，我们可以把自己想象成一对正在约会的普通人。

不过我还是很谨慎的。我把手镯戴在轻便夹克下面，用它留意着危险。我们在狮笼前面停下来，但除了一个被咬烂的轮胎后面一头睡狮的金毛屁股，我们什么也没看见。

“动物园没意思的就是这一点，”萨拉说，“动物都变得懒懒散散、睡意沉沉，有时候连影子都看不到。”

“这对我们来说不是问题。”我对她说。我使用了传心术，轻轻地呼喊狮子让它醒过来。它爬了起来，抖了抖鬃毛，信步向我们走来。它站在它的饮水坑旁边，抬头盯着我们看，一双黑眼睛好奇地闪着。

我要它咆哮一声，它照做了，一声响亮的吼叫，吓得附近的几个小孩子又叫又笑地从笼子边跑开了。

“好家伙。”我悄声说。萨拉捏了一下我的胳膊。

"你就是个合格的怪医杜立德①，"她说，"如果你以后还需要找地方躲起来，那马戏团再合适不过了。"

我对其他几个笼子的动物也用了传心术。我鼓励一头一脸沉闷的海豹用一个充气皮球来了场即兴表演。我让猴子们直立起来，把手搭在玻璃上，好让萨拉跟它们的小手击掌。这很好地锻炼了我的一项超能力，这种能力我以前只能用于跟BK沟通。

日落时分，动物园开始关门了。我和萨拉朝出口慢悠悠地走去，她把头靠在我的肩上叹了一口气。我看得出她心里有事。

"我想要更多这样跟你共处的日子。"她说。

"我知道，我也想。只要我们打败莫加多尔人，我向你保证，我们就有时间天天在一起了。"

萨拉脸上露出冷淡的表情，就像是她想象到了未来，而前景并不让她兴奋。"可那之后呢？你就回洛林星球去了，对吗？"

"但愿吧。我们还需要想出回去的办法。我们只希望马尔科姆说对了，我们洛林箱里的凤凰石数量若是够了，就可以复兴我们的星球。"

"你要我跟你一起去吗？"

"当然了，"我脱口而出，"不管到哪里，我都希望你在我身边。"

萨拉冲我一笑，我没料到笑容里竟会有些难过。"你真好，约翰，但我说的不是那次跟六号一起的乘车旅行。我是说真的，你还会回来吗？"萨拉问，"回到地球上来？"

"是的，那是自然。"我说道，因为我知道这种情况下我就该这么

---

① 美国电影角色，一个无需借助任何科学仪器就能与动物沟通的天赋异禀的医生。

说，即使我自己都说不清是真是假。我低头看着自己的脚。“我们一定会回来的。”

“真的？搭飞船飞行好几年啊，约翰。别误会我的意思，我其实有点想跟着你去，不是每个女孩都有个能邀请她去外星系的男朋友的。但我的家人都在这里，约翰。我知道他们不及恢复整个星球的繁荣那么重要，但他们对我非常重要。”

我皱起了眉头，好心情转眼间化为乌有。取而代之是忧愁与失落。“我不想把你从家人身边带走，萨拉。回到洛林星球应该是一件好事，是凯旋。”我犹豫着，字斟句酌地表达我的感受。“我一直想着最终会有这样的结局，你知道吗？在经历腥风血雨之后，我们回到那里，想方设法从头开始。这就像是我的宿命，但感觉又根本不可能，你能听明白吗？我从没好好考虑过之后的细节。我想也许现在该这么做了。”

我们停下脚步，她伸手抚摸着我的脸。“我不想让你放弃你的宿命，请你不要觉得我是在这么做。”

“没有，我当然不这么想。但我不希望回洛林星球却没有带上你。”

“我也不想待在地球上，却没有你在身边。”她回答。

“那我们怎么办？”

“我不知道未来会是什么样，”萨拉说，“但我爱你，约翰，目前这才是最重要的。船到桥头自然直。”

“我也爱你。”我回答道，把她拉近身边，亲吻了她。

就在这时，我的手镯开始叮叮作响。

第二十八章

“怎么回事?”我突然挣脱开来时，萨拉问道。

“我的手镯发出了警告，有情况，”我回答，我转了一圈，立刻努力观察着周围的一切，“不利的情况。”

“这种事情不可能总发生吧。”萨拉难以置信地说，她想到了昨晚BK 的紧急状况。

“不，这次不同。情况更糟。”

我本能地摸着手镯，它在我胳膊上来回传递着一种冰冻感。我们是在芝加哥市中心一条拥挤的街道上。我看着周围的一张张面孔：下班回家的行人，出去用餐的情侣，都是地球人。没有见到身穿深色衣服、脸色苍白的人。但是手镯过去从没发送过错误警报，附近一定有危险。

“我们应该回家去，”萨拉说，“去警告其他人。”

我摇摇头。“不行，如果他们是在跟踪我们，而我们又不惊动他们，就会把他们引到其他人那里去。”

“真该死，你说得对。那我们怎么办？”

“我们必须把他们找出来。”我牵住萨拉的手，沿着街区走了几步。手腕上的刺痛感慢慢减弱，这说明危险来自另一个方向。我转身往那个方向走，虽然我没法发现任何异常。

“约翰……”萨拉警告我，把我的手紧紧地握在她的双手中。她是要竭力掩饰我皮肤突然发出的光亮。我的掌中流明被触发了，两只手都亮起来，做好了战斗准备。我深吸一口气，让自己冷静下来，希望我的手能恢复原状。幸好周围的人似乎都没有注意到。

“在那边。”我说着，带着萨拉往一条黑漆漆的后巷的巷口走去。手镯现在简直是在尖叫，我整条胳膊被扎得全麻了。我贴住墙，往巷子的角落里探出了头。

有三个人，从样子上看是莫加多尔的侦察兵。他们没怎么费劲就扮成了地球人的模样，苍白的脑袋剃得光溜溜的，但没有文身，还穿着吓人的黑色风衣。不管他们想在这里做什么，一定是不想被别人发现的。其中两个负责望风，另一个则用两只手在一个垃圾桶下面翻着。他突然从桶下扯出了一个信封样子的东西。

“有三个，”我悄声对萨拉说，她就站在我身旁，背靠着墙，“一定是马尔科姆所说的生化人。苍白、丑陋，像往常那样。”

“他们在这里干吗？”

“不知道，”我回答，“但他们很容易对付。”

“我出来约会可没带枪哦，”她悄声对我说，“我早该料到的。”

“没事，”我对她说，“他们还没发现我们。”

萨拉低头看着我的双手。“我们不能让他们为所欲为，对吧？”

“当然不行。”我回答，突然意识到自己正紧握拳头。我终于有一回能对莫加多尔人先发制人。我想知道他们在搞什么鬼，不用再担惊受怕地逃亡了。“如果情况不妙，你就跑去找援兵。”

“不会不妙的，”萨拉坚定地说，我也信心大增，“把那些混蛋干掉。”

我走进巷子，朝着那些莫加多尔人走过去，他们空洞的眼睛齐刷刷地向我望过来。有一会儿，那种熟悉的寒意传遍我的全身，那种亡命天涯的感觉。我遏制住这种感觉；这一次，我选择战斗，而不是逃跑。

“你们迷路了吗？”我漫不经心地问道，一边大步走近他们。

“滚蛋，小子。”其中一个想赶走我，说话的时候露出一排小小的牙齿。他旁边的莫加多尔人掀开大衣，给我看了一眼插在他裤腰间的激光枪的手柄。他们把我当成一个糊里糊涂想抄近道回家的地球人了，正打算把我吓走。他们没认出我的身份，这说明不管他们到这里来做什么，都不是为了追捕我。

“有点冷呢，”我在离他们十码开外的地方停下脚步说，“你们够暖吗？”

没等他们回应，我就启动了掌中流明。一个火球滚动着出现在我的掌心，我将它朝离我最近的莫加多尔人扔了过去。他根本来不及反应，火球就裹住了他的脸，把他像根火柴似的点燃了，不一会儿他就被烧成了灰烬。

第二个莫加多尔人至少还能拔出他的激光枪，但也只能做到这分上了。我用火球击中了他的胸口，他发出一声急促的尖叫，然后和第一个莫加多尔人那样，化成了小巷中的尘土。

我没有用流明去对付最后一个莫加多尔人。他拿着信封呢，我不想把它给烧了。我想看看莫加多尔人在查找什么，他们跑到芝加哥来鬼鬼祟祟的，是有什么秘密任务。他瞪着我，把信封紧紧地攥在胸口，像是等着我把他像其他人一样轻而易举地消灭掉。当他意识到我有些犹豫时，马上往巷子另一头撒腿就跑。

一个莫加多尔人见了我就跑，这种变化我还真是喜欢。

不等那个莫加多尔人跑远，我就用意念抓起垃圾桶，朝着他飞掷过去。垃圾桶击中了莫加多尔人，把他钉在墙上，他的骨头嘎吱嘎吱地断了。

“告诉我你到这里干什么来了，我就让你速死。”我走过去对他说。为了震慑他，我对垃圾桶用意念加了点压，使它往他受伤的身体里又插入了一些。黑色的血顺着这个莫加多尔人的下巴汩汩地流下来，他绝望痛苦的叫声让我犹豫起来。我以前没做过这种事，我杀莫加多尔人都是出于自卫，下手很快。我希望自己不会太出格。

“你——你们都必死无疑。”这个莫加多尔人口出恶语。

我是在浪费时间，我不可能从这么低级的侦察兵身上套出什么话来。我用意念力把垃圾桶推向前，把他干掉了。接着，我把垃圾桶从墙上扯了下来，从那个莫加多尔人的骨灰中拿起了信封。我拿在手上翻转过来——里面塞着一些纸片。

“这是什么？”萨拉小心翼翼地从巷口走过来问。

我让一只手发出光芒，这样在黑暗中就能看见纸上的内容了。我手里拿着的是三张纸，写满了笔力苍劲的字，文字像是象形文字和汉字的结合体。当然是莫加多尔文了。我们不可能走运到能逮到莫加多尔人用英语传递秘密命令的。我举起那些信笺，好让萨拉看看。

“认识莫加多尔文的出色翻译吗？”我问道。

*　　*　　*

回到公寓，我把大家集中在餐厅里，向他们描述我遭遇莫加多尔人的经过。我说到杀死三个莫加多尔人的情节时，九号拍了拍我的背。

“你该把最后一个带回来，”他说，“我们可以像他们对待我们那样，对他严刑逼供。”

我摇摇头看了看萨姆，他已经开始暗暗摸着他伤痕累累的手腕了。“我们不干这种事，”我说，“我们没那么卑鄙。”

“这是战争，小翰。”九号回答。

“这意味着什么？”玛丽娜问，“他们知道我们在哪儿了吗？”

“我想还没有，”我说，“如果他们是来这里找我们的，他们肯定不止派三个人来。我走近的时候，他们甚至都没认出我。”

“是啊，你还是声名远扬的莫加多尔人杀手呢，”八号说，“真是怪事。”

“他们要来的话，现在也该到了，”六号补充说，“他们向来不够狡猾。我们得弄清这些信笺上写着什么，也许是某种入侵计划。”

“就像我梦见的那样。”埃拉悄声说。

大伙儿口中的那些信笺正在被传阅，每个人都看了上面那些不知所谓的符号。

马尔科姆接过信纸，皱起了眉头。“我被囚禁了那么久，都没学会他们的语言。”

“桑德尔的电脑里肯定有个翻译软件，”九号说，“不过不一定能翻译莫加多尔文。”

马尔科姆摸了摸胡子，还在看着那些纸张。“这上面的字是有某种模式的，跟所有的语音一样。这是可以破译出来的。如果你把软件给我看看，我也许能用得上。”

坐在桌子边的每个人似乎都很紧张。这是我们跟莫加多尔人在阿肯色州一战以来的第一个收获。

“这改变不了什么，”我说，“不管文件里写着什么，我想都是莫加多尔人不愿意让我们知道的事情。是我们可以利用的东西。但在我们弄清楚之前，我们还是按既定计划行事。大伙儿都去休息吧，我们明天一早就出发前往佛罗里达。”

第二十九章

爸爸将莫加多尔人的文件扫描进桑德尔的电脑里，我就站在他身后。文件扫描完之后，爸爸又安装了一个翻译软件和某个据说是能破解防火墙什么的黑客程序。

“你觉得可以翻译出来吗？”我问道。

“第一步是弄清得用哪个程序。”

“你弄清了吗？”我注意到爸爸打开并最小化了一个 iTunes[①] 窗口。我敲了一下屏幕。“你刚才是想听音乐吗？”

“我——我被抓走的时候，iTunes 还没出呢。我刚刚想也许……”爸爸自嘲地耸了耸肩，“我总得反复试验一下，对吧？”

“那现在做什么？”

“我全方位尝试过了。所有的语言——甚至是外星语言——都有共同之处。其实就是先确定一个词，然后用它来解读余下的文字，”

① 数字媒体播放应用程序，能管理和播放数字音乐和视频。

他扭头看着我，“这是一件沉闷的事，萨姆。你用不着在这儿陪我。”

“不，没事的，”我说，“我愿意。”

“真的吗？”他看着我问道，“我看你好像有别的安排呢。”

他一如既往地观察入微。考虑到我只有三个选择，我现在穿的这身就是我最好的行头了。只是一件单调的灰色毛衣，还有我最不邋遢的一条牛仔裤。我一直想让自己照约翰说的那样，跟六号好好谈谈我的感情，谈谈“有花堪折直须折”什么的，这一直让我很紧张。刚刚发生的这个重大转折，即使只需要做些分析工作，都是很好的借口，可以让我将这事拖一拖。

“不着急。”这些话听起来没有什么信服力。我又装模作样地研究起计算机屏幕上显示的各种语言样本来。

“嗯。”爸爸和气地笑笑，也开始看起了屏幕。“你知道，他们明天就要去佛罗里达了。之后他们肯定会有另一个任务。谁知道我们从这些文件中能获得什么情报呢。真是意外连连啊。”

“您想说什么？”

“也许要过好长一段时间我们才会又有这样一个夜晚，”他说，“别拖拖拉拉的，萨姆。”

* * *

我在公寓楼顶找到了六号，这地方显然是想独处的加尔德的心仪之所。已经是晚上，这里的风也比平常大很多，也许是因为六号正在呼风唤雨吧。她举着双手，来回移动，天空变幻不定，呼应着她的手势；这让我想起了美术课，我们把水彩颜料混合起来时，颜料就是那样旋转的。六号正搅动着云朵。如果今晚有气象员看到了这天空，他们肯定会吓坏的。

一开始我什么话也没有说，不想打扰她。我站在六号身旁，看着她，楼顶四周闪烁的红色灯光笼罩着她，她的黑发被风吹拂到脸上。她的嘴角慢慢地露出一丝浅笑。如果我不是那么了解她，准以为她心里很自得。

六号缓缓地放下双手，像是有些后悔停了下来，然后看着我。风立刻停止了，云也像原先那样慢悠悠地飘过夜空。我觉得自己打扰了她。

“嗨，你不必停下来的。”

“没事。怎么了？”她说，“你爸爸破译那些文件了吗？”

“没有，没什么事。我就想跟你谈谈。”

“哦，”六号回答道，重新仰头看着天空，“行啊。”

“不是什么重要的事情，”我急匆匆地说，觉得自己傻乎乎的，“你可以继续训练什么的。我这就走。”

“不，留下，”她突然开口说，“一直窝在公寓里对我来说挺难受的。自从我拥有这项超能力，我就觉得自己与天气有某种关系。我喜欢与它沟通，你懂我的意思吧？”

“当然了，”我回答，好像对与天气沟通很在行似的，“你今天的训练表现非常出色。很抱歉被我搞砸了。”

“行了，萨姆，”她白了我一眼说，“别再道歉了。你上来真的就是想说这个吗？”

“不！”我叹了一口气回答道。豁出去了。我决定听从约翰的建议，努力争取。“我在想你是否愿意——我不知道——找个时间一起逛逛？”

这也许不是我邀请姑娘出去最顺利的一次。六号调皮地挤了挤眉毛说。“一起？我们大伙同住一屋。不是一直都在一起吗？”

“我是说，就我们两个一起。”

“我们现在不就在一起吗？”

“呃——我是说——”我舌头都快打结了，接着我注意到六号的一脸坏笑。“你是在故意捉弄我，是吧？”

“有点，”她交叉双臂说，“这么说，你是要跟我约会吗？是不是？”

“是的，而且我表现得非常出色。”

“你的表现不算太糟，”她轻声说，往我身边靠近了点，“但我们这是在打仗，萨姆。没有很多时间一起去逛的，你也知道。”

“嗯，约翰和萨拉今天去了动物园。”

“但我不想跟你学着约翰和萨拉那么做。”六号说，好像事情是明摆着似的。

“哦。”我退缩了，觉得深受打击。“我还以为——你动身去西班牙的时候，约翰告诉我你对我的感觉，而且在阿肯色州我们那样拥抱——该死的，我真是个傻瓜。我早该知道，像我这样的人，你是不会感兴趣的。”

“喂，好了，”我还没走到门口，六号就捉住我的手说，“对不起，萨姆，我不是那个意思。我是真心喜欢你。”

“你对我不是那种喜欢。”我把剩下的经典台词都说完了。

“我没那么说。我喜欢你。好吧，也许是，”六号挥舞着手说，“我不知道！听着，只是，约翰和萨拉，他们以为这样的话他们会更好过些，但其实没有。这只会带来麻烦。”

“我看他们挺幸福的。”我回答。

“当然，目前是，”六号说，“但如果有事情发生呢？你知道的，约翰是个好领袖，但他不是个现实主义者。你难道以为我们跟一整支莫加多尔军队交战会没有伤亡吗？”

“天啊，这样想太阴暗了。”

“这是实话。一切到最后都会成为麻烦，萨姆，”她伸出手，扯掉我毛衣上的一个线头，“我希望你能远离我们，去一个安全的地方。等一切结束了，也许情况会不同……”

我难以置信地大笑起来。“呃，你不是说真的吧？这就像蜘蛛侠想跟玛丽·简①分手时对她说的那些废话。你知道，你把我当成某个超级英雄的女友那样跟我说话，让我多尴尬吗？”

六号也笑了，她摇了摇头。“抱歉，我不是那个意思。我只是刚刚意识到我有多虚伪。萨拉的事，我给约翰的建议跟这个正好完全相反。”

“也许你是对的，事情到头来会变得很糟，”我说，“但这不等于你就可以把自己封闭起来。一直都只想着战争的事？那可不好。也许你该用百分之九十九的时间当你的六号，然后花百分之五的时间跟我在一起，做玛尔安。”

这段话我根本没有打过腹稿；六号用过的地球人名字我也是脱口而出的。她微微张开口，但一开始一句话也没有说，这个名字让她措手不及。

“玛尔安，”她低声说，“我都不知道是否还记得怎么做她。”

她看着我的眼神多了些东西，好像不再那么小心翼翼了。那不是

---

① 漫画故事里蜘蛛侠的女友。

我希望从六号眼里看到的无所顾忌的眼神，但却是一种更柔弱的神色，像是决定要稍微放开些。我没有放开她的手。

“答应我你不会死。”她突兀地说。

那一刻，她说什么我都会答应的。“我答应你。”

她把我的手握得更紧了，我们的手指缠绕在一起。她贴近我。又起风了，我伸手拨开她脸上的几缕秀发，将手贴住她的脸颊。

就在这时，八号瞬移到了楼顶。

六号像是被烫到了似的从我身边跳开。那一刻我就算是把八号掐死，心里也不会有丝毫内疚。我以为八号会开我们的玩笑，但他却是一脸严肃，脸色阴沉。

“两位，我们需要你们到楼下来！”

“怎么回事？”六号问道，一边朝八号走过去，“莫加多尔人来了吗？”

八号摇摇头。“是埃拉。”

爸爸还说今晚是一个平静的夜晚，看来他说错了。

八号拉起我们的手，脚下的整个世界突然移动起来，立刻让我头晕目眩。一眨眼我们就站在了玛丽娜跟埃拉共住的房间里。

埃拉直挺挺地仰面躺在床上，所有的毯子都被踢开了。她双眼紧闭，也许最吓人的是从她嘴角滴落下来的一滴滴鲜血。她用力紧咬着嘴唇，都咬出血来了。

玛丽娜跪在床边，用一张纸巾擦拭着埃拉的嘴。她一遍遍轻轻呼唤着埃拉的名字，想把她叫醒。埃拉一动不动，只是不停地攥紧床单又松开。

“她这个样子多久了？”爸爸问。

“我不知道，”玛丽娜语气慌乱地说，“她比我先上床睡觉，说她训练累了。后来我发现她这个样子，她就是醒不过来。”

我环顾四周，不知道该做些什么。大家想必也是一样的心情。每个人都挤进房间里来或是站在门口，都是一副手足无措的样子。

“以前没发生过这种事吗？”我问玛丽娜。

“上回她大声尖叫是你看到的最糟糕的情况了，”她回答，“她总是在尖叫前就醒过来的。”

“我不喜欢这种状况。”九号站在门口嘟哝着。伯尼·科萨似乎也颇有同感；它站在床边，嗅着空气，像一条警犬闻到了一种不好的气味。

“她出了很多汗。”玛丽娜说。

“是发烧吗？”约翰问。

“我自己看到的幻象都不是这个样子的，”八号说，“你们呢？”

约翰和九号都摇了摇头。

玛丽娜从床头柜的一个抽屉里拿出一条毛巾，开始擦着埃拉的额头。她的手颤抖得那么厉害，萨拉只好接过她手里的毛巾。“给我，”她说，“让我来。”

玛丽娜从床边退开的时候，八号搂住了她，抚着她的背。玛丽娜满心感激地靠在了他身上。

“我们是不是该试试给她治疗？”六号问，“或者使用一块治疗石？”

“没有需要治疗的伤口啊，”约翰回答，“至少就我们看到的而言是没有。动用石头嘛……谁知道会发生什么事呢，如果它加剧了疼痛什么的怎么办？”

“你们试过把她的眼睛扒开吗？”五号建议。每个人都神色怪异地看了他一眼，这建议听起来没心没肺的，但比起让埃拉在她的噩梦中遭罪，这似乎也不算更糟。“怎么？你们还有更好的主意吗？”

爸爸轻轻地扒开了埃拉一边的眼睑。她完全是翻白眼了，都看不到眼珠子。我记得有一次上体育课我被马克·詹姆斯从绳子①上撞下来，做了个脑震荡的检查。他们用手电筒冲着我的眼睛照。

“约翰，也许你可以用你的掌中流明？”我建议道，“它很亮，也许能把她唤醒。”

约翰伸出手，像打开手电筒那样启动了掌上的亮光，用它照着埃拉的眼睛。有一会儿，她的身体不再不停抽搐，她似乎放松了下来。

“有反应了。”我松了一口气。

“埃拉，醒醒。”玛丽娜催促她。

埃拉的双手举了起来，猛力抓住约翰的手腕，把他吓坏了。这让我想起了恐怖电影里有个小女孩被魔鬼附身的情节。她的手碰到约翰皮肤的地方开始发出红光。

“她要干吗？”萨拉倒吸一口凉气。

有那么一会儿，约翰也显得十分疑惑。接着他开始喃喃有词，但他也翻起了白眼，身体扭曲着，像是所有的肌肉都立刻痉挛起来——接着，好像所有的紧张感一下消失了，他像个断了线的木偶一样垮了下来，倒在埃拉床边的地板上。

“约翰！”萨拉大叫。

埃拉的手还夹着约翰的手腕，这时九号冲进房间。“把她拉开！”

---

① 指用于攀爬的绳索。

玛丽娜挡住九号。“等等！别碰她！”

萨拉不听劝阻，伸手将埃拉的手从约翰的手腕上拉开。即使萨拉把他反过来，晃动着他，他也没有动弹，没有苏醒过来。埃拉的这一次接触不管对约翰有什么影响，显然对地球人是没有用的，因为萨拉就没有受到任何影响。

六号走上前去仔细查看，我看到埃拉的手往上举着伸向她，手指张开又合上。

“小心。”我说道，一把扯住六号的衬衣背部，把她拉了回来。其他的加尔德注意到埃拉不停抓握的手，每个人都小心地离开床边。身边没有了加尔德，她的手马上软塌塌地落到床上。她看上去跟以前一样，被困在一个噩梦里了。只是这一次，约翰也跟着她进去了。

“到底怎么回事啊？”九号问。

“她对他施了什么法术。”五号喘着气说。

萨拉将约翰的头靠在她的臂弯，抚摸着他的头发。身旁的爸爸抬起埃拉的手，把它们放到被子底下。我看着这些加尔德。他们都习惯了逃亡，习惯面对可以抗击、可以消灭的危险。但他们该如何逃避——或是打败——从内心里攻击他们的事物呢？

第三十章

那天晚上没人睡得着觉。对了，除了那两个怎么叫也叫不醒的，那种觉，我想谁也不愿意去睡的。

爸爸和我将约翰抬到床上，放在埃拉身旁，他们两个偶尔也会抽动一下。萨拉不愿意离开房间；她握着约翰的手，轻轻地抚摸它，想让他醒过来。伯尼·科萨也不愿离去；它蜷缩在床脚下，有时呜咽几声，用鼻子蹭着约翰和埃拉的脚。

约翰昏睡过去几小时后，我往房间里探了探头。萨拉低垂着头，枕着约翰的手背。我不知道她睡着了没有，我也不想惊扰她。约翰和埃拉没有任何变化，他们的脸部肌肉还在痉挛，他们的身体有时会突然倾斜，像是在梦里绊了一脚，在挣扎着保持平衡。我以前也做过这种梦，梦见自己从自行车上摔下来，我总是在落地前就醒了过来。约翰和埃拉似乎都不是这样。

我凑近看了看约翰。只过了几个小时，但他的皮肤已经变得跟埃拉一样苍白，眼睛周围也出现了黑眼圈。他就像累坏了似的。现在想想，埃拉今天早上训练之前看上去是相当疲惫的。我担心这些噩梦对身体有某些影响，像是要使约翰和埃拉虚弱下去，或是更糟。

“萨拉？”我轻声叫道，接着意识到根本不必保持安静。我们希望这两个人能醒过来。我应该拿些锅碗瓢盆到这儿来敲敲打打。“大家到客厅集中了。”

萨拉挪动了一下，摇摇头。“我要待在这儿，”她安静地说，“我不想离开他们。”

我点点头，不再坚持。我离开房间，朝工作间走去，爸爸整晚都在里面猫在电脑前。我进去的时候，语言样本还在屏幕上继续逐条显示，但破译这些莫加多尔文的文件，他似乎还是毫无进展。

“有发现吗？”我问。

“还没有，”他回答，转身看着我。他不得不眨好几下眼睛，一直盯着屏幕让他的眼都花了。“我设置了一个自动解码程序，这样我就不用坐在这里监控这个过程了。挺过时的做法。软件这方面，我有些落伍了，但最终肯定是能破译的。我只是希望这个过程能够快些。”

我看了一眼扫描过的莫加多尔文件。“你觉得这里有跟噩梦有关的信息吗？”

“我不知道。时机看上去也太凑巧了。”

“是啊，”我注意到爸爸的手机放在桌上，我轻敲着它问，“你试过再联系一下亚当吗？”

我想是不可能的，但爸爸的脸拉得更长了。“联系了，同样没有结果。”

我拍拍他的肩膀。“来吧。其他人要开会，希望我们也去参加。”

其他的加尔德都在公寓的客厅里等着。他们已经开始讨论噩梦的情况，这一点其实刚过去的这几个小时里我们都一直在做，但毫无进展。

“埃拉以前也对我那样做过，”玛丽娜声音嘶哑地说，“把我吸进她的梦里。我本该警告他的，我该警告大伙儿。但我以前碰过她，第一次想把她叫醒的时候，那次什么事也没发生。我当时是那么慌乱……”

八号坐在沙发上，就在玛丽娜身旁，他搂住了她的肩膀。她靠在他身上时他说：“没事。你也不知道会发生这样的事情。”

九号在房间里来回踱着步，这比起他在天花板上奔跑，已经是一大进步了。要是六号没有嫌他烦人，他差点就走到枝形吊灯下面去了。他头一次没有回嘴，只是跑到没那么碍眼的地方继续走着。我进门的时候，他抬起头满怀希望地看着我。

“怎么样？”九号问。

我摇摇头。“没有变化，他们还是没有醒过来。”

五号沮丧地拍着大腿。“真是糟透了。在这里干坐着，我觉得自己真没用。”

我进门的时候，六号正愁眉紧锁，但五号说话的时候她抬起了头。她慢慢地点点头，思索着。“我们应该讨论一下。”

“讨论什么？”玛丽娜问。

“讨论继续执行任务的事。五号的洛林箱可不会自己冒出来。”

九号停止了踱步，考虑着六号刚刚的话。玛丽娜听到要继续执行任务，似乎吓呆了。

“你现在想离开？”玛丽娜问，“你是疯了吗？”

“六号说得对，”五号插话说，“我们坐在这里也于事无补。”

“我们的两个朋友还昏迷不醒，你们却想撇下他们？”玛丽娜不满地说。

“你这么说好像很冷酷似的，但我只是想务实一点。”六号说。这话听起来像她在屋顶对我说过的话，因为事情会有变糟的时候，所以她不愿意去开始一段感情。这一刻就像她说过的那种时刻。

“这是务实，但并不意味着就是对的。”我喃喃地说。我不想把这话说出来，但今晚是这么漫长，我心里也有好多话想说。

六号的脸黯淡下来，露出一种受伤的神色，但她把视线从我身上移开，这种表情就不见了。她扭头对九号说：“你的意见呢？”

“我不知道，”九号说，“我不希望撇下约翰和那小姑娘。”

“如果连九号都不主张行动，那你就知道这不是个好主意了，”玛丽娜厉声说，听起来很生气，“如果他们需要我们怎么办，六号？”

“我们不是要撇下他们，”五号语调平稳地说，“如果说是撇下他们，那坐在这里做这些无意义的讨论也是一样的。这些地球人会照顾他们，就像现在这样。”

“没错，”爸爸说，“我们会竭尽所能。”

“我们需要弄清为什么会发生这种事，”玛丽娜说，“如果查不出噩梦的起因，那就查查埃拉是怎么把约翰弄晕过去的。”

“你有没有注意到她的手碰到他时在发光？”我问道，“就像是一种超能力什么的。”

“什么样的超能力能做到这一点呢？”九号指着卧室问。

“约翰觉得在新墨西哥州时是她动用了某种超能力把希特雷库斯·雷吓跑了，”玛丽娜细想了一下说，“我们一直没有机会试验一下。”

“或者也许是她的传心术出了岔子。也许她进入了他的脑海里，然后失控了，”八号猜测说，“她才刚开始拥有超能力。谁知道她有多大本事呢?”

我回想了我们在天堂镇的时候，最初几周约翰费了多大劲儿才控制住他的掌中流明。似乎埃拉的传心术是一种更难掌握的超能力。我注意到五号慢慢点了点头，好像也记起了什么东西似的。

“我第一次拥有迁移术的时候，让皮肤恢复原状让我费了不少周折，”五号说，“埃尔伯特用了我的洛林箱里的一种棱镜，不知怎的，它能帮我放松。我就可以让皮肤复原。”

六号指着五号说：“看看你说的。去埃弗格雷斯又多了一个理由，去把那个玩意儿弄过来。”

九号点头表示同意。“简直难以置信，但你也许是说到点子上了，五号。”

五号举起手。“等等，我都不知道那东西对埃拉能否起作用。或者它是怎么运作的。”

“我还是觉得不能这样撇下他们。”玛丽娜说。

“其实我觉得将你们跟约翰和埃拉分开是好事，”爸爸说，“谁知道这状况会不会传染呢，特别是这又跟她的传心术有关？你们当中不能再有人陷入精神紧张了。”

“我们怎么对抗这种状况呢?”九号粗声粗气地说，愁眉不展，也许把所有能打掉噩梦的法子都想了个遍，“我是说，如果希特雷库斯·雷能把我们弄到某种昏迷梦境中，我们又该怎么反击呢?”

“他以前也用过这些梦来打击我们，”八号说，“我们醒过来就没事了。”

“这次不同。”玛丽娜坚持说。

“上次小翰就醒了过来，”九号说，“这说明这招数变厉害了。”

“也许不同之处就在于埃拉，”六号说，“也许希特雷库斯·雷一直都在针对她，因为他知道这可以让她的超能力失灵。”

我看着五号。“你觉得你洛林箱里的棱镜能帮上忙吗？”

他耸耸肩回答道：“我其实都不清楚它有什么用，只知道它帮过我。去找它看起来总比干坐在这里强。”

九号拍拍手。“我同意五号的意见。我们马上出发吧。”

玛丽娜一开始为埃弗格雷斯的事吵过之后就一直很安静。六号伸出一只手，搭在她胳膊上。“你没意见吧？”她问。

玛丽娜慢慢地点了点头。“如果你们觉得这是帮助他们的最好办法，我听你们的。”

* * *

我下到停车场去送别这些加尔德。萨拉不肯离开约翰的身边，爸爸则要回去看莫加多尔文的翻译软件。我拿着一个文件夹，里面装满约翰要我用桑德尔的计算机做的文件——每个加尔德都有的假驾照，还有伪造的学校旅行的文件，他们从芝加哥直飞奥兰多的旅行路线图。他们应该可以去旅行，而不被人识破。

我把约翰的文件从夹子里拿出来，塞进我自己的口袋。“这些你们大概用不着。”我说着把其他文件递给了六号。我攥着手里的文件时间稍微长了一点，六号伸手从我手里把它们抢了过去。“抱歉，我只是对这些东西有些紧张。”

“就该这么做，萨姆。没事的。”

九号拍拍我的肩膀，离开去选一辆开往机场的车。五号跟着他，连道别的话也不说。让我意外的是，玛丽娜给了我一个拥抱。

“好好照顾他们，好吗?”她说。

“当然了，”我回答道，努力让语气充满信心，“他们会没事的。你们速去速回。”

八号冲我点了点头，接着他跟玛丽娜就跟着九号走了。这样就剩下六号和我。她装作在翻看我给她的文件，但我看得出她是故意拖拉，因为她有话要说。

“一切都在里头。”我告诉她。

“我知道。就是保险起见，”她抬头看着我说，“我们最迟明晚回来。”

“小心点。”我说。

“谢谢。”她说着，拍了一下我的胳膊。

有一阵尴尬的犹豫，我们都不知道该怎么做。我希望我们当时在楼顶上能多待上十五分钟，那样就会有足够的时间弄清我们之间的感情。现在我们像一对刚刚进行过第一次奇怪约会的情侣，不知道对方在想着什么，也不知道什么时候适合再进一步。也许六号知道我在想什么，但只是不知道该怎么应对。我则根本不知道她的想法。我觉得我该说点什么或是做点什么，但这一刻就这样过去了，她的手离开了我的胳膊，她转身去跟其他人会合。不管我们之间是什么感觉，都得等一等了。

* * *

人都走光了，九号的豪华公寓显得更大了。我在无人的礼堂和那些奢华的房间里走来走去，不知道自己该做些什么。我最后走到了埃拉的房间里去看看，刚好碰上萨拉正要离开。这是约翰昏迷之后，她第一次离开他身边。

“你爸爸让我吃些东西。”她闷闷不乐地解释说，一晚没睡看样子把她累坏了。

“是的，他常说人不能当饿死鬼。”我回答说。萨拉勉强地冲我笑了一下，我把手放在她背上，领着她去厨房。她把头靠在我肩上走着。

“有关我们中有一个受了伤的事，我们争论过很多次。这像是我们谈恋爱的时候吵得最多的话题了，”她苦笑着说，“有意思的是，我一直以为会是我，而不是约翰。他应该是坚不可摧的。”

“老天爷，萨拉，你这么说活像他是被人砍成了两半似的。他也许一小时后就会突然醒过来，因为他们执行任务没带上他而生气呢。”我故作乐观地说。萨拉也许太累了，没注意到我声音里的犹疑。

“如果他被砍成两半，他们也许还可以治愈他，”她说，“这是完全不同的情形。我看得到他脸上的痛苦。就像是他在我面前受尽酷刑，而我却无能为力一样。”

我给萨拉倒了杯水，又从冰箱里拿出些吃剩的中餐。我都没费心把它们加热。我们一言不发地吃着，直接从纸盒里拿出一些冷的炒饭和无骨肋排就吃。我不停地在脑子里对自己说“他会好起来的”，就像说咒语一样，直到有把握能深信不疑地把这话说出来，即使我自己都不敢肯定这会是真的。

“他会好起来的。”我坚定地对萨拉说。

* * *

萨拉回去看着约翰和埃拉，我试着在客厅里休息一会儿。我想刚刚目睹自己最好的朋友被卷入一种长眠的状态，是否要小睡一阵就成了个挺伤脑筋的问题。不过我的身体累坏了，我的焦虑比起来也没有那么强烈，于是我就睡了几个小时。

我醒过来的第一件事就是去看看约翰和埃拉。还是毫无起色。

我走近训练室，心想锻炼一下对我有好处。也许如果我从九号的军火库里选些声响最大的手枪来练习打靶，我可以把约翰和埃拉吵醒呢。

我途经工作间时停了一下。里面一个人影也没有，爸爸一定是在自己的房间里休息着。

定位板还插着，我可以看到五个蓝色小点去了佛罗里达，此刻正慢慢地穿越其南端。很好。这说明六号和其他人在机场使用新的假身份证件时没出什么乱子，而且也没有莫加多尔的侦察兵等着捉他们。一切似乎都在按照约翰的计划进行。要是他能醒过来看到这一切就好了。

我注意到计算机屏幕下方角落里有东西在闪着。是爸爸安装的翻译程序，这段时间一定是一直在自行运转了。我打开窗口，一个对话框跳了出来。

翻译完成。是否现在打印？

我使劲儿咽了一口口水，不知道是不是该由我第一个看到这些莫加多尔文的译稿，但我还是点击了“是”。桌子下面的一台打印机动起来，把文件打印了出来。其他页还没打完，我直接抓起了第一页。

有些字杂乱无章或是重叠了，看得出翻译程序也不是百分之百准确。但即使有些词缺失了，我也马上认出了这份文件。我以前见过它。

我意识到自己屏住了呼吸，我的手指紧紧地抓着纸张，几乎要把它们弄皱了。我呆若木鸡地站在原地，满心恐惧和怀疑让我动弹不得。

我手里拿着的是爸爸所作的有关加尔德宝物的一份记录。最后是约翰·汉考克大厦的地址。

第三十一章

我冲出工作间，身后的门“砰”的一声关上。我掌心冒汗，好像手里的文件会发热一般。我的脑子拼命地转着。

莫加多尔人拿着我爸爸的笔记想要做什么？他们又怎么会有这些笔记?

我回想起到这儿第一天的那顿晚餐上，爸爸说起了他被莫加多尔人长期囚禁的种种细节。我记得有些加尔德似乎有些怀疑，特别是爸爸说起莫加多尔人对他的大脑进行处理的事情。九号甚至直言不讳地说那可能是个陷阱。

但那是不可能的啊。他是我爸爸，我们可以相信他的。

我沿着走廊一直跑到爸爸的房间。我其实也不知道找到他之后我要做什么。质问他吗？告诉他我们得马上离开这里?

他的房间空无一人。我迅速环顾了一眼房间，其实不知道自己要找什么。是某种莫加多尔人的通讯器吗？一本莫英辞典？我没有发现任何异常。

这一切一定会有个合理的解释的，是吧？

莫加多尔人拿手的心控把戏，我不是都亲眼目睹过了吗？我见过亚当使用超能力，那种能力显然是因为莫加多尔人夺走了一位死去的加尔德的记忆所造成的。即使是现在，约翰和埃拉也因为希特雷库斯·雷施展了某种传心术攻击而陷入昏迷。莫加多尔人可是将我爸爸囚禁了那么多年，对他的大脑进行过很多不可告人的实验。

难道莫加多尔人没可能对他进行过洗脑吗？

爸爸也许都没发觉他们控制了他。他们也许对他的大脑做了什么改造，然后故意让他逃了出来，知道他出来之后更有用处，可以帮忙收集情报。莫加多尔人可能为他设定了某种程序，使他可以在睡梦中将情况秘密报告给他们——我记得在什么地方读到过有关双重间谍被催眠后忘记自己的使命的事情。那是一篇真正的论文还是一本漫画书呢？我都记不清了。

我回到走廊上大喊："爸爸，您在哪儿？"我想让声音显得平稳而正常。他要是个莫加多尔人派来的间谍那可怎么办？我可不想让他发现。

"在这里。"爸爸在埃拉和约翰的房间里喊道。

我的爸爸是外星间谍？得了吧。动动脑子吧，萨姆。那是我在《他们走在我们中间》里能看到的阴谋论。真是荒唐。更重要的是，我打心底里知道，不是这么回事。

那我为何觉得这么紧张呢？

我站在埃拉的房门口，紧紧地攥着翻译过的文件。萨拉已经回自己的房间去睡了，所以只有他和伯尼·科萨看着约翰和埃拉。BK 缩成一团，睡着了，爸爸无所事事地挠着耳朵后面。

“怎么了，萨姆？”他问我。

爸爸一定是从我瞪大的眼睛中发现事情不太对劲。他留下 BK 向我走过来，但我发现自己本能地后退到走廊上。我在与把我从监狱里救出来的亲爱的爸爸保持一段安全的距离。好极了。

我把文件一把塞给他。“莫加多尔人怎么会有这些？”

他翻看着那些纸张，翻页的速度太快了，就像是已经意识到里面写着什么。“这些——这些是我的笔记。”

“我知道。莫加多尔人是怎么弄到的？”

他肯定意识到了我问题里的暗示，脸上很快浮现出一种受伤的表情。

“萨姆，这不是我干的。”他说道，努力让语气显得让人信服，但他的声音里也有一丝不太确定。

“你能肯定吗？如果——如果他们对您做了什么手脚，而您自己都不记得了呢，爸爸？”

“不，不可能。”他摇摇头说，像是要说服自己。我从他的语气里听得出他并非真以为不可能。事实上，我觉得他是被这个想法吓坏了。“笔记原件还在我房间里吗？”

我们一起跑回他的房间，笔记本还在他的柜子里，还在原位。爸爸翻着本子，像是要寻找被篡改过的迹象。他的脸沉了下来，平常他要努力回想某件事时也是这个样子。我想他意识到自己也不可信，莫加多尔人可能真的对他做了什么手脚。

他转身看着我，表情阴郁。“如果我的笔记落入了莫加多尔人手中，我们就不得不假设这地方已经暴露了。你该带上武器，萨姆。萨拉也是。”

“您呢?”我问道，胃里一阵翻江倒海。

“我——我是信不过的，”他结结巴巴地说，“你该把我锁在这里，等加尔德回来。”

“一定有别的解释的。”我颤抖着声音说。我不知道我是真相信如此，还是说只是希望如此。

“我不记得离开过，”他说，“但我想此刻我的记忆其实不怎么靠得住。”

他颓然坐在房间的床上。他双手交叉放在大腿上，直勾勾地盯着它们。他看样子有些挫败感，他的脑子和儿子都让他没了主张。

我朝门口走去。“听着，我要去找萨拉，再拿些枪。但我不会把您锁在这里的。请别离开，好吗?”

“等等，”他拦住我，举起了一只手，“什么声音?”

我也听到了。一种低低的嗡鸣声，从他的床头柜的抽屉里传出来的。我先走到那里，拉开了抽屉。

是他用来联系亚当的手机。屏幕亮着，有个号码不明的来电。在屏幕的角落里，我看到十九个未接来电。我举起电话拿给爸爸，他露出欣喜之色，但我却更紧张了。一下子发生了太多的事情，我就像被一堵堵墙包围了起来。

我按了接听键，把手机凑近耳边，声音颤抖地说：“喂?”

“马尔科姆!”电话那头一个气喘吁吁的声音喊道，“你上哪儿去了?!”

“我是萨姆，”我纠正他，我辨出了这个声音，心里不由得一阵恐惧，“亚当，是你吗?”

爸爸跳了起来，抓住了我的肩膀，听到亚当还活着，他非常激动。我希望自己可以感觉如释重负，可电话里他说话的语气就像是大难临头了似的。

“萨姆？萨姆！你爸爸在哪儿？”

“他在——”

“算了！不要紧了！”他喊道，“听我说，萨姆。你们在芝加哥，对吧？在约翰·汉考克大厦？”

“你——你怎么知道的？”

“他们知道了，萨姆！”亚当大喊，“他们都知道，就要去抓你们了！”

第三十二章

“等等！”

九号大大咧咧地开着我们的螺旋桨船——这船可是名副其实，就是一条靠船尾巨型的螺旋桨驱动的小船——绕过漂浮在沼泽地里浑浊的褐色水面上的一根翻转着的木头，我们全都倒向了一边。八号差点失去平衡，只好抓住我的胳膊把自己稳住。他不好意思地笑笑，松开手，让我得以去拍一只蚊子。空气又闷又潮，虽然我们船上的螺旋桨在轰鸣，也能听到很多虫子嘤嘤嗡嗡的声音。这地方就是一股土壤肥沃、繁芜丛杂的味道。

“看那个！”八号大声喊着，试图盖过船的轰鸣声。我看着船舷外侧，发现挤挤挨挨的睡莲的叶子被水里移动着的什么东西搅散了。起初我以为又是一根木头，但接着我注意到水里摆过一根布满鳞甲的尾巴，知道那是一只鳄鱼。“别把手伸出去。”八号喊道。

我看着鳄鱼消失在我们左侧的一片林子里。我明白了五号为何觉得埃弗格雷斯是藏匿宝物的安全之所了；这是一片荒芜泥泞的沼泽地，草长得很高，有的只是虫子和一些隐藏的动物。

我们沿着一条所谓的水道行进，这个地方水草茂密，两侧树木丛生，只能行船。四周压根没有人影——我们一小时前从租船的地方选了这艘船之后，就再也没见过一个地球人。就连租船的地方都是一间摇摇欲坠的小屋，一边是乡村公路尽头，另一边是沼泽地的边缘。我们从系在摇摇晃晃的船坞边的三艘生了锈的螺旋桨船中选了一条。住在那里的那个孤僻的男人皮肤黝黑，浑身散发着酒精和发动机燃油混杂的味道。他一边指导我们开船一边不停打着嗝，然后收了钱，给了我们一张卷着角的区域地图和一把船钥匙。他什么问题也没有问，对这一点我们倒是蛮感激的。

六号正研究这张当地人自绘的地图，将它与我们从网上打印下来的埃弗格雷斯地图进行着比对，五号在打印的地图上标注了他的洛林箱的地点。她一会儿看看我们的地图，一会儿又看看那张污渍斑斑但更详细地标注着本地支流和沼泽的地图，然后放下两张地图，满脸苦相。“我真是搞不明白。”她抱怨道。

“别担心，”九号回答，带着我们朝着落日的方向进发，“五号说他知道我们行进的方向。这回改变一下，让他派点用场。”

我看着天空，寻找着五号。他是十五分钟前起飞的，说是从空中俯瞰更容易发现他的洛林箱。天际开始变成朦胧的粉红色，正常情况下我会觉得那很美，可在这里不知怎么的，倒像是一种凶兆。

“我不是胆小，”我小心翼翼地说，将一缕湿漉漉的头发挽到耳后，“但我真的不想日落后还待在这个地方。”

“我也是，”八号说着从六号手里拿走了地图，“尤其是如果我们那个自以为是的领航员不知道怎么把我们带回到文明社会的话。”

六号眯着眼睛盯着八号，没有回答。九号却只是哈哈一笑，大片大片的汗渍让他的衬衣颜色都变深了，飞虫不停地在他身边嗡鸣着，但他好像根本没注意到。事实上，九号倒是蛮享受这一切的——那种潮湿黏糊，还有危险的感觉。这是他的天性。“我之前还在想以后可以来野营呢。”他说道。

我和八号都呻吟起来。要不是水里有鳄鱼出没，我绝对会拿水去泼九号。我又看了看天，寻找五号的踪影。

“他肯定很快会回来的。”我说。没理由不乐观，目前为止，任务进行得挺顺利，没遇到什么麻烦。留下约翰和埃拉我还是心有不忍，但其他人说得对。在芝加哥我们也不能为他们做些什么。我虽然不像九号那样热衷，但出来做点事情，想办法去帮助朋友、赢得战争，感觉绝对更好些。

只要我们不在这沼泽地里迷路就行，迷了路可就糟了。

一个阴影掠过头顶。是五号。他在船的上方盘旋了一会儿，轻轻地落在了我们身边。他汗如雨滴，白T恤都湿透了。

九号窃笑了一声。“如果我们在这里待得够久，就可以减肥了吧，胖哥？”

五号咬了咬牙，腼腆地把湿T恤脱了下来。我们都是一副汗涔涔的狼狈样，但九号不知怎的就爱跟五号过不去。我之前还指望着夺旗比赛能帮他们缓和关系呢，但他们之间依然剑拔弩张。

“别理他，”我对五号说，“你找到洛林箱了吗？”

五号点点头，指着我们前进的方向。“前方大约一英里处有一片小陆地，就在那里。”

九号叹了一口气。“你干吗不直接拿起箱子飞回来呢，伙计？”

五号冲九号嘻嘻一笑。“你没认真听安排，是吧？我们投票选你负责所有的体力活儿和日常事务哦。”

“啊？”九号一头雾水地看着八号，“他说的是真的吗？”

八号耸耸肩，自顾自地没理睬他。

六号生气地嘟哝了一声。“专心开你那该死的船，九号。”

“遵命，船长，”九号活动活动手指头说，“一个洛林箱，马上就来。”

六号看了看五号，显得比平时更平静。“你干吗不把箱子拿过来？”她不客气地问。

五号耸耸肩。“天色渐暗，如果我们需要的话，那是一个很好的歇脚点。”

“听见了？”九号开心地大叫，“露营喽！”

“不行，”八号使劲地摇了摇头，“快点开，然后我们就离开这里。”

九号加速前进，船舷边溅起了阵阵水花。

我以为五号带我们去的地方应该可以算得上是一个岛屿，其实它只是沼泽地里的一个土堆，土堆支撑着一棵树瘤突出的大树，像是自开天辟地之日就长在那里似的。大树的根系粗壮庞大，伸到水里，九号不得不小心驾船，不想被卡在树根中。我们爬下船，脚踩在淤泥中咯吱作响，在大树凹凸不平的根系中不停打滑。我们身边的水中长着一圈高高的水草，头顶上的枝干又多又密，我们一上去就发现整个小土堆都被这棵大树笼罩在其中。这里比水上的温度要低上差不多十度。

“这真是个非常不错的地方。”我对五号说。

听到这难得的夸奖，五号的胸膛稍微挺了一下。“嗯，我有一天晚上在这里露营过。这棵老树令人叹为观止。我还以为我不费吹灰之力就能找到它呢。”

“祝贺你，”九号嘟囔着，拍死了脖子上的一只虫子，“你那该死的洛林箱在哪里？”

五号带着我们直奔树下。我们脚下的树根交错纵横；这棵树就像是一个插进土里的拳头，而这些根都是它的手指，泥浆从大树握紧的指缝间挤了出来。五号跪在一团像指节一样突起交错的树根前，伸手往树根底下掏，那里有个新挖的泥坑。

“就在这下面，”五号四处摸索着说，“快摸到了。”

五号把箱子扯出来的时候，淤泥发出湿漉漉的“嗞溜嗞溜”的吮吸声，好像不肯让我们把箱子拿出来似的。五号跪在箱子面前，擦去那熟悉的木质表面的烂泥。

八号拍一下我的肩膀，指着一处蒿草被分开的地方。我看见一只鳄鱼扁平的脑袋和一双黄色的眼睛，也许还是之前那一只。“好像有个家伙饿了哦。”八号开玩笑说。

“它是在跟踪我们吗？”我问道，一半是开玩笑，但也有些毛骨悚然。我朝八号身边靠近了一点。

“这里鳄鱼很多。”五号漫不经心地说，举起了他的洛林箱。

“你能跟动物交谈的，对吧？”我问九号，“告诉这畜生别惹事。”

“也许我可以把它当宠物养着，或是拿它做一件可爱的大衣，”九号回答说，一边看着这只游上前来的动物，他脸色突然一变，“拦住——”

另一只鳄鱼的脑袋出现在第一只的旁边，然后隔了一会儿，又有一只从淤泥里冒出头来。一开始我以为我们被一群鳄鱼跟踪了，如果这种事情有可能发生的话。但接着三个脑袋一起从水里冒出来，一个裹着厚厚鳞片的脖子把它们跟一个身子连在了一起。这头野兽躯干上的鳞片隐藏在一层油亮的黑毛之下，它展开一对强韧的蝙蝠翅膀，水珠纷纷甩落。它最后竖起两条人腿站起身来，大概有十五英尺高。它跺着脚向前走来，六只恶狠狠的眼睛饥饿地瞪着我们。

“小心！”六号喊道。这时，这畜生展开翅膀飞了起来。

这畜生赫然出现在我头顶。这样的时刻我还有闲心去注意一些东西，真是有意思。怪兽的脚很大，三个脚趾和脚后跟都伸出弯曲的爪子。但怪兽的趾肉看上去倒很柔软，上面还有一对S形的伤疤深入肉里，像是某个莫加多尔科学家在自己的作品上署了名似的。

这一切我都是在它朝我猛扑过来之前看到的。

“小心！”八号将我拦腰抱住，我们一起用瞬移往后退。这只异形鳄鱼的利爪将我原先脚下的树根扯掉了一块。

“他们是怎么找到我们的？”九号拔出手杖厉声说。

“我没有看到莫加多尔人，”我大声说道，一边转了一圈，努力把整个沼泽地的情况收在眼底，“也许它是单兵作战呢？”

“我去问问它。”

九号猛攻过去，那畜生想用它其中的一个嘴咬住他。九号举起手杖，正好插进最靠近他的那张嘴中，打落了两颗黄牙。这只怪物的一个头痛得直叫，展开一边翅膀，逼得九号往后退。

五号把洛林箱放在地上，打开了它。六号抓住他的肩膀。“怎么回事？”她喊道，“你过来侦察的时候就没看到这只东西吗？”

“它是从水底冒出来的，我怎么看得到？”五号的声音很平静，他似乎一点也不生气，不像约翰说到的在上一次战役中的样子。“别担心，”他接着说，“我这里头有这件玩意儿。”

“能帮个忙吗？！”九号跳着避开怪兽的血盆大口，一边喊道。

八号用瞬移出现在那畜生的三个头上面，用力踢打着它的一个鼻子，然后又瞬移回来，跟九号并肩而立。那畜生发出一声失败的怒吼，拍打着翅膀，企图飞到空中。九号和八号分头行动，想夹击这只怪兽。

五号在他的洛林箱里翻找着，六号则将双手举在空中。“玛丽娜，我做这个的时候，你来掩护我。”我听见树叶间有雨点滴落，暴雨就要来临了。

五号从他的箱子里拿出一个皮袖套一样的东西，他把它套在了前臂上。他将手臂一弯，一把光滑的一英尺长的刀从他手腕的侧面伸了出来。五号咧嘴一笑。“真想你。”他对着这个袖套装置说，他又弯曲了一下手臂，刀子缩了回去。

“快点制造闪电啊，六号！”九号喊道。怪兽正朝他扑下来，他能做的就是举起手杖，挡开那三张犬牙交错的嘴的撕咬。九号一直盲目地后退，结果绊到一根树枝，跌坐在地上。那畜生正要扑到他头上，八号突然变成巨大的半人半兽形态，我想那是他的毗湿奴化身之一。他抓住怪兽的鳄鱼尾巴，拼命把它往后拉，不让它把九号吞噬掉。

那畜生转过身来，一口咬住八号的肩膀。八号的兽面狂吼着，形态也开始忽闪忽闪。我看得出他被咬痛了，无法保持注意力。

“八号！”我失声尖叫。我想到他那边去，为他疗伤，但我不能撇下六号，她此刻正专心呼风唤雨呢。

“去帮他，”她咬着牙根说，“我快好了。”

我跑上前去，一心要跑到八号身边。那只飞翔的鳄鱼还没来得及再咬他一口，一道闪电从天而降，正好击中那只畜生，将它击倒，那东西不断地抽搐，冒起烟来。雨下得越来越大，六号将风暴加强了。

九号已经站起身来。那畜生还在挣扎着想站起来，九号往前一步，用手杖猛打这只怪兽，但它布满鳞片的兽皮却毫发无损。

九号重新加入战团，八号得以踉跄着从怪兽那里脱身，他还是毗湿奴的样子。我跑到他身边，他便恢复了原形，我看到他的右肩布满深深的锯齿状的伤口。我把手按在八号的肩头，让冰凉感传遍我的全身再传到他身上，看着他的伤口愈合。

“我真想吻你。”八号说。

“等我们杀了这东西，也许可以哦。”我回答。

那怪兽站了起来，用一边强韧的翅膀扑打着九号，把他击退。九号一让开道，六号马上发动了两波闪电攻击。闪电再一次把这畜生击倒，在它的翅膀隔膜上烧出一个洞来，但它又挣扎着站起身，咆哮着。我们似乎激得它更加怒气冲冲。

“要怎么样才能阻止这只混蛋呢？”九号喊道。

一声尖厉的哨音充斥在空气中，响亮又尖锐，让我汗毛直竖，那就像指甲划过黑板的声音。我转身看见五号吹着一根坚硬的黑曜石刻成的样式复杂的笛状小管。刺耳的笛声在空中回荡，他眼都不眨地盯着那头怪兽。

那畜生像是突然一下子没了斗志，将那对巨型的翅膀收了起来，落在地上，三个脑袋也耷拉在胸口，像是在鞠躬。

“哇。”八号长吁了一口气。

“看见了？”五号放下哨子，环顾四周，“轻而易举。”

“你要是一直带着那玩意儿，为什么之前不用?”九号恨恨地说。

“我还以为你想练练手呢。”五号对九号冷冷一笑说。

六号摇了摇头。“你们就不能有个人把这畜生给杀了，好让我们离开这里吗?”

“非常乐意。”五号说着，皮肤变成了闪亮的钢铁。他朝那毕恭毕敬的怪兽走了两步，但在六号旁边停了下来。“这该死的家伙是我创造的，”五号漫不经心地说，“我肯定不能把它弄死啊。”

“你什么?”我难以置信地问他。

五号的钢拳用我前所未见的力度打出了一记上钩拳，击中六号。

这一拳的力量把六号打得整个人都飞了起来，她落在我脚下；我看到她眼珠子向上翻，鼻孔里淌出两道鲜血。最好的情况是脑震荡，最糟的则是头骨碎裂。我本能地动手想为她疗伤，但我刚想蹲下来，就有什么打中了我的胸膛——不是很重，也不够力度把我打得喘不过气来——但我就是不能走上前去。这是心灵传动。五号不让我走动，我抬头看着他，眼眶里满是疑惑的泪水。

八号打破了这让人震惊的沉默，大声喊道：“你干吗要那么做?!”他的声音被九号的尖叫湮没了。

五号的身体呈现出橡胶的质地，他的胳膊像触须一样伸展出去，在九号的喉咙上盘了两圈。九号挣扎着，但五号轻而易举地把他举离了地面。他的胳膊伸得更长，将九号吊在离地十英尺的空中，然后把他往下一掼。他把九号浸泡在沼泽里，将他摁住。他要淹死他。

五号转身看着我们，我和八号都僵住了。他脸上是友善的表情，但想想他那伸长的胳膊正把九号按在水里，六号则因为他的重拳偷袭而在我脚下昏迷不醒，这种表情着实让人惊慌失措。我看到五号的胳膊不住震动，一定是九号在痛打它，想挣脱出来。这些击打肯定没有给五号带来丝毫疼痛，因为他似乎毫不在意。

他坐在他的洛林箱上，看着我们。

“我们三个也许该谈谈。”五号冷静地说。

第三十三章

与亚当的通话突然断了。我看着手机屏幕，但亚当的号码并没有显示，我没法回拨给他。不管亚当身在何处，听他的语气都像是在快速奔跑中，应该在风声中呼喊，一路逃亡而且语气惊慌。我则正好相反：呆若木鸡，好像完全失去了知觉。

如果是约翰遇到这种情况会怎么办？马上动身，就是这样。我把手机塞进后裤兜，匆匆从爸爸身边走过，往走廊跑去。

“他说莫加多尔人知道我们的所在，还说他们就要来了。我们需要离开这里。马上！”我回头对爸爸喊。

我扭头看着他的时候，发现他还站在床边。

“快啊，”我说，“您还等什么？”

“要是——”爸爸捏了捏鼻梁，“要是我不可以信任怎么办？”

哦，对了。我的爸爸可能是自己都不知情的莫加多尔人的双重间谍。他的笔记是如何落入他们手中的，这一定有个更好的解释。也许他不清楚是否能信任自己，也许他担心他的记忆出了问题或是与他背道而驰。这都不要紧。我当时就打定了主意，我信任他。

“还记得在道西基地外面，我想冲回去帮助加尔德打仗的那一次吗？您告诉我有的是机会可以让自己帮助洛林人。我想，这就是机会之一。我相信您，爸爸。没有您，我无法做到这一点。”

他严肃地点了点头，二话不说地从床底下拖出他的枪，他在阿肯色州用这把枪干掉了那只怪兽。他把一颗子弹推上膛。

“亚当说我们还有多少时间了吗？”他问。

好像是在回答他的问题似的，大楼晃了起来，所有的灯具都摇摆不停。一个发动机在外面闪着光，声音就在我们头顶，近得可怕，接着是一阵尖利的金属摩擦声。有东西刚刚在楼顶降落。

“显然根本就没多少时间。”

我们飞奔到走廊上，萨拉刚刚从她房间里出来。她看到爸爸提着把枪，瞪大了眼睛。“那是什么声音？”她问，“出什么事了？”

“莫加多尔人来了。”我回答。

“哦，不。”萨拉说着，跑回约翰和埃拉的房间，他们正毫无防备地躺在那里。

从走廊上，我能看到公寓客厅的落地窗。六根绳索正从屋顶垂下来，莫加多尔人要从大楼侧面攀绳而下。

“我得去找约翰！”萨拉说。

我拉住她的手腕。“要是没有武器，我们一点机会都没有。”

窗户迸裂，被莫加多尔人的大炮齐发给打碎了。一阵冷风刮进了公寓里。莫加多尔人荡了进来，迅速松开绳索，开始搜索身边的目标。他们在客厅里，就在我们和公寓电梯的中间，那是我们唯一的出路。我很意外他们就来了这些人。如果是我要攻击一个加尔德的藏身处，那我肯定得派出整支军队。他们像是早就知道没有多少人在似的。

我们三个退回到爸爸的房间里。

“我去约翰和埃拉那里，”爸爸说，“你们俩趁机跑去训练室。”

我听到莫加多尔士兵在外面客厅里走动的声音，他们开始沿着走廊走过来。“他们来了。我数三声我们就走，一……”

我还没数“二”，走廊里响起了一声咆哮，紧接着就是莫加多尔士兵疯狂开火的声音。我探头看了一下走廊，正好看到伯尼·科萨变身为大灰熊，与两个莫加多尔士兵厮打。我都把BK给忘了！也许情况没有表面看来这么绝望。

“走！”爸爸朝埃拉的房间跑去时大喊了一声，“去拿武器，咱们把他们拦在这里。”

BK在一个个莫加多尔士兵之间窜来窜去，用爪子撕扯他们，掀翻他们企图用来掩护的家具。它的侧面被激光枪打中了几下，空气中弥漫着毛发烧焦的味道，但那只让它更加愤怒。爸爸蹲在埃拉房间的门口，瞄准着，开枪撂倒了几个莫加多尔士兵。

萨拉和我朝相反的方向跑，冲到训练室和军火库里。我可以听到身后的激光枪打在墙上发出嘶嘶声，爸爸马上开枪回击。我们的动作一定要快。肯定会有更多士兵从楼顶下来，这火力没法永远阻击他们的。

突然，我右侧的卧室门被拉开了。我突然感到了破碎的窗户透进来的冷风，接着一个莫加多尔士兵朝我扑了过来。他用肩膀撞着我的侧面，将我顶到墙上。他的前臂卡住我的喉咙，他将苍白的脸凑到我的脸上，一双了无生气的黑眼睛挡在我眼前。

“地球人，”这个莫加多尔人龇牙咧嘴地说，“告诉我那女孩儿在哪里，我就让你死得痛快点。”

我还没问他说的是哪个女孩，萨拉拿起一个空花瓶往他头上一敲。这个莫加多尔士兵摇摇头甩开这一击，转身对着萨拉。我不由得怒火中烧——因为那些被囚的日子，因为他们对约翰和埃拉的所作所为。我握住那个莫加多尔士兵的剑柄，把他从剑鞘里拔了出来。我大叫一声，将它刺入他的胸膛，把他化为灰烬。

“哇！”萨拉一声欢呼。

我听见公寓到处传来玻璃碎裂的声音。整条走廊上所有的卧室门都被打开了，莫加多尔士兵开始窜了进来，将我和萨拉与爸爸和伯尼·科萨分隔开来。我记得以前觉得这空荡荡的公寓令人害怕，可现在更是吓人至极。我看不到走廊另一头的爸爸，但还能听见他的枪声，声音越来越密集。我听到一声巨响，有什么进入了埃拉房间的声音。

“你们要找个女孩子吗？”我大叫着吸引他们的注意力，希望能减轻爸爸的压力，“她就在这边！”

萨拉和我拼命跑进工作间，十几个莫加多尔士兵从走廊上跑过来追着我们。

我们一起拿起门口旁边的一堆旧器械和发动机零件堵住门，桑德尔堆积的杂物派上了用场。一个莫加多尔士兵企图用力推开门，但它被地板上的那些破烂给顶住了。

“这个可以稍微拖延他们一会儿。”我说。

“他们以为我是他们要找的女孩儿吗？”萨拉气喘吁吁地问，“还是你以为他们是来找埃拉的？”

一阵激光枪响把工作间的门炸开了一块，滚烫的碎片擦过我的脸颊，差点飞进我的眼睛里。我想我们的缓兵之计只能到此结束。萨拉拉住我的胳膊，我们一起踉踉跄跄地跑过工作间，身后的门被闯入的莫加多尔士兵打得粉碎。

一阵激光打中了我们俩中间的地板，把我们分隔开来，也让萨拉绊倒在一张桌子上。现在火力更猛了。我弯腰躲闪，拉住萨拉的手，把她拉了起来。“我没事！”她大喊，我们一起跑着，推推撞撞，朝训练室跑去。

莫加多尔士兵的这一阵乱枪使工作间的门变成了墙面上一个冒着烟的洞。他们拥进来，绊倒在我们推倒的那些杂物上，但他们还是继续前进。在我身旁，那个显示加尔德位置的监控器冒出一阵火星爆炸了，那是因为一个莫加多尔士兵想开枪打我而没打着。

“我们怎么能打退这么多士兵呢？”我们冲进训练室的时候，萨拉冲我喊，“我一直在练习，但没有一次打过十个靶啊！”

“我们有主场作战的优势。”

彻底进入训练室之后，萨拉跑到枪架那里，我则爬上了总控台。我刚启动了训练室的程序，正好第一批莫加多尔士兵就赶到了，我开启的是桑德尔原来的常规训练模式——难度级别标注为“疯狂”。莫加多尔士兵压根就没把我当回事，我可是坐在金属控制面板后，按着各种按钮。他们更关注的是萨拉。即使他们意识到她不是他们要找的女孩儿，她显然还是最具威胁的，她就在明处，用两支手枪指着那些莫加多尔人。虽然最具威胁，但也是一个活靶子。

“萨拉！去你左边！”我喊道，升起地板上的一些掩体帮她躲藏。在莫加多尔士兵开火的一刻，她扑到了安全的地方。

烟雾开始从墙体的管口中喷出来。有些莫加多尔士兵显出一副疑惑的神色：多数还是只对干掉萨拉感兴趣。有几枪开始打到了总控台的前面，我在座位上蹲下来，想把自己缩起来。我希望这东西够坚固，能挡住枪火。在枪声之中，我能听到整个训练室轰鸣着动了起来。

四面墙上六个仪表盘都打开了，转架也安装完毕，可以看见很多滚珠。

“蹲下！”我冲着萨拉喊，“开始了！”

训练室里出现了一股交叉火力，莫加多尔士兵被困在中央。这种训练本来是为了帮助加尔德训练他们的心灵传动的，而不是要把他们打残，所以从墙里射出来的弹珠大小的子弹速度还不够快，不足以杀死那些莫加多尔士兵。不过被打中还是很痛的。要应付这个，还有天花板上突然垂下来的实心球，我想是够他们受的了。

我从总控台上冲出来，还没滚倒在地，一个滚珠就重重地打在我肩上。我的胳膊都酸了，但我还是努力趴了下来，看着莫加多尔士兵全方位地挨打。萨拉看见我，将一把枪沿着地板推了过来。我捡起枪，蹲在总控台的后面。我和萨拉占据了房间里仅有的两个掩体。

我们开火了。瞄得不够准并不要紧，莫加多尔士兵简直就只能束手待毙。墙上射出的子弹让他们惊慌失措，许多被那些扣环或是实心球打得跪倒在地，然后我和萨拉就把他们干掉。有些往门口跑去，就算他们能跑到门口，得到的也只是打中后心的子弹。

这个训练室的常规训练模式刚刚启动了一分钟，房间里的莫加多尔士兵就都被消灭了。加尔德在训练中通常要坚持七分钟才能休息。不过，我想那是因为训练时没人用真子弹打他们。我举起手拍打着总控台上的控制键，直到系统关闭。

“奏效了！”萨拉喊道，听起来还挺意外的，“我们消灭他们了，萨姆！”

萨拉站起身来，我看到她的左腿外侧有一块烧伤的痕迹。她的牛仔裤也破了，下面的皮肤被烫得发红，不过没有出血。“你中枪了。”我大声说。

萨拉低头一看。“该死，我都没注意到，一定是擦伤的。”

激动过后，萨拉一瘸一拐地向我走来。我搂着她给她做支撑，我们尽快地走出训练室。一路上我们抓起了更多枪支，我还往牛仔裤背后多插了一把手枪，以防弹药用完。萨拉把开过火的手枪扔下，拿起了一把样子可怕的轻机关枪，是那种我以为只有在动作片里才有的枪。

“你知道那玩意儿怎么用吗？”我问道。

“它们都是一样的原理，”她回答，“只要瞄准，再扣动扳机就行。”

要不是担心爸爸和昏迷中的约翰和埃拉，我早就笑出声来了。我们小心翼翼地绕过我们推倒的那堆破烂，经过一片狼藉的工作间时，没有听到交火的声音。公寓里静得让人害怕，也不知道这现象是好是坏。

我探头看着走廊，一个人影也不见。地板上覆盖着莫加多尔人的骨灰，但一切都是安静的。最大的声响是风吹进大楼的声音，因为莫加多尔士兵破窗而入时，把所有的窗户都打烂了。

“你觉得我们把他们全干掉了吗？”萨拉轻声说。

我们听到楼顶传来乱哄哄的声音，仿佛是在回答萨拉的问题，听起来像是靴子跑过楼顶的声音。上面一定还有更多的莫加多尔士兵，只要他们知道第一批人已经完蛋了，一定会随时发动第二波攻击的。

“我们得马上离开这里。”我扶着萨拉跛着脚走的时候说。我们赶紧走过走廊。

伯尼·科萨蹒跚地出现在我们视野中，还是灰熊的形态。它看上去像是受了伤，整个右侧因为受到枪击都在冒烟。它看着我，似乎有话要说。我真希望自己能像约翰那样能跟动物用传心术交谈。不知怎的，它似乎很难过。难过，但很坚定。

“你还好吗，伯尼?”萨拉问。

BK 嘟哝着，变成了一头猎鹰的模样。它朝着窗户飞了出去，飞得很高。它一定是打算去阻止楼顶上残余的莫加多尔士兵，好让我们把约翰和埃拉撤出去。我现在明白了 BK 那眼神的意思了；它是在告别，它担心那是我们的最后一面。我深吸了一口气。

“快点，我们走。”我轻轻地说。

埃拉房间的门口被一个翻倒在地的书架挡住了，上面满是弹孔。显然这是爸爸的掩体。

“爸爸?”我轻声说，“没人了，咱们走吧。”

没人答应。

“爸爸?!”我喊得更大声，声音都发抖了。

还是没有回应。我用肩膀使劲撞着那书架，但它堵得太紧了。我一阵眩晕，陷入了绝望。他为什么没有回答?

“在那儿呢!”萨拉指着上面说。上面有个很大的空隙，可以让我们从书架和门框顶上爬过去。我爬了上去又翻过来，膝盖磨着突出来的架子，笨拙地落到了另一边。只是几秒钟的时间，但这几秒却足以让我想象到爸爸身中枪伤，约翰和埃拉在昏睡中被人杀死。

“爸爸？”我的呼吸都停住了，感觉时间都慢了下来。我拖着颤抖的双腿朝床边趔趄地走过去。“爸爸？”

约翰和埃拉看上去毫发无伤，还在昏睡之中，完全不知道身边发生的这一切混乱。也不知道我爸爸的身体扑倒在他们身上。

他双眼紧闭，腹部中枪，一个深深的伤口正汩汩地往外冒着血。他的两只手都捂住那里，像是要努力振作起来。他枪里的子弹都打光了，枪丢在地板上，枪把上布满他血淋淋的指印。我不知道他中枪之后还坚持抗击了多久。

萨拉爬过书架，倒吸了一口凉气。“啊，不。萨姆……”

我不知道该做什么，除了握住他的手。手是冰凉的，我的眼泪涌了上来。我想起跟父亲的最后一次谈话中，我其实是把他当成了叛徒。“对不起。”我轻轻地说。

爸爸捏了捏我的手，我差点吓得都跳起来了。

他睁开了眼睛。我看得出他很吃力地辨认着我，才意识到他的眼镜丢了，战斗中在什么地方被踩烂了。

“我尽全力保护了他们。”爸爸声音嘶哑地说。血泡从他体内冒出来，又从嘴角流了下来。

“快，我们离开这里。”我跪到他身边回答说。

他的脸上闪过痛苦的神色，他摇了摇头。“我不走，萨姆。你得自己走。”

楼顶的激战中传来一声吼叫。是伯尼·科萨，绝望而痛苦。

萨拉轻轻拍了一下我的肩膀。“萨姆，很抱歉，但我们时间不多了。”

我甩掉萨拉的手，摇了摇头。我看着爸爸，泪水顺着脸颊恣意流淌。“不，”我愤怒地尖叫，“您不可以再离开我。”

萨拉努力从我身边挤过去，把埃拉的身体从他身子下面拖了出来。我没有帮忙。我知道我这么做自私又愚蠢，但我不能这样轻易地丢下他。我一生都在寻找他，而现在这一切都在分崩离析。

“萨姆……走吧。”他轻声说。

“萨姆，”萨拉哀求着我，怀里还紧紧抱着埃拉，“你得抱起约翰，我们该走了。”

我凝望着他。他慢慢地点了点头，嘴角涌出更多鲜血。“去吧，萨姆。”他说。

“我不，”我摇着头说，我知道这样是不对的，但我不管，“除非您一起走。”

但这已经太迟了。窗外悬着的绳索又绷直了，一个莫加多尔士兵滑落进来。我们耽搁太久了，伯尼·科萨没法阻挡住他们。第二波攻击又开始了。

第三十四章

九号所在的位置上，水底有水泡从沼泽的表面冒了出来。他被摁在下面大概有一分钟了。我朝着沼泽边上走近了一步，想跳进去救出九号，但又不知道五号让不让。他密切地观察着我，扬起了一边眉毛，好像想知道我和八号会如何反应似的。

“真正的五号在哪里？”八号压着嗓子问道，“你把他怎么样了？”

五号疑惑地蹙着眉头，接着笑了。“哦，你以为我是希特雷库斯·雷啊，”五号摇着头说，“不是的，八号。我是真的五号。这不是什么变身的把戏。”

像是为了证明自己的话，五号伸出空着的那只手，打开了他的洛林箱上的锁。他又“咔哒”一声把它锁上，然后看着我们。“看见了？”八号和我一动不动地僵在原地，不知道该如何是好。

“让九号从水里出来，五号。”我说道，努力稳住自己的声音，尽可能不慌不忙。

“快了，”他回答，“我想跟你们俩谈谈，不想让六号和九号打扰我们。”

“为什么——你为什么要袭击我们？”八号问道，他听起来一腔怒火，难以置信，“我们是你的朋友啊。”

五号翻了个白眼。“你们是我的族人，”他回答，“但不等于就是我的朋友。”

“让九号从水里出来，然后我们就谈。”我恳求他。

五号叹了一口气，把九号提了起来。他大口喘着气，两眼通红，怒不可遏，但依然被五号勒住。虽然拼命挣扎，九号还是完全无法挣脱。

“现在没那么硬气了吧？”五号奚落道，“好了，深呼吸，兄弟。”

他又把九号泡进水中。

这边，六号还是一动不动，她的头以一种很不舒服的角度仰着，下巴出现了一大片淤青，呼吸微弱。我朝她走过去，想为她疗伤，但感到五号正用心灵传动轻轻地把我推回来。

“你为什么要这样！”我冲着他大喊，泪眼模糊。

我冲他大叫的时候，他似乎非常吃惊。“因为你们俩对我很好，”他说道，好像事情是明摆着似的，“因为我觉得你们跟九号和六号不同，还没有被你们的赛邦洗脑，以为反抗是唯一的出路。八号，你在印度让那些士兵为你而死，正是说明了这一点。”

“别跟我说那件事，”八号轻蔑地说，“我从来没想过要伤害任何人。”

“洗脑？”我激动地说，“你以为我们是被洗脑了吗？”

“没事的，”五号安抚着我们，“敬爱的领袖是宽厚仁慈的，他会欢迎你们。现在加入胜利的一方还来得及。”

胜利的一方？我简直不敢相信自己的耳朵。我的胃翻腾起来，都快吐了。这不可能是真的——“你跟他们是一伙的？”

“抱歉在这一点上我骗了你们，但那是不得已。我到这个星球六个月后他们就找到了我，”五号说，似乎陷入沉思，“我的赛邦当时已经得了某种严重的人类疾病死了——这一点倒是真的，不过不是发生在我说的那个时候。莫加多尔人收留了我。他们帮助我。等你看了圣典，你就会知道我们不该与他们对抗。这整个星球——整个宇宙都可以是我们的。”

“他们一定是对你搞了什么鬼，五号，”我说道，几乎是在耳语，我为五号感到难过，又被他吓到了，“没事的，我们可以帮助你。”

“放开九号就行，”八号补充说，“我们不想伤害你。”

“伤害我？”五号重复了一句，哈哈大笑，“这话说得真不错。”

他把九号拉出水面，把他朝这棵歪歪扭扭的大树扔过去。我想用意念接住九号，但事情发生得太突然，五号又太强大了。九号的脊背狠狠地撞到树干上，力度大到连上面的树枝都摇晃起来。他大声喊着，身体都扭曲了，我看得出他一定是摔断了几根肋骨，也许连脊背都摔断了。

“你知道老是要装出一副熊样多没意思吗？”五号问道，他的橡胶手臂缩回身边，又恢复了原样，“你们都是些可怜的赛邦训练出来的，真是不走运，成天只会拿洛林箱和超能力打发时间，一直躲在暗处。我可是在宇宙中最强大的战斗部队中受的训练，你竟然还威胁要伤害我？”

“差不多是这意思，是的。”八号回答。

八号变身为十臂狮子的模样，向五号扑过去。但八号还没来得及动手，五号就吹响了他的笛哨。那只一直在耐心等待的异形鳄鱼跳了起来，用力击打八号。它一直扑扇着翅膀，不停地晃动下巴来撕咬他，八号挥舞着带爪的手臂反击着，这两只庞然怪兽在烂泥中厮打在一起，纠缠翻滚。五号像看热闹似的，转身看着八号和他自己的怪兽宠物搏斗。

“别互相伤了对方哦，”五号对着它们喊，“我们还可以是朋友的。”

我不知道五号是在开玩笑还是真的那么变态，不过重要的是他分心了。九号靠在大树底下呻吟着，他努力要站起来，但两条腿似乎不听使唤。这边的六号还是一动不动。我不知道此刻谁更需要我的救护。六号更接近我，所以我爬过去，跪在她身边，将我的手按在她受伤的颅骨上。

突然，我被托举离地，我的双脚悬在空中乱蹬着。是五号干的，他正用意念力将我举了起来。

“住手！”我对他大喊，“让我为她疗伤！”

五号失望地摇摇头。“我不希望有人给她疗伤。她就像九号——她永远也不会明白。别跟我对着干，玛丽娜。”

一根树枝打中了五号的后脑勺。他无法再集中意念，我掉到了地上。五号一扭头正好看见九号用意念又折断了一根树枝。

“好嘛。”五号说，轻易就偏转了九号的下一击。

“来啊，”九号咆哮着，他挣扎起身，靠着大树坐了起来，“我不用两条腿也可以在你那肥屁股上踹两下。”

“死到临头还嘴硬，”五号叹息了一声，“你知道芝加哥现在发生着什么事吗？莫加多尔人正扫荡着你的豪宅呢。我要你死个明白，让你知道你的狗屁宫殿正被烧为平地，九号。”

“你把芝加哥的情况告诉他们了？”我大叫。我确实非常震惊，但当五号扭头看我的时候，我发现了一个机会。他喜欢这么滔滔不绝——那好，我可以利用这一点分散他的注意力。九号是没法打了，我得帮他拖延些时间。“你怎么能这么做？埃拉和其他人怎么样了？”

“埃拉不会有事的，”五号说，“敬爱的领袖希望她活着。”

“他希望她活着？为什么？我还以为他要把我们全杀掉呢。”

五号皮笑肉不笑的。他转身又看着九号。

“他要把她怎么样，五号？！”我尖叫起来，心慌意乱。他毫不理睬我，直接朝九号走去。我希望九号能抵抗得久一点，让我治好六号。我又爬回她身边，把她的头垫在我的腿上。她颅骨骨折，鼻骨和颌骨也都被打断了。我努力集中精神，激发起我的超能力冰能量。

一声怒吼让我分了心。在那边的淤泥里，八号已经把怪兽制住。它的两个头耷拉着，不过中间的那个脑袋还能动，它凶狠地撕咬八号。他竭力用六只爪子抓住它的下颌，用力掰着它，直到把它掰开。这畜生的头简直被扯成两半了；它那对巨翅又扑扇了一下，然后就一动不动，慢慢垮下来。

五号转身看着。“干得好！”他对八号大叫说，“但相信我，好戏还在后头。”

八号跪在泥地里。他已经恢复了原形，无法再保持兽身人形的样子。我看得出他受伤了，胸口、胳膊，甚至双手的手心都布满血淋淋的牙印。打败那头怪兽耗尽了他全身的力气，但他还是摇摇晃晃地站了起来。

五号逼近九号，他的钢铁皮肤在落日余晖中闪烁。九号一脸蔑视地嘲笑他说："你打算打一个手无寸铁的人吗？你这吃里扒外的混蛋！"

五号还没来得及回答，九号就启动了他的意念移物。他的管形手杖，应该是五号第一次抓住他的时候掉落了的，此刻正被他从泥里拔出来，朝他飞了过来。

五号凭空握住了手杖。我在心里记下他是用右手接的手杖，这说明他用来启动超能力的滚珠一定是被他握在左手之中。

五号举起手杖，用他的金属膝盖一顶，把它像一根火柴一样折为两段。"没错。"

八号趁着五号还没动起来，瞬移到他们俩中间。他弓着背，喘着粗气，多处伤口都在流血。即使如此，他还是毫不退却。"停止这种疯狂的举动，五号。"

我将注意力集中在六号身上，同时观察着大树旁边的这一幕。我能感到她的颅骨正在愈合，脸上的肿胀开始消退。我希望我的动作够迅速。我们非常需要她。

"快啊，六号……"我轻声说，"快醒过来。"

有八号站在他面前，五号犹豫了一下，对九号的怒火稍微消散了一点。"别挡道，八号。我给你的提议依然作数，但你要让我先把这多嘴的傻瓜干掉。"

"让他下手吧，兄弟！"九号坐在地上大喊。

"闭嘴，"八号扭过头厉声说，他对五号举起双手，"你现在脑子不清醒，五号。他们对你做了手脚。在你的内心里，你知道这样做是不对的。"

五号"扑哧"一笑。"你想跟我谈对错吗？把一群孩子派到一个陌生的星球上来，让他们打一场自己都不理解的战争，这又何对之有呢？给这些孩子编号，而不给他们起名字，这又对在哪里？简直让人恶心。”

“那入侵另一个星球也是啊，”八号说，“把整个星球上的人都消灭掉。”

“不！你不明白，”五号大笑着回答，“大扩张必须进行。”

“必须进行种族灭绝和屠杀？那简直就是疯了。”

六号在我大腿上动了一下。她还没有醒过来，但疗伤似乎开始起作用了。我轻轻地放下她，站了起来，悄悄地靠近其他人。五号没有注意到我；他正在咆哮着，听上去几近疯狂。

“你们反抗，是因为你们的赛邦对你们说，那是长老的愿望！你们质问过为什么吗？或者问过你们的长老们其实又是谁？没有，你们当然没有！你们只是听从那些死去的老家伙的命令，从来不曾质疑！竟然还说我疯了？”

“听听，”九号大叫，“你知道自己现在说的都是些什么吗，兄弟？”

“你这是迷失心智了。你当了他们很多年的囚徒，自己都没察觉。冷静下来，我们可以谈谈，”八号说，“我们不该互相对抗。”

但八号的话五号再也听不进去了。我以为他也许能说服五号，但九号刚刚的那句评论足以又再激怒他。五号垂下肩膀，打算朝八号扑过来。

我用意念一把抓住五号的左手，集中心力掰开他的手指，好让他手中的珠子掉下来。他猛地离开八号，非常吃惊，挣扎着抗拒我。

“他的左手！”我喊道，“帮我掰开它！”

从八号和九号脸上的表情，我知道他们都明白了。五号痛苦沮丧地尖叫着。我差点有些过意不去了；我们才刚刚跟他会合，这肯定是他加入我们之后一直以来的感觉——一个外人。他不知所措，既困惑又愤怒。但我们以后再修补关系，矫正他那扭曲的世界观吧。此刻，我们必须阻止他。

“请你别反抗了，”我叫道，“这样只会越来越糟的。”

五号的指节嘎吱嘎吱地裂开了，他尖叫起来。他手掌的小骨头在我们联合的意念攻击下也许都散架了，他手里拿着的两颗珠子掉落在膝盖上。他看着我，似乎知道我是第一个袭击他的手的人，这让他的挫败感更重了。

“一切都会好起来的。”我告诉他，但我的话听起来空洞无力。我在努力劝说他，但当我看着他，我心里对他有着对莫加多尔人一样的憎恶。他刚刚打算杀死九号——他自己的族人，我们中的一员。我们怎么能将他拉回头呢？

八号走上前去，将一只手搭在五号的肩膀上。五号的斗志似乎都消散了。

五号抽泣着摇摇头。“不该是这样的……”他轻轻地说。

“哭得就像个娘儿们。”九号说。

五号的表情立刻阴沉起来。我们还没来得及拦住他，他一把推开八号。八号踉跄着跌倒在地，五号突然飞了起来。

“不要！”我大喊，但五号已经对着九号动了手。他从洛林箱里拿出来的可以套在手腕上的刀子随着尖锐刺耳的一声响，伸展了出来；刀子有一英尺长，针状，精致而又致命的武器。

九号试图滚到一边，但他受伤严重，无法动弹。他身边的蒿草倒伏在地上，我意识到五号是用意念将他困在了原位。

我试着用我的意念力将九号朝我这边拉过来，但他纹丝不动。五号的意念抓握太强大了。

一切发生得如此之快。

五号手起刀落。九号咬紧牙根，动弹不得，眼睁睁地看着这致命的一刀落下来。

突然，八号出现在九号身前——他使用了瞬移。“不！”九号尖叫一声。

五号的刀子直接刺入八号的心脏。

五号趔趄着退后几步，他意识到自己做了什么，异常震惊。八号的眼睛睁得大大的，一块血迹出现在他胸口。他摇摇晃晃地离开五号，伸着双手向我走来。他是有话要说，但一句也说不出来，就这样轰然倒下。

一道新鲜的疤痕出现在我的脚踝，我尖叫起来。

第三十五章

我走过一座尸横遍野的城市。我就站在一条道路中间，但看不到车水马龙。损毁的汽车堆在人行道上，许多都被烧得只剩下车壳。附近的大楼——那些依然屹立着的——也都正在垮塌，上面都是烧焦的痕迹。我的运动鞋踩在满地的碎玻璃上，嘎吱作响。

这不是我熟悉的城市。这不是芝加哥。我这是在别处。我是怎么来到这里的呢?

我记得的最后一件事是埃拉抓住我的胳膊，然后……就是这个地方。一股刺鼻的焦味弥漫在空气中，无处可逃。我的眼睛被空旷的街道上扬起的烟尘弄得生疼。我能听到远处传来“噼噼啪啪”的声音；一场大火还在燃烧。

我在荒无人烟的战区中前行。起初我觉得那里没有人，接着我注意到几个脏兮兮的男男女女聚集在一座单元楼烧焦的废墟里。他们围在一个燃烧着的垃圾桶四周，给自己取暖。我举起手打招呼，大声喊着。

“嗨！这里发生什么事了？”

这些地球人看见我都缩了回去。他们惊恐万状，一个个消失在大楼的阴影里。我想我如果经历了这里发生的一切，也一定会害怕陌生人的。我继续往前走着。

风呼啸着穿过破烂的窗户和垮塌的楼门。我竖起了耳朵；如果我伸长耳朵去听，隐约可以听到风中传来一个声音。

约翰……救救我，约翰……

声音很微弱，是从远处传来的，但我还是能认出来。是埃拉。

我意识到我身在何处了——不是说我的地理方位，而是我思绪的所在。不知怎的，我被拉进了埃拉的梦境。感觉是那么真实，但希特雷库斯·雷以前强加于我的那些耍弄人的可怕画面也是如此。我闭上眼睛，集中精神，努力强迫自己醒过来。但不起作用。当我睁开眼睛，我还是站在这座破败的城市之中。

“埃拉？”我说道，感觉对着空气说话有些傻气，“你在哪儿？我们怎么离开这里？”

没人答应。

一张撕烂的报纸被风吹到我脚下，我伸手拿到了它。这是《华盛顿邮报》的头版，所以我应该是在华盛顿了。报纸是几年前的。这是未来的景象，是一个我永远不想见到的景象。我提醒自己，这都是希特雷库斯·雷耍弄我们的花招，这里的一切都是他制造出来的假象。

即使我心里知道是这样，这页头版上的一张照片还是让我倒吸了一口凉气。一支莫加多尔人的飞船舰队出现在阴沉沉的华盛顿上空，就在白宫的顶上盘旋。标题只有两个字，是加粗的大写字母。

入侵。

我听到前方传来轰隆隆的声音，我一把丢掉报纸，开始朝那声音奔去。一辆黑色的军用卡车驶过十字路口，缓慢行进，卡车四周都是莫加多尔士兵。我迅速停下脚步，考虑是否要躲进附近的一条小巷里，以策安全，但莫加多尔士兵似乎没有注意到我。

一群人在卡车后面踟蹰着。他们都是地球人，憔悴苍白，衣衫褴褛，看上去全都是又脏又饿的样子，许多人还受了伤。他们低头走着，脸色阴郁，步伐沉重。配备了加农炮的莫加多尔士兵走在他们身边，头皮上的黑色文身得意地晃动着。与地球人不同的是，莫加多尔人都在笑着。一定有事要发生了——一件大事，莫加多尔人想让地球人亲眼目睹的事情。

风又刮起来了。**约翰……这边……**

我溜进人群里，低垂着头，跟着这些地球人一起走。我时不时偷偷抬起头往四周瞄一眼。华盛顿纪念碑耸立在地平线上，上半截都塌了，断口参差不平。我心里一阵担忧。如果我们失败了，未来就会是这个样子。

人群被带到林肯纪念堂的台阶前。那里已经聚集了一些人，等待着莫加多尔人这场变态的戏码开场。纪念堂上一般会悬挂的美国国旗已经被扯下来，取而代之的是许多印着一个红色莫加多尔标志的黑色旗帜。更糟的是，马路两旁堆着的那些石头——一开始我以为是些石头。凑近一看才发现那是林肯塑像轮廓分明的脸庞，一条裂缝纵贯额头。莫加多尔人把塑像拆毁了，把它扔到了纪念堂的外面。

我推开人群来到了前面。地球人看来都不喜欢站到前面来，所以他们毫无意见地让我挤到前面去。一排莫加多尔士兵站在台阶底下，看着这些垂头丧气的人们，他们的炮筒就对着人群。

希特雷库斯·雷坐在林肯纪念堂顶上的一个王座上。一件黑色军装裹着他巨大的身躯，军装上缀着肩章和许多勋章。一把巨大的莫加多尔剑插在花哨的剑鞘里，别在他的腰间，贴在他的大腿上。七个洛林吊饰挂在他的脖子上，它们钴蓝色的表面在下午的阳光下闪闪发亮。他的黑眼睛随意地扫视着人群，它们扫过我跟前，我退缩了一下，准备随时逃跑，但他似乎没有注意到我。

约翰……你看到我了吗……

我一口气突然上不来。埃拉正坐在希特雷库斯·雷身旁一张小一点的座椅上。她看起来大了些，也更苍白。她的头发被染成墨黑色，紧紧地扎成一根辫子，垂在肩上。她穿着一条非常优雅的裙子，似乎是想嘲弄那些用敬畏的目光看着她的衣衫不整的地球人。她面无表情，好像早就习惯了这样阴森森的场面。

希特雷库斯·雷握住了她的手。

我抑制住想冲上台阶去杀死他的冲动，提醒自己这一切都不是真的。无论如何，如果这是真的，我也不会有机可乘的。我和希特雷库斯·雷之间就站着一整支莫加多尔人的军队。

人群分开两边，好让我之前看到的军车开到林肯纪念堂的台阶前。卡车后厢打开了，我看到两个囚徒挤在里面，他们低垂着头，双手被缚。我总觉得他们很眼熟。

卡车停下来的时候，希特雷库斯·雷站了起来。人群突然鸦雀无声。

“把他们带上来。”他大声说道。

一个矮墩墩的莫加多尔士兵站出队列。他跟其他人不一样；他脸色并不苍白，头皮上黑色的文身也像是新的。他戴着一个眼罩，另一只没事的眼睛也不是莫加多尔人那种死气沉沉的黑色。意识到面前这个人不是个莫加多尔人，我不由得倒退了一步。

那是五号。这里到底发生了什么事情？他为什么穿着他们的军服？

五号带着第一名囚徒从卡车后厢下来。他年纪大了一点，脸上还有一道伤疤横贯鼻子和双颊，但我还是立刻就认出了萨姆。他低着头，不跟五号目光相接，看起来心绪不宁，心灰意冷。我注意到萨姆的脚瘸得厉害，他被迫爬上林肯纪念堂的台阶时，这一点更明显了。他踉跄着，几乎摔倒，有些旁观的莫加多尔士兵看到这羞辱人的一幕，都咯咯笑起来。我顿时觉得怒火中烧，不得不深吸一口气压下怒气，因为我感觉到我的掌中流明开始活跃了起来。

第二个囚徒走起来并不像萨姆那么顺从。即使是手脚都被缚住，六号也还是挺立着。她的金发已经剃成男孩子气的寸头，她的脸愤怒地扭曲着，虽然她还是那么美丽动人。她扫视着这群地球人，许多人垂下了眼睛，羞愧万分。五号对她说了一些话，我听不见，但他和气的表情差不多是充满歉意的。六号一口啐在他脸上作为回应。五号抹去脸上的口水，一群莫加多尔看守抓住六号，把她拖上台阶。她至死都是一个斗士。

六号和萨姆被强迫跪在希特雷库斯·雷面前。他对他们怒目而视了一会儿，然后转向人群开始讲话。

“看吧，”他喊道，声音在整个安静的人群上方回荡，“洛林人最后的余孽！今天，我们要庆祝我们伟大的胜利，我们打败了那些阻挡着莫加多尔前进的人。”

莫加多尔人欢呼起来。地球人全都沉默不语。

我的脑子迅速地转起来。如果六号和萨姆是最后的余孽，那就意味着，在这个未来之中，我已经死了，其他人也都是。希特雷库斯·雷脖子上挂着的吊饰——其中有一个是我的。我再次提醒自己这一切都不是真的，但我还是觉得十分恐惧。

五号走上台阶，站在希特雷库斯·雷身边。他举起那花哨的剑鞘，希特雷库斯拔出他那把熠熠生辉的长剑。希特雷库斯·雷在我们面前挥舞着这把剑，然后比划着从萨姆头顶削过。人群里有人惊叫起来，很快又被人制止了。

“今天，我们确立了地球人和莫加多尔人永久的和平，”希特雷库斯·雷接着说，“终于，我们消除了对我们辉煌生活的最后一个威胁。”

这个场面看起来一点也不辉煌。在莫加多尔人月复一月的统治下，地球人显然已经一蹶不振了。如果我试图攻击希特雷库斯·雷的话，我不知道会有多少人愿意加入我的行列。也许一个也没有。我不生他们的气，我生的是自己的气。我本来应该拯救他们的，本来该让他们对即将发生的一切做出更好的准备。

希特雷库斯·雷的演讲还没完。“在这历史性的一天，我选择将判决的殊荣赠予她，这位有朝一日将继承我的王位，成为你们敬爱领袖的姑娘。”希特雷库斯·雷大手一挥，指着埃拉。“曾孙女？你的裁定是什么？”

曾孙女？这完全没道理啊。埃拉不是莫加多尔人，她是我们中的一员。

我没有时间思考其中的意味了。我看着埃拉摇摇晃晃地从座椅上站起来，看上去像是被下了药。她垂下眼帘看着六号和萨姆，眼神阴暗冷漠。然后她直视着人群，目光落在我身上。

“处决他们。”埃拉说。

“非常好。”希特雷库斯·雷回答。

他深深鞠了一躬，然后动作自如地用剑将六号的头砍了下来。她的身体倒下的时候，人群一片死寂，现场是那么安静，我都能听到萨姆的尖叫声。他扑倒在六号身上，哭喊着。

我感觉到足踝上钻心的疼痛，出现了一个新的疤痕。五号举起萨姆，将他对着希特雷库斯·雷的刀锋，我闭上了眼睛。我不想看到接下来的场面，我深深地辜负了他们。这不是真的，我反复对自己说。

这不是真的，这不是真的，这不是真的……

第三十六章

我知道他已经死了。我依然可以感觉到腿上的新疤痕挥之不去的疼痛。我也许永远都会有这种感觉，余生中都会有。

我必须试一试。

我跪倒在八号尸体旁边的泥地里。伤口看起来倒不是那么糟。出血也没有新墨西哥州那一次多，那一次八号都活下来了。我应该可以治好这个的，对吧？一定可以奏效的。它非奏效不可。但这一次是正中心脏，直接穿透了。我把手按在那个刀孔上，用意念发挥我的超能力。我之前做过，我可以再做一次的。我必须做到。

什么也没有发生。我浑身发冷，但不是使用超能力的那种冰冷。

我真希望可以倒在这泥泞里，躺在八号身边，把身边的一切都置之脑后。我甚至都没有哭——就像是我体内的眼泪都干涸了，我只觉得空虚。

五号就在几码外的地方叫喊着，但我的脑子根本弄不清他在说些什么。他用来刺死八号的刀子已经缩回他的袖套中了。他双手抱头，像是不敢相信自己所做的事情。大树底下，九号一言不发，一副震惊的样子。刚才他如果能管住自己的嘴，不再激怒五号就好了。六号终于挣扎着站起身来，看起来浑身无力，她努力想弄明白足踝上新的伤疤。一切都已经分崩离析。

“那是我失手了！”五号含糊不清地嘟哝着，“我不是故意的！玛丽娜，对不起，我不是故意的。”

“闭嘴。”我厉声说。

此时我听到了一艘莫加多尔飞船的引擎讨厌的轰鸣声。那圆圆的银色飞船开始从空中降落，我们四周高高的蒿草都被吹得东歪西倒。这都是五号一手设下的圈套，所以飞船上自然有他的援兵。

我往前倾着身子，在八号的脸颊上轻吻了一下。我有话想对他说，我想告诉他他是一个多么出色的人，有了他，我们被迫过着的这种可怕的生活变得美好多了。“我永远不会忘记你的。”我悄声说。

我感到有一只手搭在我肩上。我猛地扭过头，看见五号站在我身边。

“本来不用落到这步田地的，”他向我哀求着，“这是个可怕的意外，我知道的！但我说的都是真话。”

他疯了，竟然敢碰我。我不敢相信他做了这些事，还敢这么厚颜无耻。“住口。”我警告他。

“你们赢不了的，玛丽娜！”他接着说，“你最好加入我们，你——你——”五号结结巴巴地说，吐出来的气在嘴巴前面凝成一层雾气，我们周围的湿气被一阵突如其来的寒意消融了。他的牙齿开始打颤。“你要干什么？”

我心里有什么东西在升腾。我以前从没像现在这样感到愤怒，这种感觉简直令人宽慰。我的疗伤超能力的冰凉感传遍我的全身，但这次不知怎的有些不同；这是那种刺骨的冰冻，寒彻心扉。我正在放射出寒意。我和五号身边浑浊的沼泽水嘎嘣作响，表面立刻结成了一层冰。在这突如其来的严寒面前，我周围的植物开始枯萎凋零。

“玛—玛丽娜？停……”抱住自己想暖和身子的五号从我身边退后了一步。他滑倒在冰面上，双脚几乎都不听使唤了。

这项新的超能力在我体内运行，我的行为完全出于愤怒的本能。我高举双手，五号的脚下开始结冰，一个锯齿状的冰柱在地面上凝结凸起。他逃得不够快，冰柱直接刺穿了他的脚面，将他钉在原位。五号惊声尖叫，但我毫不在意。

五号身体前倾，抓住那只被刺穿的脚，正在此时，另一条冰柱又从地上突出来，直接戳中了五号的脸。冰柱若是够粗的话，也许就让他毙命了。不过这根冰柱只是把他的一只眼睛戳了出来。

五号笨拙地跌倒在冰面上，一只脚还是被钉在地上。他抓挠着自己的脸，尖叫着：“住手！求你了，快住手！”

他是个可怕的怪物，这都是他活该。不过不行，我不能这么做。我不是他那种人。我不会冷血地把一个自己人杀死，即使他亲手犯下了这一切。

“玛丽娜！”九号喊道，“快来！”

莫加多尔人的飞船已经降落，船上的门正在开启。那边大树的枝干被刚刚凝结的冰压得垂了下来，六号站在树旁，将九号抬在肩上。她向我伸出了手。

我最后看了一眼五号。他双手遮着脸，紧紧捂住那只被戳瞎了的眼。他正在哭泣，眼泪在他的脸颊上结成了冰霜。

“要是让我再见到你，你这该死的叛徒，”我大喊，“我会连你的另一只眼也挖掉！”

五号的喉咙里发出微弱的咯咯声。一只可怜虫。

我正打算朝六号跑去，却又停下了脚步。在我脚下，裹着一层坚冰的，是八号的尸体。当我意识到自己做了什么，我周围的空气开始暖和起来。我跪倒在地，将双手按在那层将我和八号阻隔开来的正在消融的冰块上。我想带着他一起走，不把他留给莫加多尔人，让他好好地安息，这是他应该得到的，但没时间等着冰块融化了。六号冲着我大喊，莫加多尔人正在逼近。

“对不起。”我轻声说道，整个人都麻木了。

我快速地跑到六号身边，握住她伸出的手。我们隐身了。

第三十七章

我猛地醒过来，直挺挺地坐了起来。这不是我自己的床。我马上知道我已经回到现实中，足踝上烧出来一个新的伤疤，那种灼热的疼痛足以把我痛醒。但是等等——噩梦应该不是真实的啊，我应该不会真的留下一块疤痕的。然而我还是能感受到烧伤的皮肤，一阵阵刺痛，皮开肉绽，钻心的疼。

噩梦的这个情节是真实的——我们失去了一个同伴。

我来不及细想了，连弄清眼前状况的时间都几乎没有。萨姆正冲着我大叫。

"约翰！趴下！"

有个莫加多尔人站在卧室的窗前——一扇破烂的窗，冷风从外面吹了进来。这是什么时候发生的呢？他拿着一门加农炮对准了我。我本能地向左翻，那个莫加多尔士兵打中了几秒之前我昏睡着的地方。我坐在床边的地板上，用意念力推了那个莫加多尔士兵一把。他往后飞了出去，飞出窗外，一头扎在楼下的街道上。

现场一片混乱，现实世界里的骚乱比希特雷库斯·雷那栩栩如生的噩梦更激烈。卧室已经被激光枪的活力完全摧毁了。萨拉站在门口，用一个破烂的书架作掩护。她一只胳膊抱着依然昏睡的埃拉，另一只有时也拿着机关枪往走廊里扫射。在枪声之中，我敏锐地听到莫加多尔人正往公寓里拥进来。人非常多，但不知怎的，似乎没有人反击萨拉。

我突然意识到，那是因为她抱着萨拉。希特雷库斯·雷希望——我简直不敢相信我会想起这个，其实我都没有时间仔细思考其中的意味——他的曾孙女能活着被带回去。所以莫加多尔人没有冲萨拉开枪；他们害怕打中埃拉。

萨姆就在我身旁的地上。马尔科姆在他怀里，上腹中枪，有个很大的伤口。他呼吸微弱，意识模糊；他看来命不久矣。

“这里到底出什么事了？”我对着萨姆大喊。

“他们找到了我们，”萨姆回答说，“有人出卖了我们。”我记得看到过身穿莫加多尔军服的五号，我立刻明白了个中原委。

“其他人呢？”

“他们去埃弗格雷斯完成任务去了，”萨姆指着我的腿，眼睛睁得大大的，惊恐万分，“我看到你的脚踝着火了。那——那是什么意思？”

我还没来得及回答，就听到萨拉尖叫起来。她的枪“咔哒”一声打了空枪，莫加多尔士兵意识到她已经没有子弹了，就朝她扑了过来。其中一个跑到了门口，将一把匕首深深地刺进了她的肩膀。她跌倒在地上，捂住肩膀，另一个莫加多尔士兵跑进来，拼命要把埃拉从萨拉怀里抢走。

我启动了掌中流明，但莫加多尔士兵抱着埃拉，我要是扔出火球就太危险了。他们很快就跑出射程之外，消失在走廊尽头，撤走了。我用意念力将萨拉拉到了我们身边。

“你没事吧?”我问道，很快地察看了她的肩伤。看上去很糟糕，但还不至于致命。萨拉看到我醒过来了，露出一副十分吃惊而又如释重负的表情。

“约翰!”她惊叫道，接着用那只没有受伤的胳膊将我拉到她身边。急促地拥抱了我一下之后，萨拉推开了我，意识到我们身处险境。“去啊！你得拦住他们!”

我一下子跳起来，正准备要去追击正在撤退的莫加多尔士兵，突然又停住了脚步。我低头看了看萨姆和他的爸爸。马尔科姆还活着，但已经是奄奄一息了。萨姆扑在他身上，握住他的手，他的样子让我想起了在天堂镇高中的那一晚，我眼睁睁地看着亨利死去而无能为力。我突然意识到，我可以救他。

但是，为马尔科姆疗伤就意味着任由那些莫加多尔士兵带着埃拉跑掉。这就让希特雷库斯·雷离他的目标又近了一步——一个我现在还不能完全明白的未来，但在那个未来中，埃拉与他并肩统治着人类。

萨姆抬起头望着我，双颊都被泪水打湿了。“约翰！你还等什么？快去救埃拉啊!”

我想起在噩梦中见到的萨姆，他看起来是那么疲惫，那么沮丧，他全然没有了生气。我想起失去亨利对我的打击有多大。我不能让我的朋友再经受这一切了，他和马尔科姆才刚刚找到了彼此。

任凭埃拉被抓走，那我就会让她注定遭受那样的未来——不，以后会有时间阻止那一切的，我对自己说。现在我必须救治马尔科姆。

我跪下来，双手放在马尔科姆的腹部，他的伤口开始在我的触摸下慢慢愈合。终于，马尔科姆的脸上又有了血色，他睁开了眼睛。

萨姆瞪着我。“你由得他们带走了她。”

“我做了一个选择，”我回答，“他们不会伤害她的。”

“你——你怎么知道的？”萨拉问道。

“因为埃拉——”我脑子里灵光一闪。克雷顿在他心里说起的第十位长老，本该被驱逐的那一位。希特雷库斯·雷称呼埃拉为曾孙女。她不是莫加多尔人，但他……他一定是个洛林人。我摇摇头。“我们会去救她的。我们会阻止他们。我们全部人一起，我发誓。”

萨姆抓住我的肩膀。“谢谢你，约翰。”

我一结束对马尔科姆的治疗，马上就转而为萨拉疗伤。她肩膀上的伤口没有受到感染。我发挥超能力的时候，她用手指摩挲着我的脸颊。

“你出什么事了？”她问我，“你看到什么了呢？”

我摇摇头，不想谈起我看到的景象，要等到我有时间弄清事情的原委再说。萨拉跟萨姆不一样，她应该没有注意到我的足踝上出现了新的伤疤，我也不想再谈起这件事。一切都平静了下来，莫加多尔人带着埃拉撤走了，但我们还得离开这里。警察一定会注意到这场战斗的。我只是想把萨拉治好了，然后大家一起去一个安全的地方。“看来我昏睡过去的时候，你倒是打死了不少敌人嘛。”我说道。

“我们都尽力了。”她回答。

萨拉的伤口全都愈合了，我环顾周围。“我们得走了。BK 在哪儿？”

我看见萨拉和萨姆闷闷不乐地对视了一眼，我的心不由得一沉。

“它去了楼顶去阻击他们，”萨姆说，“没有回来。”

“它很厉害的，也许还活着呢。”萨拉说。

“是的，那是肯定的。”萨姆回答，但他听起来没多少信心。

想起了BK，还有在埃弗格雷斯死去的那个加尔德，我几乎要崩溃了。我死死地咬住腮帮内侧，一心只想着这阵疼痛。我站起身来——以后会有时间难过的。但是现在我们必须要离开这里，免得莫加多尔人又决定回到这里来，将我们杀死。

“该走了。”我说着，扶起了马尔科姆。

“谢谢你救了我的命，约翰，”他说道，“我们赶紧离开这里吧。”

我们四个人冲出卧室，萨姆扶着马尔科姆行进。灯都灭了，激战中也许有个线路被打坏了。客厅里没有莫加多尔人在等着我们，但从现场遭破坏的程度看得出，他们的火力一定是非常猛的。我突然想起，要是九号回来了，该会有多生气——如果他还活着的话。然后我意识到我们也许永远也不能回到这个地方了。它曾经是一个很好的家，但现在没有了，跟很多其他东西一样，都被莫加多尔人毁了。

透过破烂的窗户，我听到下面的街道传来警笛呼啸的声音。莫加多尔人的这次袭击比以往更加大胆。要想人不知鬼不觉地进行也许是相当困难的。

令人惊讶的是，公寓的电梯还能运行。我急忙催促萨拉、萨姆和马尔科姆快出来，然后按下了通往停车场的按钮，但我没有走入电梯。

“你要干什么？”萨拉抓住我的胳膊大叫起来。

“我们也许没法回到这里了。这里很快就会挤满警察，也许还有那些为莫加多尔人工作的联邦探员。我必须把我们的洛林箱拿出来，再看看我能否找到BK。”

萨姆站了出来。“我可以帮你。”

“不，”我回答，“跟着萨拉和你爸爸去吧。我有意念移物的本事，可以自己拿着。”

“你答应过我们要在一起的。”萨拉颤抖着声音说。

我将她拉到我的身旁。“你是我的接应司机啊，”我对她说，“把九号最快的那辆车弄到手，到动物园跟我见面。你们逃出去应该不成问题，但他们一定会找我的。我应该能跳上隔壁的屋顶，从那边下去。”我从电梯里退了出来，然后又凑上前去最后亲吻了一下萨拉。“我爱你。”我对她说。

“我也爱你。”她回答。

电梯门“嘎吱”一声关上了。我跑过不成样子的公寓，回到了工作间。这地方也是非常破败——我们曾经所有辛苦的劳动都付诸东流了，训练室是再也用不上了。我努力只想些具体的事情。我该带走什么呢？我抓起的第一件东西就是能够显示我们位置的定位板。在佛罗里达仍然有四个小点——该死的，竟然少了一个。我还没有心思去想想我们失去了哪一位同伴，或是怎么去救埃拉，还有希特雷库斯·雷是洛林人的这件事。

我从一张被掀翻的桌子底下拿到了一个散落的粗呢袋子，然后跑进训练室，将袋子装满了枪支。我把定位板也装了进去，将袋子扛在肩上。我想腾出两只手，以防莫加多尔士兵还在四周潜伏着，我使用意念力让我们的洛林箱漂浮了起来。所有的窗户都被炸开了，我轻而易举就听到了下面传来的警笛声。我能带上的就是这些，是时候重新开始逃亡了。

这些宝箱在我身后漂浮着，我跑出工作间，回到公寓里。我需要去趟楼顶，看看 BK 是否活了下来。

我还没有去到楼梯上，电梯“叮”一声开了门。真见鬼——我还是迟了一步。

我扭头望去，以为会见到芝加哥警察拔出他们最好的枪来。可是，那只是一个莫加多尔人。还是那样的苍白，黑色的头发遮住他的脸，比往常看到的那些更年轻，而且他看起来跟我见过的其他莫加多尔人不同，他更像地球人。他面前是一把枪——指着我。

我转移了意念力，一把从他手里夺过枪，所有的洛林箱都摔在了地上。“嗨！”他尖叫道，就算他说了别的话，我也没有在听。我心里想着我今晚死去的朋友们，我不得不承受的黑暗未来。杀死这个离群的莫加多尔兵不会改变任何事情，但这却是一个开端。

我往他那边扔出了一个火球，但他躲开了，藏身在一张破烂的沙发架子后面。我用意念举起沙发，将它扔到一边。他举起双手向我投降。我要是真用心去想，就会觉察到这里面的蹊跷。

“太迟了。”我咆哮着。

我正要对他再抛出一个火球，那个莫加多尔人跺了一下脚。整个房间晃动了起来，家具倾翻，地毯也像底下有波浪涌动似的起伏着。接着，这阵震荡波将我撞得连连后退，我踉跄着，感到背脊一阵寒风吹过——就站在一扇打烂了的窗户前面。我挥舞着胳膊，绝望地想保持住平衡。

但我没有跌下去，他抓住了我。这个莫加多尔人抓住了我衬衣的前胸。

"我不想跟你打!"他当着我的面大喊,"别再攻击我了!"

他把我拉回来,我一下子推开他。他没有向我扑过来,但他还是缩着头,随时准备躲开我可能会扔过去的东西。

"你是四号。"他说。

"你怎么知道的?"

"他们知道你的长相,约翰·史密斯。你们所有人的样子。我也知道——"他犹豫了一会儿。"只不过我还记得在你小时候我见过你。我们的人杀着你们的人时,你跑向了一艘飞船。"

"你是马尔科姆和萨姆说起的那个人。"我咬着牙说。见到他们这种人,我就该跑掉或是抗击,这种感觉挥之不去。这想法已经根植于我的脑海里,但我努力控制住它。

"亚达姆斯·萨特克,"这位莫加多尔人作了自我介绍,"我更喜欢人们叫我亚当。"

"你们的人今晚杀死了我的一个朋友,亚当,"我啐了一口,知道自己这种愤怒是蛮横无理的,但就是控制不住,"他们还抓走了另一个。"

"我很抱歉,"他说,"我尽快赶过来了。马尔科姆和萨姆没事吧?"

"我——"这么说吧,我不知道该有什么反应。一个莫加多尔人流露出同情之意。即使萨姆和马尔科姆都说确有其事,我还是怎么也想不到。"是的,他们没事。"

"很好。"亚当回答道,他的声音还是有着莫加多尔人的那种嘶哑。"我们得离开这里。"

"我们?"

“你现在觉得很受伤，很愤怒，”亚当说着，小心翼翼地靠近我，好像我会突然朝他打过去似的，“我能理解。但如果你想回敬他们，我可以帮忙。”

“我洗耳恭听。”

亚当朝我伸出了一只手。“我知道他们住在哪儿。”

看着那只伸到我面前的苍白的手，我的心缩了一下。但如果我在梦境中看到的都是真的——如果五号在为莫加多尔人做事——那我们干吗不能让他们中的一个跟我们一起干呢？我握住了亚当的手，用力地握了握。他没有退缩，只是直视着我的眼睛。

“好吧，亚当，”我说，“你一定要帮我赢下这场战争。”